Nov. 1995 DM 12,90

ZU DIESEM BUCH Toni Morrison, Trägerin des Nobelpreises für Literatur 1993, Professorin an der Princeton University, wird 1931 in Lorain, Ohio, einem Stahlstädtchen am Eriesee, in eine Großfamilie hineingeboren. Die Mutter führt eine kleine Pension, der Vater, neben anderen Jobs stolzer Werftarbeiter, brennt seinen Namen in den Schiffsstahl ein, wenn ihm eine ideale Schweißnaht gelungen ist. («Ich benutze so viele meiner Kindheitserinnerungen als Ausgangspunkt oder Grundmuster, wenn ich arbeite... vor allem einen bestimmten Blick... Geachtet wurde nicht der Erwerb von Dingen; geachtet wurde die Reife und Würde, die man dabei bewies...») Die Schulaufsätze des begabten Mädchens halten die Lehrer für abgeschrieben: Toni Morrison wird unter Aufsicht getestet – und schreibt ein seitenlanges Gedicht nieder. Die Folge ist ein Stipendium der traditionsreichen schwarzen Howard University (an der sie später selbst lehren wird). Sie spielt mit dem Gedanken, Tänzerin zu werden, aber «ausnehmend gut war ich – im Lesen». Ein weiterführendes literaturwissenschaftliches Studium absolviert sie an der Cornell University. Die Mutter zweier Söhne (aus einer kurzen Ehe mit einem Architekten) wird – als damals noch einzige Schwarze – Lektorin im einflußreichen New Yorker Verlag Random House. Auf dem Weg zur Arbeit und nachts schreibt sie ihren ersten eigenen Roman über die kleine mißbrauchte Außenseiterin Pecola, der 1970 sofort ein internationaler Erfolg wird: «The Bluest Eye» (dt. «Sehr blaue Augen»). Sie schreibe, sagt die belesene Autorin, weil jemand wie sie – mit den Erfahrungen, der Phantasie und Weisheit ihres Volkes und Geschlechts – in der Weltliteratur nicht vorkomme.

Sämtliche Werke von Toni Morrison sind auf deutsch im Rowohlt Verlag und bei rororo erschienen. Eine Übersicht davon ist auf Seite 252 verzeichnet.

Toni Morrison

JAZZ

Roman

Deutsch von
Helga Pfetsch

rororo

Rowohlt

Die Originalausgabe erschien 1992 unter dem Titel «Jazz»
im Verlag Alfred A. Knopf, Inc., New York
Die Übersetzerin dankt herzlich Anne Adams und
Steven Bloom für die Hilfe beim Entschlüsseln
des Jazz-Sounds.

Einmalige Sonderausgabe November 1995

Veröffentlicht im Rowohlt Taschenbuch Verlag GmbH,
Reinbek bei Hamburg, Dezember 1994

Umschlagillustration Jürgen Mick
Umschlagtypographie Walter Hellmann
Gesamtherstellung Clausen & Bosse, Leck
Printed in Germany
1600-ISBN 3 499 13835 2

Für RW
und
George

Ich bin der Name des Klangs
    und der Klang des Namens.
Ich bin das Zeichen des Buchstaben
    und die Bedeutung der Teilung.

«Donner, Vollendetes Denken»
Aus dem *Nag Hammadi*

PFH, DIE FRAU, die kenne ich. Die hat immer mit einer Schar Vögel in der Lenox Avenue gewohnt. Ihren Mann kenne ich auch. Der ist einer Achtzehnjährigen verfallen, mit so einer tiefen und schaurigen Liebe, die ihn dermaßen traurig und glücklich gemacht hat, daß er sie erschoß, nur damit das Gefühl anhielt. Als die Frau, Violet heißt sie, zur Beerdigung ging, um das Mädchen zu sehen und ihr das totenstarre Gesicht zu zerschneiden, warf man sie erst zu Boden und dann aus der Kirche. Da lief sie durch den ganzen Schnee, und als sie zurück in ihre Wohnung kam, hat sie die Vögel aus dem Käfig geholt und vors Fenster gesetzt – erfriert oder fliegt –, mitsamt dem Papagei, der immer gesagt hat: «Ich liebe dich.»

Der Schnee, durch den sie lief, war so schnell verweht, daß keine Fußspuren blieben, drum hat eine Weile keiner genau gewußt, wo in der Lenox Avenue sie wohnte. Aber wie ich wußten alle, wer sie war, wer sie sein mußte, weil sie wußten, daß ihr Mann Joe Spur der war, der das Mädchen erschossen hatte. Keiner hat ihn je angezeigt, weil niemand so richtig gesehen hat, wie er's tat, und weil die Tante des toten Mädchens ihr Geld keinen hilflosen Anwälten oder sich ins Fäustchen lachenden Polizisten hinwerfen wollte, wo sie doch wußte, daß die Ausgabe auch nichts mehr retten konnte. Außerdem kam ihr zu Ohren, daß der Mann, der ihre Nichte umgebracht hatte, den ganzen Tag heulte, und für ihn und für Violet ist das genauso schlimm wie das Kittchen.

Trotz des Leids, das Violet verursacht hat, fiel ihr Name beim Januartreffen des Frauenclubs Salem als der einer Hilfsbedürftigen, wurde dann aber niedergestimmt, weil jetzt nur noch Beten – nicht Geld – ihr helfen konnte, denn schließlich hatte sie einen mehr oder minder erwerbsfähigen Ehemann (der endlich aufhören sollte, sich zu bejammern), und weil ein Mann und seine Familie in der 134th Street bei einem Brand alles verloren hatten. Der Club entschloß sich, der ausgebrannten Familie zu Hilfe zu kommen, und ließ Violet selbst rausfinden, was los war und wie es in Ordnung gebracht werden konnte.

Fürchterlich dünn ist sie, die Violet; fünfzig, sah aber noch gut aus, als sie da in die Beerdigung geplatzt ist. Man sollte ja meinen, so ein Rausschmiß aus der Kirche, das wäre das Ende – die Schande und alles –, aber so war es nicht. Violet war frech und hübsch genug, um auf die Idee zu kommen, daß sie Joe auch ohne üppige Hüften und Jugendschmelz bestrafen konnte, wenn sie sich ihrerseits einen Freund anlachte und ihn bei sich daheim empfing. Sie dachte, das würde Joes Tränen trocknen und ihr selbst Genugtuung geben. Es hätte wohl auch funktionieren können, nur sind die Kinder von Selbstmördern eben schwer zufriedenzustellen und glauben rasch, daß keiner sie liebt, weil sie sowieso nicht richtig da sind.

Jedenfalls schenkte Joe weder Violet noch ihrem Freund Beachtung. Ob sie dem Freund den Laufpaß gab oder er sie verließ, kann ich nicht sagen. Ihm mag das Gefühl gekommen sein, daß Violets Gaben armselig waren, gemessen an seinem Mitgefühl mit dem verzweifelten Mann im Zimmer nebenan. Ich weiß nur, die Geschichte ging keine zwei Wochen. Violets nächster Plan – sich wieder in ihren Mann zu verlieben – setzte ihr schon zu sehr zu, bevor er überhaupt Hand und Fuß hatte.

Ihm seine Taschentücher zu waschen und Essen auf den Tisch zu stellen war das Äußerste, was sie schaffte. Ein vergiftetes Schweigen zog sich durch die Zimmer wie ein riesiges Fischernetz, das nur Violet mit lauten Anschuldigungen zerschnitt. Joes Teilnahmslosigkeit bei Tag und beider qualvolle Nächte müssen sie zermürbt haben. Also beschloß sie, ihre Liebe – oder jedenfalls ihr Interesse – der Achtzehnjährigen zu schenken, deren sahneweiches Gesicht sie aufzuschlitzen versucht hatte, obgleich da nichts weiter ans Licht gekommen wäre als Stroh.

Erst wußte Violet nichts über das Mädchen außer dem Namen, dem Alter und daß man in dem staatlich zugelassenen Friseursalon große Stücke auf sie hielt. Dann begann sie, die restlichen Informationen zusammenzuholen. Vielleicht hat sie geglaubt, so das Rätsel der Liebe lösen zu können? Na dann viel Glück!

Sie fragte alle aus, angefangen mit Malvonne, einer Hausbewohnerin im Stockwerk drüber – die Frau, die ihr Joes Schweinereien entdeckt hatte und deren Wohnung er und das Mädel als Liebesnest benutzten. Von Malvonne erfuhr sie die Adresse des Mädchens und wessen Kind sie war. Von den staatlich zugelassenen Friseusen bekam sie gesteckt, welches Lippenrouge das Mädchen trug, welches Onduliereisen sie bei ihr benutzt hatten (obwohl ich den Verdacht habe, daß das Mädchen ihr Haar gar nicht zu entkrausen brauchte) und welche Band sie am liebsten mochte (Slim Bates' Ebony Keys, die nicht schlecht sind, ausgenommen die Sängerin, die muß Slims Freundin sein, wieso würde er sie sonst seine Band runtermachen lassen). Und als die Friseusen ihr zeigten wie, da probierte Violet sogar die Tanzschritte aus, die das tote Mädchen gekonnt hatte. Wirklich! Als sie die Schritte aufs i-Tüpfelchen raushatte – Knie so und nicht anders –, da empörten sich alle über sie, ihr Exfreund eingeschlossen, und ich versteh auch warum. Es war, als ob man einer alten Taube auf der Straße zuguckt, wie sie an einer Sardinenbrotrinde pickt, die die Katzen liegengelassen haben. Aber Violet war nun mal hartnäckig, und kein dummer Spruch und kein böser Blick konnten sie bremsen. Sie spukte in der Public School 89 herum, um mit Lehrern zu sprechen, die das Mädchen kannten. Und auch in der Junior High 139, denn da war das Mädchen hingegangen, bis sie dann rüber nach Wadleigh tippeln mußte, weil es in ihrem Bezirk keine High-School gab, auf die ein farbiges Mädchen gehen konnte. Und lange belästigte sie die Tante des Mädchens, eine feine Frau, die gelegentlich im Garment District gute Arbeit hatte, bis die Tante ihren Widerstand aufgab und sich sogar auf Violets Besuche zu einem Schwatz über die ungezogene Jugend zu freuen begann. Die Tante zeigte Violet all die Besitztümer des toten Mädchens, und Violet wurde klar (was auch ich schon wußte), daß diese Nichte so dickköpfig wie verschlagen gewesen war.

Besonders einen Gegenstand zeigte ihr die Tante und überließ ihn ihr dann auch für ein paar Wochen, nämlich ein Bild vom Gesicht des toten Mädchens. Ohne Lächeln, aber wenigstens lebendig und sehr dreist. Violet hatte Nerven genug, es daheim in ihrer Stube auf den Kaminsims zu stellen, und beide, sie und Joe, betrachteten es fassungslos.

Es versprach ein mächtig trübseliges Leben zu werden, wo doch die Vögel alle fort waren und die beiden sich den lieben langen Tag lang die Wangen wischten, aber als der Frühling in die Stadt kam, sah Violet ein zweites Mädchen mit vier ondulierten Wellen an beiden Schläfen das Haus betreten, eine Okeh-Platte unterm Arm und eine Portion in Fleischerpapier gewickeltes Siedfleisch in der Hand. Violet bat sie herein, um die Platte zu begutachten, und so fing es mit dem schockierenden Trio in der Lenox Avenue an. Was sich dann allerdings anders entwickelte, war, wer wen erschoß.

Ich bin verrückt nach dieser Stadt.

Tageslicht fällt schräg und scharf ein wie eine Rasierklinge und schneidet die Häuser entzwei. In der oberen Hälfte sehe ich herunterschauende Gesichter, und es ist nicht leicht zu erkennen, was Mensch ist und was die Arbeit von Steinmetzen. Drunter ist Schatten, und dort spielt sich alles Überkandidelte ab: Klarinettenklang und Liebe, Faustkämpfe und die Stimmen bekümmerter Frauen. Eine Stadt wie diese läßt mich beflügelt träumen und tief in die Dinge hineinfühlen. Sie ist hip. Das macht der leuchtende Stahl, der sich über dem Schatten unten wiegt. Wenn ich über grüne, den Fluß säumende Grasstreifen blicke, Kirchtürme hinaufschaue und in die creme- und kupferfarbenen Flure von Mietshäusern sehe, dann bin ich stark. Allein zwar, aber obenauf und unzerstörbar – wie die Stadt selbst im Jahre 1926, als alle Kriege vorbei sind und nie wieder einer kommen wird. Die Leute da unten im Schatten sind glücklich darüber. Endlich, endlich liegt alles vor ihnen. Kluge Köpfe sagen das, und die Leute, die ihnen zuhören und lesen, was sie schreiben, stimmen zu: Hier kommt das Neue. Aufgepaßt. Dahin ist alles Traurige. Und Schaurige. Das, was keiner ändern konnte. Was alle damals und dort waren. Vergiß es. Die Geschichte ist vorbei, hörst du, und alles liegt endlich vor uns. In Hallen und Büros sitzen Leute und denken nach vorn, denken an Bauten und Brücken und schnelltickende Züge darunter. A & P stellt einen Farbigen ein. Frauen mit kräftigen Beinen und rosa Katzenzungen rollen Geld zu grünen Bündeln für später; dann legen sie einander lachend die Arme um. Anwohner stellen Diebe in Gassen zwecks rascher Vergeltung, und wenn einer dumm ist und falsch gestohlen hat, stellen ihn auch die Diebe. Ganoven verteilen Geschenke, tun ihr Bestes, um interessant zu bleiben, und da man um des Kitzels willen auf sie schaut, achten sie auf ihre Kleidung und den Wortlaut ihrer Beleidigungen. Keiner landet gern als Notfall im Harlemer

Krankenhaus, aber wenn der Negerchirurg Visite macht, mildert Stolz die Schmerzen. Und obwohl das Haar der ersten ausgebildeten farbigen Krankenschwestern als unschicklich für das offizielle Bellevue-Schwesternhäubchen erklärt wurde, gibt es inzwischen fünfunddreißig – alle hingebungsvoll und hervorragend in ihrem Beruf.

Keiner sagt, daß es hier schön ist; es sagt auch keiner, daß es leicht ist. Eindeutig ist es, und wenn du auf den Stadtplan achtest, der so schön ausgebreitet daliegt, dann kann die Stadt dir nichts anhaben.

Ich bin nicht muskulös, drum kann im Grunde keiner von mir erwarten, daß ich mich selbst verteidige. Aber ich weiß wohl, wie man vorbeugt. Vor allem sorge ich dafür, daß keiner alles weiß, was es über mich zu wissen gibt. Zweitens beobachte ich alles und jeden und versuche, seine Pläne und Gedanken zu enträtseln, lange bevor er selbst es tut. Man muß verstehen, was das bedeutet, es mit einer großen Stadt aufzunehmen: ich bin allen möglichen Arten von Dummheit und Verbrechen ausgesetzt. Und doch ist dies das einzige Leben für mich. Ich mag es, wie die Stadt die Leute glauben macht, sie könnten ungeschoren tun, was sie wollen. Ich sehe sie überall: reiche Weiße und auch unscheinbare drängen sich in neu und wieder neu eingerichteten Villen von schwarzen Frauen, die reicher sind als sie, und beide Parteien freuen sich am Schauspiel der anderen. Ich sehe die Augen schwarzer Juden, randvoll mit Mitleid für alle außer ihnen selbst, über die Lebensmittelstände und die Fesseln leichter Mädchen schweifen, während eine Brise die weißen Federn auf den Helmen der UNIA-Männer bewegt. Ein Farbiger schwebt Saxophon blasend aus dem Himmel herunter, und unter ihm, zwischen zwei Gebäuden, redet ein Mädchen ernst auf einen Mann mit Strohhut ein. Er berührt ihre Lippe, um dort etwas wegzuwischen. Plötzlich ist sie still. Er hebt ihr Kinn. Sie stehen da. Ihr Griff um die Handtasche wird lockerer, und ihr Hals bildet eine hübsche Kurve. Der Mann legt die Hand an die Steinmauer über ihrem Kopf. Daran, wie sich sein Unterkiefer bewegt und wie er den Kopf wendet, sehe ich, daß er eine goldene Zunge hat. Die Sonne kriecht in die Gasse hinter ihnen. Sie ist hübsch anzusehen auf ihrem Weg nach unten.

Tu, was dir paßt in der Stadt, sie ist da, um Hintergrund und Rahmen für dich zu sein, gleich was du tust. Und was sich vor den Häuserzeilen und auf den Grundstücken und Seitenstraßen abspielt, ist all das, was sich Starke ausdenken können und Schwache bewundern werden. Du mußt nur auf das Muster achten, darauf, wie es rechtwinklig für dich ausgebreitet daliegt: umsichtig bedenkend, wo du hingehen willst und was du morgen womöglich brauchst.

Ich habe lange Zeit vielleicht zu sehr in meinen eigenen Gedanken gelebt. Die Leute sagen, ich sollte mehr aus mir herausgehen. Mit anderen zusammenkommen. Ich gebe zu, ich kapsele manches in mir ab, aber wenn man wie ich im Stich gelassen wurde, während dein Liebster eine Verabredung überzieht oder dir verspricht, sich nach dem Abendessen ganz dir zu widmen, aber dann einschläft, kaum daß du zu sprechen begonnen hast – nun, das kann einen schon ungastlich machen, wenn man nicht aufpaßt, und das wäre das letzte, was ich wollte.

Gastlichkeit ist Gold in dieser Stadt; aber man muß schlau sein, um herauszufinden, wie man einladend und zugleich abweisend sein kann. Wann man etwas lieben darf und wann man lieber losläßt. Wenn man das nicht weiß, passiert es am Ende, daß man die Kontrolle verliert oder von außen kontrolliert wird wie in diesem schlimmen Fall letzten Winter. Es wurde gemunkelt, daß bei all dem Amüsement und leichtverdienten Geld etwas Böses durch die Straßen ging und nichts sicher war – nicht einmal die Toten. Beweis: Violets offene Attacke auf den Gegenstand einer Trauerfeier. Kaum drei Tage ins Jahr 1926 hinein. Scharen nachdenklicher Menschen betrachteten die Zeichen (das Wetter, die Lottozahl, ihre Träume) und glaubten, es wäre der Beginn von allerlei Zerstörerischem. Der Skandal wäre eine Botschaft, gesandt, um die Guten zu warnen und die Ungläubigen aufzurütteln. Ich weiß nicht, wer da ehrgeiziger war – die Weltuntergangspropheten oder Violet –, aber es ist eben schwer, den hohen Erwartungen von Abergläubischen gerecht zu werden.

Der Waffenstillstand war sieben Jahre alt in jenem Winter, als Violet in die Beerdigung platzte, und die Veteranen auf der Seventh Avenue trugen noch ihre Armeemäntel, weil nichts, was sie bezahlen können, so robust ist und das, womit sie 1919 geprahlt haben, so gut verbirgt. Sieben Jahre später also, am Tag vor Violets Missetat, als der Schnee kommt, da bleibt er liegen, wo er auf die Lexington und auch die Park Avenue fällt, und wartet auf Pferdewagen, die ihn feststampfen, wenn sie Kohle für die Heizkessel liefern, die in den Kellern schon auskühlen. Oben in den großen fünfstöckigen Mietshäusern und den schmalen Holzhäuschen dazwischen klopfen die Menschen beieinander an die Tür, um zu sehen, ob etwas gebraucht wird oder zu haben ist. Ein Stück Seife? Ein wenig Kerosin? Ein bißchen Fett vom Huhn oder Schwein, um die Suppe noch einmal zu verlängern? Wessen Ehemann macht sich fertig, um nachzusehen, ob er einen offenen Laden findet? Ist noch Zeit, Terpentin auf die Liste zu setzen, die die Ehefrauen geschrieben und ihm gegeben haben?

Das Atmen tut weh bei so kaltem Wetter, aber egal, welche Probleme sich daraus ergeben, in der Stadt vom Winter umfangen zu sein, sie nehmen sie in Kauf, denn es wiegt alles auf, in der Lenox Avenue zu leben, sicher vor den Weißen und dem, was sie aushecken mögen; wo die Trottoirs, ob schneebedeckt oder nicht, breiter sind als die Hauptstraßen der Städtchen, in denen sie geboren wurden, und ganz normale Leute sich an eine Haltestelle stellen können, in die Straßenbahn einsteigen, dem Mann einen Nickel geben und hinfahren, wo es ihnen gefällt, obwohl es ihnen nicht gefällt, viel herumzufahren, denn alles, was sie brauchen, ist an Ort und Stelle: die Kirche, der Laden, das Tanzfest, die Frauen, die Männer, der Briefkasten (aber keine High-School), das Möbelgeschäft, Zeitungsverkäufer auf der Straße, die Kneipen mit Schwarzbrand (aber keine Bank), die Friseursalons, die Barbiere, die Bumslokale, die Eiswagen, die Lumpensammler, die Billardhallen, die Lebensmittelmärkte, die Lottoannahme und alle erdenklichen Clubs, Organisationen, Gruppen, Orden, Vereinigungen, Gesellschaften, Bruderschaften, Schwesternschaften oder Verbindungen. Diese Pfade sind natürlich ausgetreten, und es gibt auch Wege, die sind schlüpfrig von den Ausflügen von Mitgliedern einer Gruppe auf das Gebiet einer anderen, weil man denkt, daß es dort etwas Kurioses oder Aufregendes zu sehen gibt. Irgend etwas Schillerndes, Knisterndes, Erschreckendes. Wo man den Korken knallen lassen und den kalten Glasmund gleich an den eigenen legen kann. Wo man Gefahr finden oder selbst eine darstellen kann; wo man kämpfen kann bis zum Umfallen und das Messer anlächeln, wenn es sein Ziel verfehlt oder auch nicht. Da wird dir ganz wunderbar zumute, nur vom Zusehen. Und ebenso wunderbar ist es zu wissen, daß daheim im eigenen Haus die Ehefrauen Listen erstellen für die Männer, die auf dem Markt draußen herumstöbern, und daß Bettlaken, die im Schneetreiben unmöglich im Freien aufzuhängen sind, Küchen schmücken wie Vorhänge die Sonntagsschulaufführungen der Abyssinian Church.

Die Jungen sind hier nicht so jung, und es gibt praktisch kein mittleres Lebensalter. Sechzig Jahre, oder auch nur vierzig, ist das höchste, was jemand sich aufbürden lassen mag. Wenn sie die erreichen oder gar steinalt werden, sitzen sie da und betrachten die Vorgänge wie ein samstägliches Kinoprogramm, drei Filme für einen Fünfer. Ansonsten sind sie im Nu dabei, sich in die Angelegenheiten von Leuten einzumischen, an deren Namen sie sich nicht einmal erinnern können und deren Angelegenheiten sie nichts angehen. Nur um sich reden zu hören und um des Vergnügens willen, die kummervollen Gesichter der Zuhörer zu beobachten. Ich kenne ein paar Ausnahmen. Einige Alte, die Kinder nicht schon deshalb geschlagen haben, weil sie sich dazu anboten; die ihre Kraft für den Fall aufsparten, daß sie für etwas Wichtiges gebraucht würde. Für ein letztes Liebeswerben voller Lächeln und kleiner Geschenkc. Oder die hingebungsvolle Pflege eines alten Freundes, der ohne sie vielleicht nicht überlebt hätte. Manchmal beschränkten sie sich darauf, dafür zu sorgen, daß der Mensch, mit dem sie ihr langes Leben teilten, fröhliche Gesellschaft hatte und alles Notwendige für die Nacht.

Aber droben in der Lenox, in Violet und Joe Spurs Wohnung, gleichen die Zimmer den leeren, mit Stoff zugedeckten Vogelkäfigen. Und das Gesicht eines toten Mädchens ist etwas Notwendiges für die Nacht geworden. Abwechselnd schlagen sie die Bettdecke zurück, stehen von der durchgelegenen Matratze auf und schleichen auf Zehenspitzen über das kalte Linoleum in die Stube, um zu betrachten, was wie das einzig Lebendige im Hause wirkt: das Photo eines dreisten, nicht lächelnden Mädchens, das vom Kaminsims herunterschaut. Wenn der Zehenspitzenschleicher Joe Spur ist, den die Einsamkeit von der Seite seiner Frau vertreibt, dann starrt ihn das Gesicht ohne Hoffnung oder Bedauern an, und es ist das Fehlen jeden Vorwurfs, das ihn aus dem Schlaf weckt, hungrig nach ihrer Gesellschaft. Kein Finger deutet. Ihre Lippen ziehen sich nicht abschätzig herab. Ihr Gesicht ist ruhig, edel und lieb. Aber wenn Violet die Zehenspitzenschleicherin ist, dann ist das Photo nichts davon. Dann sieht das Gesicht des Mädchens gierig, hochmütig und sehr faul aus. Das Sahneschicht-auf-dem-Milcheimer-Gesicht von einer, die nie für etwas arbeiten wird; einer, die mitgehen läßt, was auf fremden Toilettentischen liegt, und nicht verlegen ist, wenn es entdeckt wird. Es ist das Gesicht einer Heimlichtuerin, die sich an deine Spüle schleicht, um die Gabel abzuwaschen, die du ihr neben den Teller gelegt hast. Ein nach innen gewandtes Gesicht – es sieht nur sich selbst. Du bist da, sagt es, weil *ich* dich ansehe.

Zwei- oder dreimal in der Nacht sagt einer, während sie sich abwechselnd das Bild anschauen gehen, ihren Namen. Dorcas? Dorcas. Die dunklen Zimmer werden dunkler, in der Stube braucht es ein angestrichenes Streichholz, damit man das Gesicht erkennt. Daneben sind das Eßzimmer, zwei Schlafzimmer, die Küche – alle gehen auf den Innenhof hinaus, so daß den Fenstern der Wohnung das Mond- oder Laternenlicht verwehrt bleibt. Im Bad ist das beste Licht, weil es neben der Küche nach draußen vorkragt und die Nachmittagssonne einfängt. Violet und Joe haben ihre Möbel auf eine Art angeordnet, die einen vielleicht nicht gerade an die Zimmer im *Modern Homemaker* erinnert, aber den Gewohnheiten des Körpers entspricht, dem, wie man sich ohne irgendwo anzustoßen von einem Zimmer ins andere bewegt, und dem, was man möchte, wenn man sich setzt. Manche Leute stellen ja einen Tisch oder Stuhl in eine Ecke, wo er zwar hübsch aussieht, aber kein Mensch je hingehen, geschweige denn sich setzen würde. Das hat Violet in ihrer Wohnung nicht so gemacht. Alles steht da, wo man es gern hätte oder es brauchen und benützen kann. Drum gibt es etwa im Eßzimmer keinen Eßtisch mit Stühlen wie in einem Bestattungsinstitut. Sondern es stehen große tiefe Sessel am Fenster und ein Kartentisch mit Drachenbäumen, Jade- und Doktorpflanzen drauf, bis sie Leute zum Kartenspiel einladen oder zu zweit Mau-Mau spielen wollen. Die Küche ist geräumig genug, daß vier Leute dort essen können oder eine Kundin genug Platz für die Beine hat, während Violet ihr das Haar richtet. Das Zimmer nach vorn, also die Stube, ist auch nicht damit verschwendet, daß sie auf einen würdigen Hochzeitsempfang wartet. Dort stehen Vogelkäfige und Spiegel, in denen die Vögel sich anschauen können, nur sind natürlich keine Vögel mehr drin, weil Violet sie ja an dem Tag freigelassen hat, als sie mit dem Messer zu Dorcas' Beerdigung ging. Jetzt stehen nur leere Käfige herum, und die einsamen Spiegel erwidern ihren Blick. Sonst gibt es noch ein Sofa, ein paar geschnitzte Holzstühle mit kleinen Tischchen daneben, damit man die Kaffeetasse oder ein Schälchen Eis vor sich abstellen oder, wenn man Zeitung lesen will, es gut tun kann, ohne die Kniffe falsch zu falten. Auf dem Kaminsims lagen früher Muscheln und Steine in schönen Farben, aber das ist jetzt alles weg, und nur das Bild von Dorcas Manfred steht in einem Silberrahmen dort und weckt sie die liebe lange Nacht.

Nach solch unruhigen Nächten verschlafen sie morgens, und Violet muß sich beeilen, um das Essen vorzubereiten, bevor sie sich für ihre Runde fertigmacht. Da sie zwar ein Händchen dafür hat, aber keine richtige Ausbildung und keine Arbeitserlaubnis, kann Violet ohnehin nur fünfundzwanzig oder fünfzig Cents verlangen, aber seit der Geschichte bei Dorcas' Beerdigung haben viele Stammkunden einen Grund gefunden, sich das Haar selbst zu entkrausen oder sich von einer ihrer Töchter die Eisen erhitzen zu lassen. Früher brauchten Violet und Joe Spur das Taschengeld vom Frisieren nicht, aber jetzt, wo Joe ganze Arbeitstage ausläßt, trägt Violet mehr und mehr ihr Handwerkszeug und ihr Können in überhitzte Wohnungen von Frauen, die erst mittags aufwachen, sich Gin in den Tee schütten und sich nicht darum scheren, was sie getan hat. Diese Frauen brauchen immer jemanden, der ihnen das Haar richtet, und manchmal verdunkelt Mitleid ihre glänzenden Augen, und sie geben ihr einen ganzen Dollar Trinkgeld.

«Du mußt was essen», sagt eine zu ihr. «Oder willst du so dünn werden wie deine Brennschere?»

«Halt den Mund», sagt Violet.

«Ich mein es ernst», sagt die Frau. Sie ist noch schläfrig und stützt die Wange in die linke Hand, während sie sich mit der rechten das Ohr hält. «Die Männer verschleißen dich zu einem scharfen Stückchen Knorpel, wenn du sie läßt.»

«Die Frauen», antwortet Violet. «Die Frauen verschleißen mich. Mich hat kein Mann je verschlissen. Diese hungrigen kleinen Mädchen, die Frau spielen, die sind's. Geben sich nicht mit gleichaltrigen Jungs zufrieden, nein, sie wollen einen, der alt genug ist, ihr Vater zu sein. Laufen powackelnd rum, mit Lippenstift, durchsichtigen Strümpfen, Kleider bis hoch zur Na-du-weißt-schon...»

«Das ist mein Ohr, Mädel! Willst du das auch entkrausen?»

«Verzeihung. Tut mir leid. Wahnsinnig leid.» Und Violet unterbricht, um sich zu schneuzen und mit dem Handrücken Tränen abzuwischen.

«Ach was, zum Teufel», seufzt die Frau und nutzt die Pause, um sich eine Zigarette anzuzünden. «Jetzt tischst du mir bestimmt gleich so eine gräßliche Geschichte auf, daß ein junges Mädel dich ins Unglück gestürzt hat und *ihn* keine Schuld trifft, weil er ja nur die Straße runtergelaufen ist und an nichts Böses gedacht hat, und da hat sich diese kleine Möse an ihn gehängt und ihn in ihr Bett gezerrt. Spar dir die Puste. Die brauchst du noch auf dem Sterbebett.»

«Ich brauch sie aber jetzt.» Violet probiert den Brennkamm. Er sengt einen langen braunen Finger in die Zeitung.

«Ist er ausgezogen? Wohnt er bei ihr?»

«Nein. Wir sind noch zusammen. Sie ist tot.»

«Tot? Was willst du dann noch?»

«Er denkt dauernd an sie. Hat nichts als sie im Kopf. Arbeitet nicht. Schläft nicht. Trauert Tag und Nacht...»

«Oh», sagt die Frau. Sie klopft die Asche von ihrer Zigarette, zupft die Spitze ab und legt die Kippe sorgfältig in den Aschenbecher. Sie lehnt sich auf ihrem Stuhl zurück und drückt mit zwei Fingern den Rand ihres Ohres. «Dann sieht's bös aus», sagt sie und gähnt. «Ganz schön bös. Mit der Liebe von Toten kannst du nicht mithalten. Ziehst immer den kürzeren.»

Violet stimmt zu, so muß es wohl sein; nicht nur verliert sie Joe an ein totes Mädchen, am Ende verliebt sie sich selbst noch in sie. Wenn sie nicht gerade versucht, Joe zu demütigen, bewundert sie das Haar der Toten; wenn sie Joe nicht gerade mit immer neuen Flüchen überhäuft, führt sie flüsternd Gespräche mit der Leiche in ihrem Kopf; wenn sie sich nicht gerade wegen seiner Appetitlosigkeit, seiner Schlaflosigkeit sorgt, überlegt sie, welche Farbe Dorcas' Augen wohl hatten. Ihre Tante hat gesagt braun; die Friseusen meinten schwarz, aber Violet hat noch nie einen so hellhäutigen Menschen mit kohlschwarzen Augen gesehen. Eins ist schon mal sicher. Die Haarspitzen hätten gestutzt gehört. Dem Photo und auch Violets Erinnerungen vom Sarg nach hätten dem Mädchen die Spitzen gestutzt gehört. So langes Haar spaltet sich leicht. Ein halber Zentimeter abgeschnitten hätte schon Wunder gewirkt, Dorcas. Dorcas.

Violet verläßt das Haus der schläfrigen Frau. Der Schneematsch am Rinnstein gefriert wieder, und obwohl sie noch sieben eisige Querstraßen weiter muß, ist sie dankbar, daß die Kundin, die zum Haarerichten zu ihr in die Küche kommt, erst für drei Uhr angemeldet ist und vorher noch Zeit für ein wenig Hausarbeit bleibt. Für irgendeine Angelegenheit, die erledigt werden muß, weil es unmöglich ist, nichts zu tun zu haben, keine laufenden Besorgungen, keine Liste von Aufgaben. Sie würde vielleicht die Hände ringen oder zittern, wenn sie nicht an irgend etwas Hand anlegen kann und danach schon gleich die nächste Hausarbeit wartet. Sie macht Feuer im Herd, damit die Küche warm wird. Und während sie den Kragen eines weißen Hemds einsprengt, ist sie mit den Gedanken schon unten am Bett, wo der vom Rahmen abgebrochene Pfosten so stark zersplittert ist, daß man ihn nicht einfach wieder annageln kann. Als die Kundin kommt und Violet der alten Frau die Haare einschäumt und bei passenden Pausen im Strom von deren vertraulichen Mitteilungen «Barmherziger» murmelt, befestigt sie schon die Schnur neu, die die Herdklappe in der Angel hält, und übt die monatliche Bitte um drei weitere Tage Aufschub an den Mieteneintreiber. Sie glaubt, sie sehnt sich nach einer Ruhepause, nach einem sorglosen Nachmittag, an dem sie plötzlich beschließen kann, ins Kino zu gehen, oder einfach nur zwischen den Vogelkäfigen sitzen und den Kindern beim Spiel im Schnee zuhören.

Dieser Gedanke an Ruhe ist verlockend für sie, aber ich glaube nicht, daß sie ihr behagen würde. Sie sind alle so, diese Frauen. Warten auf den Frieden, auf die Zeit, die mit nichts anderem gefüllt zu werden braucht als ihrem eigenen Gedankenfluß. Aber sie würde ihnen nicht behagen. Sie sind geschäftig und denken darüber nach, wie sie noch geschäftiger werden können, denn so eine Zeit mit nichts Dringendem zu tun würde sie umwerfen. Keine Wiesen voller Schlüsselblumen werden diese Lücke füllen und auch keine Vormittage frei von Fliegen und Hitze, wenn das Licht noch scheu ist. Nein. Keineswegs. Sie füllen sich Kopf und Hände mit Seife und Reparaturen und scharfen Auseinandersetzungen, denn was auf sie wartet in so einem plötzlichen Augenblick der Muße, ist die durchsickernde Wut. Rotglühend. Dick und schwerflüssig. Aufmerksam und wählerisch darin, was sie auf ihrem Weg zu begraben gedenkt. Oder es nistet sich flugs und von der Seite unter der Brust ein Kummer ein, und sie wissen nicht woher. Eine Nachbarin bringt die Rolle Garn zurück, die sie geborgt hat, und nicht nur den Faden, sondern dazu eine besonders lange Nadel, und beide stehen einen Augenblick lang in der Tür, während die Borgerin der Leiherin ein witziges Gespräch wiederholt, das sie mit der Frau ein Stockwerk tiefer geführt hat; es ist wirklich lustig, und sie lachen – die eine laut, wobei sie sich die Stirn hält, die andere so sehr, daß ihr der Bauch weh tut. Die Leiherin schließt die Tür, hebt später, noch immer lächelnd, den Aufschlag ihres Pullovers an die Augen, um die Spuren des Gelächters abzuwischen, und läßt sich dann jäh auf die Sofalehne sinken, denn die Tränen kommen so schnell, daß sie zwei Hände braucht, um sie aufzufangen.

Also feuchtet Violet die Kragen und Manschetten an. Schäumt dann von ganzem Herzen diese paar Gramm graues Haar ein, das weich und interessant ist wie das eines Babys.

Anders als das Babyhaar, das ihre Großmutter eingeseift und gestreichelt und dann vierzig Jahre in Erinnerung behalten hat. Das Haar des kleinen Jungen, das ihm seinen Namen gab. Vielleicht ist Violet deshalb Friseuse – wegen all der Jahre, in denen sie Geschichten von Baltimore lauschte, die ihre zur Rettung herbeigeeilte Großmutter True Belle erzählte. Die Jahre mit Miss Vera Louise in dem vornehmen Steinhaus in der Edison Street, wo das Bettzeug mit blauem Garn bestickt war und es nichts anderes zu tun gab, als den blonden Knaben großzuziehen und zu bewundern, der dann weglief und ihnen sein sorgsam geliebtes Haar entzog.

Die Leute waren wütend, als Violet in die Beerdigung platzte, aber ich kann nicht glauben, daß sie überrascht waren. Lang, lang vorher, lange bevor Joe das Mädchen zu Gesicht bekam, setzte Violet sich mitten auf der Straße hin. Sie stolperte nicht und wurde auch nicht gestoßen: sie setzte sich einfach hin. Nach ein paar Minuten näherten sich ihr zwei Männer und eine Frau, aber sie konnte nicht ausmachen warum oder was sie sagten. Jemand versuchte ihr Wasser zu trinken zu geben, aber sie stieß es fort. Ein Polizist kniete sich vor sie, und sie drehte sich zur Seite und hielt sich die Augen zu. Er hätte sie abgeführt, wenn die zusammenlaufende Menge nicht gemurmelt hätte: «Ach, sie ist müde. Laß sie ausruhen.» Sie trugen sie zu den nächsten Stufen. Langsam berappelte sie sich, klopfte sich den Staub von den Kleidern und kam eine Stunde zu spät zu ihrem Termin, was die trägen Huren freute, die sich nie mit etwas beeilten außer der Liebe.

Soviel ich weiß, geschah so etwas wie dieser Zusammenbruch auf der Straße nie wieder – aber auch wenn es totgeschwiegen wird: das Baby hat sie tatsächlich zu stehlen versucht, obwohl ihr das keiner beweisen kann. Bekannt ist nur dies: Die Damen Dumfrey – Mutter und Tochter – waren nicht zu Hause, als Violet ankam. Entweder hatten sie das Datum verwechselt oder beschlossen, in einen zugelassenen Salon zu gehen – wohl nur zum Waschen, denn so eine gründliche Haarwäsche läßt sich am Waschbecken im Badezimmer einfach nicht bewerkstelligen. Die Friseusen haben das raus, das muß man ihnen lassen: Du lehnst dich zurück, statt dich vornüberzubeugen; du brauchst dir kein Handtuch auf die Augen zu drücken, um das Seifenwasser abzuhalten, weil es in so einem richtigen Frisiersalon am Hinterkopf runter ins Waschbecken fließt. Deshalb gehen auch Stammkunden manchmal heimlich in den Salon, nur wegen dem Vergnügen an einer bequemen Haarwäsche, selbst wenn die ausgebildete Friseuse nicht so geschickt ist wie Violet.

Zwei Frisuren in einer Wohnung zu machen war ein Glücksfall, und Violet freute sich auf den Termin um elf. Als keiner die Tür öffnete, wartete sie, weil sie dachte, die beiden wären vielleicht auf dem Markt aufgehalten worden. Nach einer Weile probierte sie es noch mal mit Klingeln und beugte sich dann über das Betongeländer, um eine Frau, die nebenan das Haus verließ, zu fragen, ob sie wüßte, wo die Damen Dumfrey wären. Die Frau schüttelte den Kopf, kam aber rüber, um Violet zu helfen, zu den Fenstern hochzuschauen und sich Gedanken zu machen.

«Die lassen die Jalousien oben, wenn sie daheim sind», sagte sie. «Und runter, wenn sie weg sind. Sollte eigentlich genau umgekehrt sein.»

«Vielleicht wollen sie raussehen, wenn sie daheim sind», sagte Violet.

«Was denn sehen?» fragte die Frau. Sie war auf der Stelle verärgert.

«Tageslicht», sagte Violet. «Wollen vielleicht das Tageslicht reinlassen.»

«Dann brauchen sie nur zurück nach Memphis ziehen, wenn's ihnen ums Tageslicht geht.»

«Memphis? Ich dachte, sie wären hier geboren.»

«Das wollen die einem weismachen. Stimmt aber nicht. Nicht mal in Memphis. Cottown. Ein Ort, von dem kein Mensch je gehört hat.»

«Isses die Möglichkeit», sagte Violet. Sie war sehr überrascht, weil die Damen Dumfrey anmutige, weltläufige Ladys waren, deren Vater in der 136th Street ein Geschäft besaß und die selbst angenehm saubere Arbeit verrichteten: eine kontrollierte die Eintrittskarten im Lafayette; die andere arbeitete im Kontor.

«Sie wollen nicht, daß es sich rumspricht», meinte die Frau.

«Warum?» fragte Violet.

«Eingebildet, darum. Kommt davon, wenn man den ganzen Tag mit Geld umgeht. Ist Ihnen das schon mal aufgefallen? Wie Leute, die beruflich mit Geld umgehen, hochnäsig werden? Wie wenn es ihnen gehören würde statt uns?» Sie sog die Luft durch die Zähne beim Blick auf die zugezogenen Fenster. «Tageslicht, von wegen.»

«Jedenfalls richte ich ihnen immer dienstags das Haar, und heut ist doch Dienstag, oder?»

«Den ganzen Tag lang.»

«Wo sie wohl sein mögen?»

Die Frau schob eine Hand unter den Rock, um ihren Strumpf neu zu knoten. «Irgendwo unterwegs, und versuchen so zu tun, wie wenn sie nicht aus Cottown wären.»

«Und wo sind Sie her?» Violet war beeindruckt von der Fähigkeit der Frau, ihren Strumpf einhändig zu befestigen.

«Cottown. Kenn die beiden seit Urzeiten. Kaum sind sie hier, tut die ganze Familie, wie wenn sie mich ihr Lebtag nie gesehen hätte. Kommt davon, wenn man mit Geld umgeht statt mit dem Kehrbesen, und zu dem sollt ich jetzt lieber zurück, bevor ich diese vermaledeite Arbeit verliere. Ach Herrjesus.» Sie seufzte schwer. «Hängen Sie doch einen Zettel hin. Glauben Sie nur nicht, daß ich denen erzähle, daß Sie da waren. Wir reden nicht miteinander, wenn's nicht sein muß.» Sie knöpfte sich den Mantel zu und machte dann mit der Hand eine Tu-doch-was-dir-paßt-Geste, als Violet sagte, sie würde noch ein bißchen warten.

Violet setzte sich auf die breite Treppe und verstaute ihre Tasche mit Brennscheren, Öl und Shampoo hinter ihren Unterschenkeln.

Als sie das Baby in den Armen hielt, zupfte sie ihm die Decke um die Wangen gegen den bedrohlichen Wind, der zu kalt war für sein honigsüßes butterfarbenes Gesichtchen. Sein großäugiger, ausdrucksloser Blick brachte sie zum Lächeln. Behagen breitete sich in ihrem Magen aus, und eine Art hüpfendes, springendes Licht fuhr ihr durch die Adern.

Joe wird begeistert sein, dachte sie. Begeistert. Und rasch rasten ihre Gedanken voraus in ihr Schlafzimmer und zu dem, was sie darin als Kinderbettchen benutzen konnte, bis sie ein richtiges beschafft hatte. Babyseife war schon in dem Musterkoffer, also konnte sie ihn gleich in der Küche baden. Ihn? War es ein Er? Violet hob den Kopf zum Himmel und lachte in Erwartung des Augenblicks, wenn sie heimkam und nachsehen konnte. Das Lachen – ungebärdig und laut – war Beweis des Diebstahls für die einen, für andere machte es ihn unglaubhaft. Würde eine Diebin, die klammheimlich ein Kind stahl, an einer Ecke kaum hundert Meter von dem Weidenkinderwagen entfernt, aus dem sie es genommen hatte, so auf sich aufmerksam machen? Würde eine brave Unschuldige ein Kind, auf das sie nur kurz aufpassen sollte, während seine ältere Schwester zurück ins Haus lief, spazierentragen und so lachen?

Die Schwester stand brüllend vor dem Haus und versammelte Nachbarn und Passanten um sich, während sie suchend das Trottoir hinauf- und hinabschaute und dabei schrie: «Philly! Philly ist weg! Sie hat Philly gestohlen!» Sie hielt die Hände um den Kinderwagengriff geklammert, fest entschlossen, nicht dorthin zu laufen, wo ihre Blicke hinfielen, als ob der Wagen, leer bis auf die Schallplatte, die sie hineingeworfen hatte – um derentwillen sie zurück ins Haus geeilt war und die jetzt auf dem Kopfkissen lag, wo vorher ihr Brüderchen gelegen hatte –, als ob dieser Wagen sonst auch noch verschwinden würde.

«Wer sie?» fragte jemand. «Wer hat ihn gestohlen?»

«Eine Frau! Ich war bloß eine Minute weg. Nicht mal eine! Ich hab sie gefragt ... ich hab gesagt ... und sie hat gesagt, gern ...!»

«Du hast ein leibhaftiges Kind einer Fremden überlassen, um eine Schallplatte zu holen?» Der Abscheu in der Stimme des Mannes trieb dem Mädchen Tränen in die Augen. «Hoffentlich reißt dich deine Mutter in Stücke.»

Meinungsstreit und Debatten flammten in der Menge auf wie angeriebene Streichhölzer.

«Nicht so viel Verstand wie eine Mücke.»

«Wer hat dich bloß so falsch erzogen?»

«Polizei sollte man holen.»

«Wieso?»

«Die können zumindest suchen.»

«Schau doch nur, wegen was sie das Kind stehengelassen hat!»

«Wegen was denn?»

«Dem ‹Posaunen-Blues›.»

«Barmherziger.»

«Der wird die Mama schon was posaunen, wenn sie heimkommt.»

Das kleine Häufchen Leute, immer wütender über die dumme, verantwortungslose Schwester, über die Polizei, über die Schallplatte, die dort lag, wo ein Baby hätte sein sollen, sie hatten die Kindsentführerin fast vergessen, als ein Mann am Rinnstein sagte: «Ist sie das?» Er deutete auf Violet an der Ecke, und just als sich alle in die Richtung drehten, in die sein Finger zeigte, warf Violet, gekitzelt von kommenden Entdekkerfreuden, den Kopf zurück und lachte laut heraus.

Der Beweis ihrer Unschuld in Gestalt der Tasche mit Frisierutensilien lag noch auf der Treppe, auf der Violet gewartet hatte.

«Würd ich denn meine Tasche mit dem Handwerkszeug, mit dem ich meinen Lebensunterhalt verdiene, liegenlassen, wenn ich dein Baby stehlen wollte? Du glaubst wohl, ich spinne?» Violets Augen, zusammengekniffen und rauchend vor Wut, blickten die Schwester durchdringend an. «Da hätt ich doch alles mitgenommen! Mitsamt dem Kinderwagen, wenn ich das gewollt hätte!»

Das schien den meisten in der Menge wahr und einleuchtend, besonders denen, die der Schwester die Schuld gaben. Die Frau hatte ihre Tasche stehengelassen und trug bloß das Baby ein wenig herum, während die ältere Schwester – zu dumm, um richtig auf ein Kind aufzupassen – zurück ins Haus lief wegen einer Platte, die sie einer Freundin vorspielen wollte.

Und wer weiß, was sonst noch im Kopf eines Mädchens vorging, das zu blöd war, ein schlafendes Baby zu hüten.

Einer Minderheit schien es unwahrscheinlich und ziemlich verdächtig. Warum sollte sie so weit weggehen, wenn sie das Baby nur wiegen, mit ihm spielen wollte? Warum ging sie nicht ganz normal vor dem Haus auf und ab? Und was für ein Lachen war das? Was für ein Lachen! Wenn sie so lachen konnte, war sie nicht nur imstande, ihre Tasche zu vergessen, sondern die ganze Welt.

Die gescholtene Schwester brachte Baby, Kinderwagen und «Posaunen-Blues» wieder die Treppe hinauf.

Die triumphierende und zornige Violet schnappte ihre Tasche und sagte: «Das letzte Mal, daß ich jemand hier einen Gefallen tu. Paßt doch selbst auf eure blöden Babys auf!» Und so dachte sie auch hinfort und immer danach; sie behielt den Vorfall als einen unverschämten Vorwurf in Erinnerung. Das behelfsmäßige Kinderbettchen, die Babyseife verschwanden aus ihren Gedanken. Die Erinnerung an das Licht jedoch, das durch ihre Adern gehüpft war, kehrte hin und wieder zurück, und gelegentlich, wenn an einem bedeckten Tag gewisse Ecken im Zimmer dem Lampenlicht widerstanden, wenn die roten Bohnen im Topf ewig nicht gar zu werden schienen, stellte sie sich eine Helligkeit vor, die man in den Armen tragen konnte. Und verteilen, falls nötig, an Orte so dunkel wie ein Brunnengrund.

Joe erfuhr nie etwas von Violets öffentlich gewordener Verrücktheit. Stuck, Gistan und andere Freunde erzählten einander von den Vorfällen, konnten sich aber nicht überwinden, mehr zu ihm zu sagen als: «Wie geht's denn Violet? Gut, ja?» Doch ihre privaten Knackse waren ihm bekannt.

Ich nenne sie Knackse, weil sie das waren. Keine offenen Löcher oder Brüche, sondern dunkle Risse im Halbkugellicht des Tages. Sie wacht morgens auf und sieht mit vollendeter

Klarheit eine Reihe von deutlich erhellten kleinen Szenen. In jeder findet etwas anderes statt: Essensdinge, Arbeitsdinge; Kundinnen und Bekannte werden getroffen, Häuser betreten. Aber sie sieht sich nicht selbst diese Dinge tun. Sie sieht, daß sie getan werden. Das Halbkugellicht erhellt und badet jede Szene, und man sollte annehmen, daß dort am Ende des Bogens, wo das Licht aufhört, ein solider Untergrund ist. In Wahrheit aber gibt es keinen Untergrund, sondern Durchgänge, Spalten, über die man die ganze Zeit steigt. Doch auch das Halbkugellicht ist unvollkommen. Genau betrachtet, ist es voller Nähte, schlecht verklebter Sprünge und Schwachstellen, hinter denen alles sein kann. Alles Erdenkliche. Manchmal, wenn Violet nicht aufpaßt, stolpert sie in diese Sprünge, wie damals, als sie, statt die linke Ferse nach vorn zu setzen, nach hinten trat und die Beine anwinkelte, um sich auf die Straße zu setzen.

Früher war sie nicht so gewesen. Sie war ein fixes Mädchen, das wußte, was es wollte, und eine zupackende junge Frau mit der Klatschbasenzunge einer Friseuse. Alles mußte nach ihrem Kopf gehen, und das tat es auch. Sie hatte Joe gewählt und sich geweigert, nach Hause zurückzugehen, nachdem sie ihn im frühen Morgenlicht Gestalt annehmen sah. Sie hatte ihnen beiden den Weg aus dem Tenderloin District in eine geräumige Wohnung in Harlem erkämpft, die einer anderen Familie versprochen war, indem sie den Vermieter ausgesessen und seine Tür belagert hatte. Sie verschaffte sich Kundinnen, indem sie sie ansprach und ihre Dienste beschrieb («Ich mach es besser und billiger und außerdem wann und wo Sie wollen»). Sie schlug bei Fleischern und Straßenverkäufern Qualität und Extras heraus («Legen Sie das kleine Endstück noch drauf. Sie wiegen die Stengel, ich will die Blätter»). Lange bevor Joe im Drugstore stand und einem Mädchen beim Bonbonkauf zusah, war Violet schon in den einen oder anderen Knacks gestolpert. Hatte das Alleserdenkliche im Mund beginnen gespürt. Worte, die nur für sich selbst Sinn ergaben, drängten sich in eine ansonsten ganz normale Aussage.

«Ich glaub nicht, daß diesen Monat schon eine Acht dran war», sagt sie und denkt an die täglichen Lottozahlen. «Keine einzige. Muß doch bald mal eine kommen; ich häng jetzt an alles eine Acht dran.»

«So kann man doch nicht spielen», sagt Joe. «Nimm eine Kombination und bleib dabei.»

«Nein. Die Acht ist dran, das weiß ich. War im August überall – sogar den ganzen Sommer. Jetzt ist Zeit, daß sie aus dem Versteck kommt.»

«Tu, was du nicht lassen kannst.» Joe überprüft eine Sendung Cleopatra-Produkte.

«Hätte gute Lust, sie mit einer Null und zwei oder drei anderen Zahlen zu koppeln, nur für alle Fälle, wer ist das hübsche Mädchen neben dir?» Sie schaut Joe an und erwartet eine Antwort.

«Was?» Er runzelt die Stirn. «Was sagst du da?»

«Oh.» Violet zwinkert rasch. «Nichts. Ich mein... nichts.»

«Hübsche Mädchen?»

«Nichts, Joe. Nichts.»

Sie meint, man kann nichts machen, aber etwas war da. Etwas Unbedeutendes, aber Beunruhigendes. Wie damals, als Miss Haywood sie gefragt hat, um wieviel Uhr sie ihrer Enkelin das Haar richten könnte, und Violet gesagt hat: «Um zwei, wenn bis dann der Sarg weg ist.»

Sich nach solchen Fehlgriffen herauszuwinden ist nicht allzu schwer, weil keiner sie drängt. Passierte den anderen das auch? Vielleicht. Vielleicht hat jeder Mensch eine verräterische Zunge, die sich gern selbständig macht. Violet wird still. Spricht immer weniger, bis «mhm» oder «Barmherziger» fast ihr einziger Beitrag zur Unterhaltung sind. Weniger entschuldbar als ein unberechenbares Mundwerk ist allerdings eine sich selbständig machende Hand, die in einem Papageienkäfig ein wochenlang verlorenes Messer finden kann. Violet ist sowohl still als auch stumm. Mit der Zeit ärgert ihr Schweigen ihren Mann, dann gibt es ihm zu denken, und schließlich bedrückt es ihn. Er ist mit einer Frau verheiratet, die hauptsächlich mit ihren Vögeln spricht. Von denen einer antwortet: «Ich liebe dich.»

ODER ES FRÜHER einmal getan hat. Als Violet die Vögel rauswarf, verzichtete sie nicht nur auf die Gesellschaft der Kanarienvögel und das Bekenntnis des Papageis, sondern auch auf die tägliche Prozedur, ihre Käfige abzudecken, eine Gewohnheit, die eine jener Notwendigkeiten für die Nacht geworden war. Die einem helfen, durchzuschlafen. Harte körperliche Arbeit könnte das sein; oder Alkohol. Ganz sicher ein Körper – ein freundlich gesinnter, wenn nicht gar vertrauter –, der neben einem liegt. Jemand, dessen Berührung beruhigend ist, nicht verletzend oder lästig. Jemand, dessen schwerer Atem einen weder aufregt noch abstößt, sondern amüsiert, wie der eines geliebten Schoßtiers. Auch Rituale helfen: Tür abschließen, aufräumen, Zähne putzen, die Haare machen, aber das sind nur Vorarbeiten für die wirklich wichtigen Dinge. Die meisten Menschen wollen gern schlagartig einschlafen. In den Schlaf gehauen werden von der Faust der Erschöpfung, um eine Nacht in lärmender Stille zu vermeiden, mit leeren Vogelkäfigen, die nicht mehr mit Tüchern bedeckt werden müssen, und dreisten, nicht lächelnden Mädchen, die vom Kaminsims herunterstarren.

Für Violet, die das Mädchen nie kennengelernt hat, sondern nur ihr Bild und die Persönlichkeit, die sie ihr aufgrund von sorgfältigen Nachforschungen angedichtet hat, ist die Erinnerung an sie wie eine Krankheit im Haus – überall und nirgends. Es gibt nichts, auf das Violet einschlagen könnte, und wenn sie es sich irgendwie von der Seele dreschen muß, einfach muß, dann ist nichts da als Stroh oder ein Sepiadruck.

Für Joe ist das anders. Das Mädchen war drei Monate lang seine Notwendigkeit für die Nacht gewesen. Er erinnert sich an seine Erinnerungen an sie; daran, daß an sie zu denken, wenn er neben Violet im Bett lag, seine Art war, in den Schlaf zu gleiten. Ihr Tod ist ihm arg, er bedauert ihn sehr, aber noch ärger wäre ihm die Möglichkeit, daß sein Gedächtnis versagen, das Liebenswerte nicht mehr heraufbeschwören könnte. Und er weiß, es wird noch weiter nachlassen, weil es schon an dem Nachmittag anfing, als er Dorcas aufgespürt hat. Nachdem sie gesagt hatte, daß sie nach Coney Island wollte und Feste mit Eintritt zum Aufbringen der Miete feiern und öfter ins Mexico. Schon damals klammerte er sich an die Beschaffenheit ihrer Zuckerpickelhaut, den hohen wilden Busch, den die Kopfkissen aus ihrem Haar machten, ihre abgekauten Nägel, die herzzerreißende Art, wie sie dastand, die Zehen nach innen. Und dann, als er sie reden und die schrecklichen Dinge sagen hörte, spürte er, daß ihm das Timbre ihrer Stimme aus dem Sinn schwand und das, was mit ihren Augenlidern geschah, wenn sie sich liebten.

Jetzt liegt er im Bett und erinnert sich an jedes Detail jenes Oktobernachmittags, als er ihr zum erstenmal begegnet ist, von Anfang bis Ende und immer wieder. Nicht nur, weil ihm die Erinnerung gut bekommt, sondern weil er versucht, sie sich ins Gedächtnis einzusengen, sie dort einzubrennen gegen zukünftige Abnutzung. Damit weder sie noch die lebendige Liebe zu ihr verblaßt oder verschorft, so wie die zu Violet. Denn wenn Joe versucht, sich daran zu erinnern, wie es war, als er und Violet jung waren, als sie heirateten und beschlossen, das

Vesper County zu verlassen und nach Norden in die Stadt zu ziehen, fällt ihm fast nichts ein. Er erinnert sich natürlich an Daten, Ereignisse, Käufe, Unternehmungen, sogar ganze Szenen. Aber es fällt ihm schwer, sich handgreiflich vorzustellen, wie es sich angefühlt hat.

Er hatte lange mit diesem Verlust gekämpft, hatte geglaubt, er habe sich schon darein gefügt, habe sich mit der Tatsache abgefunden, daß Altern bedeute, sich nicht mehr zu entsinnen, wie sich etwas angefühlt hat. Daß man sagen konnte: «Ich war zu Tode erschrocken», aber den Schrecken nicht mehr zurückholen. Daß man im Kopf die Szenen der Ekstase, des gewaltsamen Todes, der Zärtlichkeit ablaufen lassen konnte, ihnen aber alles entzogen war außer der Sprache, die sie beschrieb. Er dachte, er hätte sich damit abgefunden, aber er hatte sich getäuscht. Als er Sheila aufsuchte, um ihr die bestellten Cleopatra-Produkte zu bringen, betrat er ein Zimmer voller lachender, scherzender Frauen – und da war sie, stand an der Tür, hielt sie ihm auf, dasselbe Mädchen, das ihn im Drugstore so verwirrt hatte; dieses Mädchen, das Zuckerzeug kaufte und sich damit die Haut kaputtmachte, hatte ihn so bewegt, daß ihm die Augen brannten. Und dann stand sie plötzlich in Alice Manfreds Tür, Zehen eingedreht, das Haar geflochten, nicht einmal lächelnd, ihn aber ganz sicher willkommen heißend. Ganz sicher. Sonst hätte er doch nicht die Kühnheit, die Nerven gehabt, ihr beim Weggehen an der Tür etwas zuzuflüstern.

Es war eine vulgäre Zudringlichkeit, die ihm Spaß gemacht hatte, weil er sie nie zuvor benützt oder gebraucht hatte. Der Stich des Verlangens, das beim Flüstern durch die sich schließende Tür in ihm aufstieg und das er zu genießen begann. Erst steckte er es weg und freute sich am Wissen, daß es da war. Dann packte er es aus, um es in aller Ruhe ans Licht zu bringen und zu bewundern. Er verlangte und schmachtete nicht nach dem Mädchen, vielmehr dachte er an sie und entschied. Genauso, wie er sich für seinen Namen entschieden hatte, für den Walnußbaum, auf dem er und Victory schliefen, für ein Stück Schwemmland und den Zeitpunkt des Aufbruchs in die Stadt, genauso entschied er sich für Dorcas. Was seine Ehe mit Violet betraf – die hatte er zwar nicht selbst gewählt, war aber dankbar, daß er es nicht gemußt hatte; daß Violet es für ihn getan und ihm damit geholfen hatte, allen Rotschwingen im County und dem sprechenden Schweigen, das sie begleitete, zu entkommen.

Sie lernten sich im Vesper County, Virginia, unter einem Walnußbaum kennen. Sie hatte wie alle anderen auf dem Feld gearbeitet und war nach der Pflückzeit dageblieben, um bei einer Familie, zwanzig Meilen von ihrer eigenen entfernt, unterzuschlüpfen. Sie kannten die gleichen Leute – und hatten den Verdacht, mindestens einen gemeinsamen Verwandten zu haben. Sie zogen einander an, weil es sie an denselben Ort verschlagen hatte, und das einzige, was sie selbst entschieden, war, wann und wo sie sich nachts trafen.

Violet und Joe verließen Tyrell, eine Bahnstation im Vesper County, im Jahre 1906 und bestiegen das Farbigenabteil des Southern Sky. Als der Zug in der Nähe des Wassers, das die Stadt umgab, zu vibrieren begann, meinten sie, ihm sei zumute wie ihnen: aufgeregt, endlich da zu sein, aber voller Angst davor, was auf der anderen Seite war. Gespannt und ein bißchen furchtsam, machten sie nicht ein einziges Nickerchen während der wiegenweichen vierzehnstündigen Fahrt. Die plötzliche Dunkelheit in den Abteilen, wenn sie durch einen Tunnel schossen, ließ sie sich bang fragen, ob da vorn vielleicht eine Wand wäre, in die sie hineinrasten, oder eine ins Nichts ragende Klippe. Den Zug schauderte es wie sie bei dieser Vorstellung, aber er fuhr weiter, und siehe da, vor ihnen war fester Boden, und das Zittern verwandelte sich unter ihren Füßen in ein Tanzen. Joe stand auf und hakte die Finger in die Gepäckablage über seinem Kopf. Er spürte so das Tanzen besser und forderte Violet auf, dasselbe zu tun.

Dort hingen sie, ein junges Paar vom Land, lachend und mit den Schienen um die Wette steppend, als der Schaffner durchkam, freundlich, wenn auch ohne zu lächeln jetzt, wo er in diesem Wagen voller Farbiger nicht mehr lächeln mußte.

«Frühstück im Speisewagen. Frühstück im Speisewagen. Guten Morgen. Komplettes Frühstück im Speisewagen.» Er hielt eine Decke über dem Arm, aus der er eine Literflasche Milch zog und in die Hände einer jungen Frau legte, deren Baby auf ihren Knien schlief. «Komplettes Frühstück.»

Seinen Willen bekam er trotzdem nicht, dieser Schaffner. Er hätte gern gehabt, daß das ganze Abteil in den Speisewagen zog, jetzt, wo man durfte. Jetzt, wo sie Delaware verlassen hatten, und schon weit fort von Maryland, würde es keinen giftgrünen Vorhang mehr geben, der die speisenden Farbigen von den anderen Gästen trennte. Die Köche würden sich jetzt nicht mehr verpflichtet fühlen, besonders große Portionen auf die Teller zu tun, die in Richtung Vorhang gingen; drei Zitronenscheiben im Eistee, zwei Stücke Kokosnußkuchen, angerichtet wie eins – um dem Vorhang das Verletzende zu nehmen, ihn mit einer Extraportion auf dem Teller erträglicher zu machen. Jetzt, an den Rändern der Stadt, gab es keine grünen Vorhänge mehr, der ganze Wagen hätte mit Farbigen voll sein können, und Bedienung nach dem Motto: wer zuerst kommt, mahlt zuerst. Wenn sie nur gewollt hätten. Wenn sie nur die Dosen und Körbe unter ihre Sitze gepackt, ausnahmsweise einmal die Papiertüten zugefaltet, die Speckbrötchen zurück in das Einwickeltuch gelegt hätten und im Gänsemarsch durch die fünf Wagen nach vorn in den Speisewagen gezogen wären, wo das Tafelleinen mindestens so weiß war wie die Bettücher, die sie auf Wacholderbüschen trockneten, wo die Servietten mit einem ebenso steifen Kniff gefaltet waren wie die, die sie fürs

Sonntagsessen bügelten, wo die Soße so glatt war wie ihre eigene und die Brötchen sich neben ihren speckgefüllten, in Tuch gewickelten nicht verstecken mußten. Gelegentlich einmal geschah es. Eine gut beschuhte Frau mit zwei jungen Mädchen, ein priesterlich aussehender Mann mit Uhrkette und einem Hut mit gebogener Krempe standen dann auf, rückten sich die Kleidung zurecht und schlängelten sich durch die Wagen zu den schneeweißen Tischen mit schweren silbrigen Messern und Gabeln. Wurden beaufsichtigt und bedient von einem Schwarzen, der seine Würde nicht mit einem Lächeln verbrämen mußte.

Joe und Violet dachten gar nicht daran: Geld auszugeben für eine Mahlzeit, die ihnen nicht fehlte und für die sie still an einem Tisch – oder noch schlimmer: getrennt durch einen – hätten sitzen müssen. Nicht jetzt. Nicht jetzt, wo sie tanzend in den Rachen der Stadt fuhren. Violets Hüften streiften seinen Schenkel, während beide, unfähig, das Lächeln zu unterdrükken, im Mittelgang standen. Sie waren noch nicht einmal da, und schon sprach die Stadt zu ihnen. Sie tanzten. Und wie eine Million anderer starrten sie mit klopfendem Herzen, die Füße beherrscht von den Schienen, aus den Fenstern nach dem ersten Blick auf die Stadt, die da mit ihnen tanzte und schon jetzt bewies, wie sehr sie sie liebte. Wie eine weitere Million anderer konnten sie es kaum erwarten, endlich dort zu sein und ihre Liebe zu erwidern.

Bei manchen ging es langsam; sie reisten von Georgia nach Illinois, in die Stadt, zurück nach Georgia, hinaus nach San Diego und ergaben sich am Ende doch kopfschüttelnd der Stadt. Andere wußten gleich, daß sie das richtige für sie war, diese Stadt und keine andere. Sie kamen aus einer Laune heraus, weil sie eben da war, und warum auch nicht? Sie kamen nach langem Planen und vielen Briefen hin und her, um sicherzugehen und zu wissen, wie und wieviel und wo. Sie kamen zu

Besuch und vergaßen, zu ihrer hoch oder niedrig stehenden Baumwolle zurückzukehren. Entlassen in allen oder ohne Ehren, gefeuert mit oder ohne Abfindung, enteignet mit oder ohne Kündigung, blieben sie eine Weile und konnten sich dann nicht mehr vorstellen, woanders zu sein. Andere kamen, weil ein Verwandter oder Heimatfreund sagte: Mann, das mußt du sehen, bevor du stirbst, oder: Wir haben jetzt Platz, also pack deinen Koffer und bring ja keine Schnürstiefel mit.

Wie immer sie kamen, wann oder warum, sobald das Leder ihrer Schuhsohlen das Pflaster berührte, gab es kein Umkehren mehr. Selbst wenn das gemietete Zimmer kleiner als ein Kuhverschlag war und dunkler als ein Morgenabtritt, blieben sie, um ihre Lottozahlen zu sehen, sich vor Publikum zu hören, zu spüren, wie sie sich die Straße entlangbewegten, zusammen mit Hunderten anderer, die sich genauso bewegten wie sie und beim Sprechen mit gleich welchem Akzent die Sprache gleichermaßen wie ein formbares, zu ihrem Ergötzen gemachtes Spielzeug benutzten. Zum Teil war der Grund ihrer Liebe zu der Stadt das Schreckgespenst, das sie hinter sich ließen. Die gebeugten Rücken der Veteranen vom 27. Bataillon, verraten von dem Kommandeur, für den sie wie die Irren gekämpft hatten. Die Augen von Tausenden, starr vor Abscheu darüber, daß sie von einem Mr. Armour, einem Mr. Swift, einem Mr. Montgomery Ward importiert worden waren, um Streiks zu brechen, und dann dafür entlassen wurden. Die kaputten Schuhe von zweitausend Hafenarbeitern in Galveston, denen Mr. Mallory nie fünfzig Cents die Stunde zahlen würde wie den Weißen. Die bittenden Hände, der krächzende Atem, die stummen Kinder derer, die aus Springfield in Ohio, Springfield in Indiana, Greensburg in Indiana, Wilmington in Delaware, New Orleans in Louisiana entkommen waren, nachdem rasende Weiße wie toll über die Feldwege und Gärten ihrer Heimat hergefallen waren.

Die Welle der Schwarzen, die vor Entbehrung und Gewalt davonliefen, schwappte hoch in den siebziger Jahren, in den Achtzigern, den Neunzigern; und war 1906, als Joe und Violet sich ihr anschlossen, zu einem beständigen Strom angewachsen. Wie die anderen waren auch sie Menschen vom Lande, aber wie schnell vergessen Menschen vom Lande! Wenn die sich in eine Stadt verlieben, dann auf alle Ewigkeit, und es ist wie eine Ewigkeit. Als hätte es nie eine Zeit gegeben, in der sie die Stadt nicht geliebt haben. Kaum daß sie am Bahnhof ankommen oder von der Fähre steigen und die breiten Straßen mit den verschwenderisch hellen Laternen darüber erblicken, wissen sie, daß sie dafür geboren sind. Dort, in der Stadt, sind sie gar nicht so sehr neue Menschen als vielmehr sie selbst: ihr stärkeres, waghalsigeres Selbst. Und anfangs, wenn sie gerade ankommen, wie auch zwanzig Jahre später, wenn sie und die Stadt erwachsen geworden sind, lieben sie diesen Teil von sich so sehr, daß sie vergessen, wie es war, andere Menschen zu lieben – das heißt, falls sie das je gewußt haben. Ich will damit nicht sagen, daß sie andere nun hassen, nur lieben sie jetzt eher die Art und Weise, wie Menschen sich in der Stadt verhalten; die Art und Weise, wie ein Schulmädchen an der Ampel gar nicht stehenbleibt, sondern vor dem Schritt vom Randstein nach links und rechts schaut; wie Männer sich an riesige Gebäude und winzige Veranden anpassen; wie eine Frau aussieht, die sich in einer Menschenmenge bewegt, oder wie schockierend ihr Profil vor der Kulisse des East River wirkt. Die Gelassenheit bei der Küchenarbeit, wenn sie weiß, das Lampenöl oder der Markt sind gleich um die Ecke und nicht sieben Meilen entfernt; das Erstaunen, wenn man das Fenster aufschiebt und sich stundenlang von den Menschen unten auf der Straße hypnotisieren läßt.

Wenig von alledem trägt zur Liebe bei, aber es fördert das Verlangen. Die Frau, die das Blut eines Mannes in Wallung brachte, wenn sie ganz allein an einem Zaun an der Landstraße lehnte, kann vielleicht nicht erwarten, ihm in der Stadt auch nur aufzufallen. Aber wenn sie eilig die Großstadtstraße hinunterstöckelt und die Handtasche schwingt oder mit einem kühlen Bier in der Hand auf einer Haustreppe sitzt und den Schuh auf den Zehen wippen läßt, dann ist der Mann, der auf ihre Haltung reagiert, auf die weiche Haut vor dem Stein, wobei das Gewicht des Gebäudes den zierlichen, wippenden Schuh betont, dann ist dieser Mann gefesselt. Und dann glaubt er, es sei die Frau, die er will, nicht das Zusammenspiel von rundgehauenem Stein und einem schwingenden hochhackigen Schuh, der sich zwischen Sonne und Schatten hin- und herbewegt. Er erkennt das Trugbild sofort, den Trick aus Formen, Licht und Bewegung, aber das spielt überhaupt keine Rolle, weil das Trugbild auch mit dazugehört. Er spürt jedenfalls, wie sich seine Lungen weiten und zusammenziehen. In der Stadt gibt es keine Luft, aber man kann atmen, und jeden Morgen durchfährt ihn der Atem wie Lachgas und erhellt seine Augen, seine Worte und seine Erwartungen. Im Nu vergißt er kleine kieselige Bäche und Apfelbäume, die so alt sind, daß sie die Äste auf dem Boden ablegen und man hinuntergreifen oder sich bücken muß, um die Früchte zu pflücken. Er vergißt eine Sonne, die sich wie das Gelb eines guten Landeis dick und rot-orange vom Rand des Himmels hinaufschob, und er vermißt sie nicht, er schaut nicht hinauf, um zu sehen, was mit ihr passiert ist oder mit den Sternen, die im Licht aufregend verschwenderischer Straßenlaternen belanglos geworden sind.

Diese Faszination, anhaltend und unkontrollierbar, packt Kinder, junge Mädchen, Männer jeden Schlags, Mütter, Bräute und Barhockerinnen, und wenn sie ihren Willen kriegen und in die Stadt gelangen, fühlen sie sich mehr sie selbst, mehr wie die Menschen, für die sie sich immer gehalten haben. Nichts kann sie davon abbringen; die Stadt ist so, wie sie sie haben wollen: verschwenderisch, warm, erschreckend und voller liebenswürdiger Fremder. Kein Wunder, daß sie die kieseligen Bäche vergessen und den Himmel, wenn sie ihn schon nicht ganz und gar vergessen, nur noch als winzigen Hinweis auf die Tages- oder Nachtzeit betrachten.

Aber ich habe auch die Stadt unglaubliche Himmel hervorbringen sehen. Schaffner und Bedienstete im Speisewagen, die nicht daran dächten, aus der Stadt fortzuziehen, ergehen sich manchmal lang und breit über Himmel auf dem Land, die sie aus Zugfenstern gesehen haben. Aber nichts übertrifft das, was die Stadt aus einem Nachthimmel machen kann. Er kann sich jeglicher Kontur entleeren und, meerähnlicher als das Meer selbst, tief und sternenlos werden. Dicht über den Dächern der Häuser, nahe, näher als die Mütze, die du aufhast, dräut so ein Stadthimmel und weicht wieder zurück, dräut und weicht zurück und erinnert mich an die freie, aber unerlaubte Liebe von Verliebten, bevor sie entdeckt werden. Wenn ich ihn ansehe, diesen über einer glitzernden Stadt aufsteigenden Nachthimmel, dann vermag ich Träume von dem wegzuschieben, von dem ich weiß, daß es im Meer ist und in den Buchten und Flüssen, die es nähren: die zweisitzigen Flugzeuge, Nase nach unten im Dreck, und Pilot und Passagiere starren Schwärme vorbeischwimmender Blaufische an; das durchweichte und salzige Geld in Segeltuchsäcken oder, leicht an den Rändern flatternd, von für die Ewigkeit gemachten Metallbändern gehalten. All das ist dort unten, zusammen mit gelben Blumen, die Wasserkäfer fressen, und Eiern, die von flappenden Flossen forttreiben; zusammen mit den Kindern, die sich bei der Wahl ihrer Eltern vertan haben; zusammen mit Brocken von Carrara-Marmor, der von altmodischen Gebäuden abgeschlagen wurde. Auch Flaschen gibt es, aus so schönem Glas, daß es mit den Sternen wetteifern könnte, die ich über mir nicht sehe, weil der Stadthimmel sie versteckt hat.

Wenn er nur wollte, könnte er mir Sterne zeigen wie aus den Lamékleidern von Revuetänzerinnen geschnitten, oder solche, die sich in den Augen von Liebenden spiegeln, verstohlen und glücklich unter dem Dräuen eines tief hängenden, zum Greifen nahen Himmels.

Aber das ist noch nicht alles, was ein Stadthimmel vermag. Er kann sich lila färben und ein orangerotes Herz behalten, so daß die Kleider der Menschen auf den Straßen wie Revuekostüme glühen. Ich habe Frauen Hemden in Kochstärke rühren oder mit winzigen Stichlein ihre Strümpfe flicken sehen, während ein Mädchen ihrer Schwester am Ofen die Haare entkraust, und währenddessen treibt draußen das Paradies, unbemerkt und schön wie ein Irokese, an ihren Fenstern vorbei. Und auch an den Fenstern, hinter denen Liebende, frei, aber unerlaubterweise, einander Dinge erzählen.

Zwanzig Jahre nachdem Joe und Violet mit dem Zug in die Stadt hineintanzten, waren sie noch immer ein Paar, redeten aber kaum mehr miteinander, geschweige denn, daß sie zusammen lachten oder so taten, als sei die Erde ein Tanzboden. Überzeugt davon, daß nur er sich an jene Tage erinnert und sie wiederhaben will, sich bewußt, wie es aussah, aber durchaus nicht, wie es sich anfühlte, hat Joe sich anderweitig gepaart. Er hat bei einer Nachbarin ein Zimmer gemietet, die den Preis für ihre Diskretion genau kennt. Sechs Stunden die Woche hat er erworben. Zeit genug für den Stadthimmel, von dünnem Eisblau in ein Lila mit goldenem Herzen überzugehen. Und Zeit genug, wenn die Sonne versinkt, seiner neuen Liebe Dinge zu erzählen, die er seiner Frau nie erzählt hat.

Wichtige Dinge, etwa wie der Hibiskus am Ufer eines Flusses in der Dämmerung riecht; wie er in dem Licht kaum die eigenen Knie sieht, die sich durch die Löcher in seinen Hosen bohren. Wie kommt er dann drauf, daß er ihre Hand sehen wird, wenn sie sich entschließen könnte, sie durch die Büsche zu strecken und ihm zu bestätigen, ein für allemal, daß sie wirklich seine Mutter ist? Und selbst wenn ihn diese Bestätigung beschämte, würde sie ihn doch zum glücklichsten Jungen in ganz Virginia machen. Das heißt, falls sie sich dazu entschließen könnte, ihm das zu zeigen, sich ausnahmsweise anhören würde, was er ihr zu sagen hat, und es dann tun, irgendwie ja sagen, selbst wenn es ein Nein wäre, damit er Bescheid wüßte. Und wie er bereit war, sich darauf einzulassen, womöglich gedemütigt zu werden und zugleich dankbar zu sein, weil die Bestätigung beides bedeuten würde. Ihre Hand, ihre Finger, die sich durch die Blüten schöben und seine berührten, ihn vielleicht ihre anfassen lassen würden. Er hätte ihre Hand ja nicht ergriffen, gepackt und sie hinter den Büschen hervorgezogen. Vielleicht hatte sie davor Angst, aber das hätte er ja nicht getan und es ihr auch gesagt. Nur ein Zeichen, sagte er, zeig mir nur deine Hand, sagte er, und dann weiß ich es weißt du denn nicht daß ich es wissen muß. Sie würde gar nichts zu sagen brauchen; obwohl sowieso keiner sie je etwas hatte sagen hören; es bräuchten keine Worte zu sein; er brauchte keine Worte und wollte sie gar nicht, weil er wußte, wie Worte lügen können, einem das Blut in Wallung bringen und dann einfach verschwinden. Sie würde nicht einmal das Wort «Mutter» sagen müssen. Nichts dergleichen. Nur ein Zeichen sollte sie ihm geben, ihre Hand, durch die Blätter geschoben, die weißen Blüten, würde reichen, ihm mitzuteilen, daß sie wußte, er war derjenige, der Sohn, den sie vor vierzehn Jahren geboren hatte und vor dem sie weggelaufen war, aber nicht zu weit. Nur eben weit genug, um alle Welt zu ärgern, weil sie nicht völlig fort war, und nah genug, um jeden zu erschrecken, denn sie schleicht sich herum und versteckt sich und faßt an und lacht ein leises süßes Kleinmädchenlachen im Zuckerrohr.

Vielleicht hatte sie es getan. Vielleicht waren es ja ihre Finger, die sich da so im Busch bewegten, und keine Zweige, aber in solch schwachem Licht, daß er nicht einmal die eigenen Knie durch die Löcher in seinen Hosen sah, hat er vielleicht das Zeichen übersehen, das Scham gemischt mit Freude gewesen wäre, wenigstens das, anstelle des inneren Nichts, mit dem er von da an herumlief bis zum Herbst 1925, als er jemand davon erzählen konnte. Einer Frau, die Dorcas hieß, mit Hufen auf den Wangenknochen und einem genaueren Wissen davon, wie dieses innere Nichts beschaffen war, als andere in seinem Alter. Und die es für ihn füllte, so wie er es für sie füllte, weil sie es auch hatte.

Vielleicht war ihr Nichts schlimmer, weil sie ihre Mutter gekannt und sogar einmal eine Ohrfeige von ihr bekommen hatte für irgendeine Frechheit, an die sie sich nicht erinnerte. Aber an den Schlag ins Gesicht erinnerte sie sich und erzählte ihm davon, von dem Knall und dem Stechen und davon, wie es gebrannt hatte. Wie es gebrannt hatte, davon erzählte sie ihm. Und von allen Schlägen, die sie bekommen hatte, erinnerte sie sich an diesen am besten, weil es der letzte war. Sie beugte sich aus dem Fenster im Haus ihrer besten Freundin, weil die Schreie nicht Teil dessen waren, was sie gerade träumte. Sie ertönten außerhalb ihres Kopfes, auf der anderen Straßenseite. Und auch das Gerenne. Alle rannten. Nach Wasser? Eimern? Nach dem Feuerwehrauto, das sich poliert und stolz in einem anderen Teil der Stadt befand? Keine Möglichkeit, in das Haus zu laufen, in dem ihre Wäscheklammerpuppen aufgereiht lagen. In einer Zigarrenkiste. Trotzdem versuchte sie es. Barfuß, in dem Kleid, in dem sie geschlafen hatte, lief sie sie holen und schrie ihre Mutter an, daß die Kiste mit den Puppen, die Kiste mit den Puppen oben auf der Frisierkommode stand, können wir sie holen? Mama?

Wieder weint sie, und Joe hält sie fest. Der Irokesenhimmel zieht an den Fenstern vorüber, und wenn sie ihn sehen, dann bemalt er ihre Liebe wie mit Buntstiften. Und das ist der

Augenblick, in dem er, nach einem angemessenen Schweigen, seinen Musterkoffer von Cleopatra vom Stuhl nimmt und sie neckt, bevor er ihn aufmacht und den Deckel hochhebt, so daß sie nicht gleich sieht, was er unter den Gläsern und parfümsüßen Kästchen versteckt hat; das Geschenk, das er ihr mitgebracht hat. Das ist die kleine Schleife, die ihren Tag zubindet, zur gleichen Zeit, als der Stadthimmel sein orangerotes Herz in Schwarz kleidet, um seine Sterne erst einmal lang zu verstekken, bevor er sie einen um den anderen austeilt wie Geschenke.

Inzwischen hat sie ihm die Nagelhaut zurückgeschoben, ihm die Nägel gesäubert und sie mit farblosem Nagellack lackiert. Sie hat ein wenig geweint, als sie von East St. Louis erzählte, und tröstet sich jetzt mit seinen Fingernägeln. Es macht ihr Freude zu wissen, daß die Hände, die sie unter der Decke heben und drehen, von ihr gepflegt worden sind. Von ihr eingerieben mit einer Creme aus einem Glas von etwas aus seinem Musterkoffer. Sie richtet sich auf, nimmt sein Gesicht in die Hände, küßt beide Lider seiner Zweifarbenaugen. Eins für mich, sagt sie, und eins für dich. Eins für mich und eins für dich. Gib du mir, dann geb ich dir. Gib's mir. Gib's mir.

Sie bemühen sich, nicht zu schreien, können aber nicht anders. Manchmal hält er ihr mit der Hand den Mund zu, damit keiner, der im Flur vorbeigeht, sie hört, und wenn er kann, wenn er rechtzeitig dran denkt, beißt er ins Kopfkissen, um seinen eigenen Schrei zu ersticken. Wenn er kann. Manchmal glaubt er, daß er ihn unterdrückt hat, weil der Kissenzipfel ja in seinem Mund steckt, aber dann hört er, wie er einatmet und ausatmet, ein und aus, am Ende eines Schreis, der nur aus seiner erschöpften Kehle kommen konnte.

Sie lacht darüber, lacht und lacht, bevor sie sich rittlings auf seinen Rücken setzt und mit den Fäusten drauf trommelt. Dann, wenn sie ermattet ist und er schon halb eingeschlafen, beugt sie sich herunter, die Lippen hinter seinem Ohr, und macht Pläne. Mexico, flüstert sie. Ich will, daß du mit mir ins Mexico gehst. Zu laut, murmelt er. Nein nein, sagt sie, es ist grad richtig. Wie willst du das wissen? fragt er. Ich hab's gehört, ich hab gehört, die Tische sind rund und haben weiße Tischtücher drauf und klitzekleine Lampenschirme. Die machen erst auf, wenn schon lang Bettzeit für dich ist, sagt er lächelnd. Jetzt ist Bettzeit für mich, sagt sie, die Mexikaner schlafen am Tag, guck doch mich an. Sie sind drin, bis es Zeit für die Kirche ist am Sonntagmorgen, und keine Weißenleut können rein, und die Jungs, die spielen, stehen manchmal auf und tanzen mit einem. O-oh, sagt er. Was o-oh, fragt sie. Ich will ja nur mit dir tanzen und dann an einem runden Tisch mit dir sitzen mit einer Lampe drauf. Leute könnten uns sehen, sagt er, die kleinen Lämpchen, von denen du redest, sind groß genug, daß man sieht, wer da ist. Das sagst du immer, kichert sie, wie letztes Mal, und da hat keiner uns angeschaut, die haben sich alle so amüsiert, und das Mexico ist noch besser, weil keiner unters Tischtuch schauen kann, stimmt's? Stimmt's? Wenn du nicht tanzen willst, können wir einfach da am Tisch sitzen und blasiert aussehen im Lampenlicht und der Musik zuhören und die Leute beobachten. Keiner kann unter die Tischdecke schauen. Joe, Joe, geh mit mir hin, sag, daß du mit mir hingehst. Und wie willst du aus dem Haus kommen? fragt er. Das krieg ich schon hin, flötet sie, so wie immer, sag doch ja. Na schön, sagt er, na schön, hat keinen Wert, den Apfel zu pflücken, wenn man nicht wissen will, wie er schmeckt. Wie schmeckt er denn, Joe? fragt sie. Und er macht die Augen auf.

Die Tür ist verschlossen, und Malvonne wird erst lang nach Mitternacht von ihren Büros in der 40th Street zurückkommen, ein Gedanke, der sie beide erregt: daß sie, wenn es möglich wäre, fast die Nacht zusammen verbringen könnten. Wenn Alice Manfred oder Violet, sagen wir mal, eine Reise machen würden, dann könnten die beiden das Geschenk, das er ihr immer macht, bis zum dunkelsten Teil der Nacht aufschieben, wenn Malvonne, nach Oxydol und Bohnerwachs riechend, zurückkommt. Unter den jetzigen Umständen schleicht Dorcas, nachdem sie die Pläne für das Mexico geschmiedet haben, zur Tür hinaus und die Treppe hinunter, bevor Violet ihre Abendköpfe fertig hat und so gegen sieben nach Hause kommt, um festzustellen, daß Joe den Vögeln schon frisches Wasser gegeben und ihre Käfige zugedeckt hat. In diesen Nächten macht es Joe nichts aus, neben seiner stummen Frau wach zu liegen, weil seine Gedanken bei diesem jungen, lieber Gott, jungen Mädchen sind, das sein Leben beseelt und ihn zugleich wünschen läßt, er wäre nie geboren.

Malvonne lebte allein, mit Zeitungen und in kleinen Büchern abgedruckten Geschichten über andere Leute. Wenn sie nicht gerade ihr Bürogebäude auf Hochglanz brachte, verschmolz sie die gedruckten Geschichten mit aufmerksamen Beobachtungen der Menschen um sie her. Wenig entging dieser Frau, die morgens um sechs mit der Straßenbahn gegen den Stoßverkehr fuhr; die die Papierkörbe von mächtigen Weißenmännern untersuchte und Fotos von Frauen und Kindern auf deren Schreibtischen betrachtete. Ihre Gespräche im Flur hörte und das Klogelächter, das durch den Besenschrank drang wie die Dünste aus ihrer Ammoniakflasche. Sie besah sich die Flaschen dieser Männer und legte unter Kissen und hinter Bücher mit zweispaltigem Druck gesteckte Flachmänner zurück. Sie wußte, wer eine Leidenschaft für Gerechtigkeit und für Damenunterwäsche hatte, wer seine Frau liebte und wer sie mit einem anderen teilte. Sie kannte den, der sich immer mit seinem Sohn stritt und nicht mit seinem Vater sprach. Denn sie hielten beim Telephonieren nicht den Hörer zu und baten sie hinauszugehen, wenn sie sich den Gang entlang durch ihre Büros arbeitete, und sie senkten auch nicht die Stimme zu vertraulichem Flüstern, wenn sie spätabends noch arbeiteten und das betrieben, was sie die «eigentlichen» Geschäfte nannten.

Aber Malvonne interessierte sich nicht für sie; sie registrierte nur. Ihr Interesse galt den Leuten in der Nachbarschaft.

Bevor Sweetness seinen Namen von William Younger in Little Caesar änderte, raubte er einen Briefkasten in der 130th Street aus. Ob auf der Suche nach Postanweisungen, Bargeld oder was, blieb Malvonne schleierhaft. Sie hatte ihn großgezogen, seit er sieben war, und einen braveren Neffen hätte man sich nicht wünschen können. Tagsüber jedenfalls. Aber manches von dem, was er während Malvonnes Büroschicht von sechs Uhr abends bis halb drei früh trieb, sollte ihr nie zu Ohren kommen; anderes erfuhr sie, nachdem er nach Chicago gegangen war, oder war es San Diego oder irgendeine andere Stadt mit o.

Etwas von dem, was sie erfuhr, erklärte endlich, wohin ihr Einkaufsbeutel verschwunden war – der Zwanzig-Pfund-Salzsack, den sie, schön gewaschen und zusammengefaltet, in der Handtasche mit auf den Markt nahm. Als sie ihn in Sweetness' Zimmer hinter der Heizung fand, war er voller ungestempelter Briefe. Bei genauerem Betrachten war ihre erste Eingebung, sie wieder zu versiegeln, sie richtig zu falten und rasch in einen Briefkasten zu werfen. Schlußendlich jedoch las sie jeden einzelnen, samt denen, die aufzureißen Sweetness sich gar nicht die Mühe gemacht hatte. Abgesehen von dem Vergnügen, die Unterschriften zu erkennen, stellte sich die Lektüre allerdings als recht uninteressant heraus.

Liebe Helen Moore: Fragen nach Helens Gesundheit; Angaben über die der Schreiberin. Wetter. Ausreden. Versprechen. Grüße, und dann identifizierte sich der oder die Unterzeichnende – als bekäme Helen so viel Post und hätte so viele Verwandte und Freunde, daß sie sich gar nicht an alle erinnern könnte – in großer, schrägliegender Schrift als Deine Dich liebende Schwester, Mrs. Soundso; oder Dein treuer Vater in New York, L. Henderson Woodward.

Einige Briefe erforderten Einsatz von seiten Malvonnes. Eine Berufsschülerin hatte einen Bewerbungscoupon von einem Streichholzbriefchen an eine Fernuniversität für Jura geschickt, samt der erforderlichen, aber jetzt fehlenden Dollarnote. Malvonne hatte keinen Dollar übrig für Lila Spencers Anmeldegebühr, aber sie machte sich Sorgen, daß das Mädchen, falls sie nicht Anwältin werden konnte, in einem Schürzenjob enden würde. Deshalb fügte sie in ihrer eigenen Handschrift ein Briefchen bei, in dem stand: «Ich hab den Dollar jetzt grad nicht, aber sobald ich höre, daß Sie diese Bewerbung bekommen haben und einverstanden sind, daß ich komme, werde ich ihn bis dahin haben, wenn Sie mir mitteilen, daß Sie ihn nicht haben und ihn wirklich brauchen.»

Ein trauriger Augenblick kam, als sie Winsome Clarks Brief nach Panama las, in dem sie sich bei ihrem in der Kanalzone arbeitenden Mann über die Geringfügigkeit und Wertlosigkeit des Geldes beklagte, das er ihr geschickt hatte – das Geld half so wenig, daß sie ihren Job aufgeben, die Kinder nehmen und zurück nach Barbados gehen wollte. Malvonne spürte den Druck der Mauer des Lebens gegen die Hände der Frau; spürte, wie kaputt sie waren vom Dagegenhämmern und wie verkrampft ihre Hüften vom Anklammern kleiner Kinder. «Ich weiß nich, was ich tun soll», schrieb sie. «Was ich auch tu, nix hilft. Die Tante schreit wegen allem Zeter und Mordio. Ich bin ganz außer mir. Und die Kinder sind elend wie ich. Das Geld wo du schickst hält uns nicht über Wasser. Hier ertrinken wir, da können wir auch daheim sterben da ist wenigstens deine Mutter und meine und hohe Bäume.»

Oh, dachte Malvonne, sie träumt von hohen Bäumen in Barbados? Höher als die im Park? Das mußte ein Dschungel sein.

Winsome schrieb, es tue ihr «leid, daß dein guter Freund im Feuer geschtorben ist, und ich bete für ihn und dich wie kommts daß so viele Farbige sterben wo die weißen so große Sprünge machen. Wahrscheints denkst du das ist keine Frage für eine erwachsne Frau. Schick alles was du sonst noch hast in die Wyndham Road, wo ich und die Kinder sind, jetzt noch auf zwei Zahltage. Sonny sagt er hat Geld vom Schuhputzen für seine Überfahrt, also mach dir keine Sorgen bloß daß du am Leben bleibst deine dich liebende Frau Mrs. Winsome Clark.»

Malvonne kannte Winsome nicht und auch sonst niemanden in den Häusern mit den Dreihunderternummern in der Edgecombe Avenue, obwohl eins der Häuser dort voll von reichen Westindern war, die sehr unter sich blieben und aus deren Fenstern Gerüche von Gewürzen kamen, die sie nicht kannte. Wichtig war jetzt, Winsomes Reisepläne von vor zwei Zahltagen nach Panama zu schicken, bevor noch mehr Geld in die Edgecombe Avenue ging, wo es vielleicht die Tante in die Finger bekam, und wer weiß, wenn sie so gräßlich war, wie Winsome schrieb (heimlich die Milch für die Kinder verdünnte und die Fünfjährige auspeitschte, weil sie das heiße, schwere Plätteisen falsch angefaßt hatte), dann würde die es am Ende selbst behalten. Malvonne klebte den Brief sorgfältig wieder zu und nahm sich vor, noch eine Marke dazuzukleben, falls das dem Brief rascher nach Panama half.

Es gab nur einen Brief, der sie richtig ins Schwitzen brachte und sie den Kopf schütteln ließ über die Frau, die so was hinschreiben konnte oder gar tun, was sie schon getan hatte und wovon sie noch mehr versprach. Die Schreiberin wohnte im gleichen Haus wie ihr Liebhaber. Malvonne konnte sich nicht erklären, wozu sie eine Drei-Cent-Briefmarke verschwendete, außer vielleicht wegen des Vergnügens zu wissen, daß der Staat ihre brünstigen Worte zustellte. Schwitzend und mit flachem Atem zwang Malvonne sich, den Brief mehrmals zu lesen. Das Problem war, ob sie den Brief von «Deiner immer Kochendheißen» an Mr. M. Sage (so wurde er auf dem Umschlag bezeichnet, auf dem Briefpapier dagegen hieß er «Papi») weiterschicken sollte. Ein Monat war vergangen, seit er geschrieben worden war, und vielleicht fragte die Kochendheiße sich, ob sie nicht zu weit gegangen war. Oder hatten Papi Sage und die Kochendheiße vielleicht in der Zwischenzeit noch mehr von diesen gemeinen schmierigen Sachen getrieben? Schließlich beschloß sie, den Brief einzustecken, mit einem beigelegten Zettel, auf dem sie zu Vorsicht riet und Papi einen Zeitungsausschnitt aus dem *Opportunity Magazine* anempfahl.

Während sie gerade noch diesen anonymen Ratschlag vorbereitete, klopfte Joe Spur an ihre Tür.

«Wie geht's denn so, Malvonne?»

«Kein Grund zur Klage. Und dir?»

«Kann ich reinkommen? Ich hab ein Angebot für dich.» Er lächelte sein offenes Landlächeln.

«Ich hab keinen Nickel übrig, Joe.»

«Nein, nein.» Er hob abwehrend die Hand und ging an ihr vorbei ins Wohnzimmer. «Ich will nichts verkaufen. Schau, ich hab nicht mal meinen Koffer dabei.»

«Na schön.» Malvonne kam ihm zum Sofa nach. «Setz dich doch.»

«Aber wenn ich verkaufen würde», sagte er, «was hättest du dann gern? Wenn du einen Nickel hättest, mein ich?»

«Die lila Seife war recht schön.»

«Du kriegst sie!»

«War allerdings im Nu aufgebraucht», sagte Malvonne.

«Feine Seife ist eben fein. Nicht für die Ewigkeit gedacht.»

«Wohl nicht.»

«Ich hab noch zwei Stück. Ich bring sie dir gleich hoch.»

«Was ist denn nur? Du verkaufst nicht, du verschenkst? Wieso?» Malvonne sah zur Uhr auf dem Kaminsims und rechnete aus, wieviel Zeit ihr blieb, mit Joe zu sprechen und vor der Arbeit noch ihre Briefe aufzugeben.

«Für einen Gefallen, könnte man sagen.»

«Könnt man's auch nicht sagen?»

«Doch, doch. Einen Gefallen für mich, ein bißchen Taschengeld für dich.»

Malvonne lachte. «Raus damit, Joe. Ist es was, von dem Violet nichts weiß?»

«Na ja. Sie. Das heißt. Vi ist. Ich will sie damit einfach nicht belasten, verstehst du?»

«Nein. Erklär es mir.»

«Also. Ich möchte deine Wohnung mieten.»

«Was?»

«Nur einen Nachmittag oder zwei. Hin und wieder. Wenn du auf der Arbeit bist. Aber ich zahl für den ganzen Monat.»

«Was führst du im Schilde, Joe? Du weißt, daß ich nachts arbeite.» Vielleicht waren Name und Adresse falsch, und Joe war «Papi» und holte seine Post woanders ab und hatte Kochendheiß erzählt, er hieße Sage.

«Ich weiß, daß du nachts Schicht machst, aber du gehst um vier.»

«Wenn's schön genug zum Gehen ist. Meistens nehm ich die Bahn um halb fünf.»

«Es wär nicht jeden Tag, Malvonne.»

«Es wär überhaupt nicht. Ich glaub, mir schmeckt das nicht, was du da vorschlägst.»

«Zwei Dollar jeden Monat.»

«Glaubst du, ich brauch dein Geld oder deine windige Seife?»

«Nein, nein, Malvonne. Schau. Laß mich erklären. Gibt nicht viele Frauen wie du, die die Probleme von Männern mit ihrer Frau verstehen.»

«Was für Probleme?»

«Also. Violet. Du weißt doch, wie komisch sie ist seit den Wechseljahren.»

«Violet war schon lang vorher komisch. Die war schon 1920 komisch, wenn ich mich recht entsinne.»

«Mhm, gut. Aber jetzt –»

«Joe, du willst Sweetness' Zimmer mieten, damit du eine andere Frau mitbringen kannst, wenn ich fort bin, nur weil Violet nichts von dir wissen will. Was glaubst du, was für eine ich bin? Schon recht, Violet und ich sind nicht gerade dicke Freundinnen, aber da bin ich auf ihrer Seite, nicht auf deiner, du alter Schwerenöter.»

«So hör doch, Malvonne –»

«Wer ist es?»

«Niemand. Ich mein, ich weiß noch nicht. Ich dachte nur –»

«Ha! Wenn dir so eine Närrin auf den Leim geht, dann hättest du gleich einen Platz? Hast du das gedacht?»

«Ungefähr. Vielleicht brauch ich es gar nicht. Aber ich hätte es gern für den Fall, daß. Ich würd dir das Geld zahlen, ob ich das Zimmer benütze oder nicht.»

«Für fünfzig Cents kriegst du in gewissen Häusern die Frau, den Boden, die Wände *und* das Bett. Zwei Dollar, und du kriegst eine Frau auf einem nagelneuen Motorroller, wenn du willst.»

«Ach. Nein, Malvonne. Nein. Du verstehst mich nicht: ich will keine von der Straße. Du lieber Himmel.»

«Nicht? Wer, glaubst du, außer einem Strichmädchen würde mit dir mitgehn?»

«Malvonne, ich hoffe ja nur auf eine nette Freundin. Eine, mit der ich reden kann.»

«Über Violets Kopf weg? Was fragst du mich, eine Frau, nach einem Liebesnest? Scheint mir, du solltest lieber so einen schmierigen Kerl wie dich selbst danach fragen.»

«Ich hab schon dran gedacht, aber ich kenne keinen Mann,

der allein wohnt und nicht schmierig ist. Los schon, Mädel. Du treibst mich auf die Straße. Was ich möchte, ist doch besser, oder? Hin und wieder komm ich mit einer achtbaren Frau vorbei.»

«Achtbar?»

«Genau, achtbar. Vielleicht ist sie trotzdem einsam oder hat Kinder oder –»

«Oder einen Mann mit einem Betthasen.»

«So eine nicht.»

«Und wenn Violet es rauskriegt, was soll ich dann sagen?»

«Wird sie nicht.»

«Gesetzt, ich sag's ihr.»

«Wirst du nicht. Wieso auch? Ich kümmre mich ja noch um sie. Es geht doch keinem schlecht. Und du kriegst zwei Vierteldollar und jemand, der auf deine Wohnung aufpaßt, wenn du fort bist, falls Sweetness zurückkommt oder jemand rein will, der ihn sucht und dem es Wurst ist, was er kaputtmacht, weil du eine Frau bist.»

«Violet würd mir die Augen auskratzen.»

«Du hast gar nichts damit zu tun. Du weißt nie, wann ich komme, und sehen tust du auch nichts. Alles ist, wie es war, als du weg bist, außer es gibt eine Kleinigkeit zu reparieren, die ich dir machen kann. Nichts wirst du sehen, außer ein bißchen Geld hier auf dem Tisch, und das laß ich hier aus einem Grund, von dem du gar nichts weißt, na?»

«Mhm.»

«Gib mir die Chance, Malvonne. Eine Woche. Nein, zwei. Wenn du's dir anders überlegst, bitte, jederzeit, jederzeit, laß einfach mein Geld auf dem Tisch liegen, und ich weiß, du willst, daß ich aufhör, und kannst dich drauf verlassen, daß du dann deinen Schlüssel an der Stelle findest.»

«Mhm.»

«Es ist deine Wohnung. Du sagst mir, was du gemacht oder

repariert haben willst, und du sagst mir, was du nicht willst. Aber glaub mir, Mädel, du wirst es gar nicht merken, wann oder ob ich komme und gehe. Außer vielleicht, weil der Wasserhahn nicht mehr tropft.»

«Mhm.»

«Nur eins weißt du, jeden Samstag von jetzt an hast du zwei Vierteldollar mehr für die Sparbüchse.»

«Ziemlich viel Geld für 'n bißchen reden.»

«Du würdest dich wundern, was du sparen kannst, wenn du's machst wie ich und nicht trinkst, rauchst, spielst oder Kirchensteuer zahlst.»

«Vielleicht solltest du das lieber.»

«Ich will nichts Gewöhnliches, und ich mag mich nicht in Clubs und sonstwo rumtreiben. Ich will nur nette weibliche Gesellschaft.»

«Du bist scheint's ziemlich sicher, daß du die findest.»

Joe lächelte. «Und wenn nicht, kein Problem. Überhaupt kein Problem.»

«Keine Briefträgereien.»

«Was?»

«Keine Zettel weitertragen. Keine Briefe. Ich bring niemand Briefchen.»

«Natürlich nicht. Ich will doch keine Brieffreundin. Wir reden hier, oder wir reden gar nicht.»

«Nimm an, es kommt was dazwischen und du oder sie will es abblasen?»

«Da mach dir keine Sorgen.»

«Nimm an, sie wird krank und kann nicht kommen und muß es dir mitteilen.»

«Ich warte eben und geh dann.»

«Nimm an, eins von den Kindern wird krank, und keiner findet die Mama, weil sie irgendwo bei dir steckt?»

«Wer sagt, daß sie Kinder hat?»

«Laß dich ja mit keiner Frau ein, die kleine Kinder hat, Joe.»

«Schon recht.»

«Das wär zuviel verlangt.»

«Darüber brauchst du dir keine Gedanken zu machen. Dich betrifft das ja nicht. Hast du mich schon mal mit jemand turteln sehen? Ich wohn hier schon länger in dem Haus als du. Hast du schon mal von einer Frau was Schlechtes über mich gehört? Ich verkaufe Schönheitsprodukte in der ganzen Stadt, hast du schon mal gehört, daß ich Frauen hinterhersteige? Nein, das hast du noch nie gehört, weil es noch nie passiert ist. Jetzt will ich mir mit einer netten Dame ein wenig das Leben erleichtern, wie ein anständiger Mann das macht, das ist alles. Sag mir, was es daran auszusetzen gibt?»

«Violet gibt's dadran auszusetzen.»

«Violet kümmert sich mehr um ihren Papagei als um mich. Die übrige Zeit kocht sie Schweinefleisch, das ich nicht essen kann, oder sie plättet Haar, und den Gestank halt ich nicht aus. Vielleicht ist das so bei Leuten, die so lang verheiratet sind wie wir. Aber daß es so still ist. Ich halt's nicht aus, daß es so still ist. Sie redet ja kaum mehr was, und mich läßt sie nicht an sich ran. Jeder andere Mann würde auf die Walz gehen und jede Nacht fort sein, das weißt du. So bin ich nicht. Ich nicht.»

War er natürlich nicht, aber trotzdem tat er es. Schlich herum, schmiedete Pläne und ging jede Nacht fort, wenn es das Mädchen von ihm verlangte. Sie gingen ins Mexico, zu Sook's und in Clubs, deren Namen jede Woche wechselten – und er war nicht allein. Er wurde ein Donnerstagmann, und Donnerstagmänner sind zufrieden. Ich seh es ihrem Blick an, daß da gerade eine heimliche Liebe befriedigt wird oder befriedigt worden ist. Wochenenden und andere Tage in der Woche sind denkbar, aber auf den Donnerstag kann man zählen. Ich dachte immer, das läge daran, daß Hausangestellte am Donnerstag frei hatten und morgens im Bett bleiben konnten, was an den

Wochenenden nicht in Frage kam, weil sie entweder gleich in den Häusern schliefen, wo sie arbeiteten, oder so früh aufstanden, um dort hinzukommen, daß ihnen keine Zeit fürs Frühstück oder sonstiges Getändel blieb. Aber dann merkte ich, daß es auch für Männer galt, deren Frauen keine Hausangestellten und Tageshilfen waren, sondern Bardamen und Köchinnen in Restaurants, wo Sonntag/Montag frei ist; Lehrerinnen, Barsängerinnen, Sekretärinnen und Marktfrauen freuen sich alle auf den freien Samstag. Die Stadt denkt an das Wochenende und richtet sich darauf ein: den Tag vor dem Zahltag, den Tag nach dem Zahltag, die Geschäftigkeit vor dem Ruhetag, den geschlossenen Laden und den stillen Schulflur; verriegelte Bankgewölbe und in Dunkelheit verschlossene Büros.

Wie kommt es nur, daß dann die Männer am Donnerstag so befriedigt aussehen? Vielleicht ist es der künstliche Rhythmus der Woche – vielleicht ist an dem Siebentagekreislauf etwas so Unechtes, daß der Körper sich nicht daran hält und Dreier-, Zweier-, Viererrhythmen vorzieht, alles, nur nicht den Kreislauf von sieben Tagen, der in menschliche Portionen geteilt werden muß, und die Unterbrechung kommt dann am Donnerstag. Unwiderstehlich. Die unverschämten Erwartungen und unflexiblen Anforderungen an das Wochenende sind am Donnerstag null und nichtig. Am Wochenende freuen sich die Menschen auf Verbindungen, Versöhnungen und Trennungen, auch wenn viele dieser Aktivitäten von Schrammen und vielleicht auch einem Tropfen Blut begleitet sind, denn die Erregung schlägt am Freitag oder Samstag hohe Wellen.

Aber was die reine und tiefe Befriedigung angeht, den Ausgleich an Vergnügen und Sichwohlfühlen, ist der Donnerstag unschlagbar – was am fachmännischen Ausdruck im Gesicht der Männer und ihrem Siegerschritt auf der Straße deutlich wird. An diesem Tag scheinen sie eine Art Vollwertigkeit zu erreichen, die sie so sicher auf den Beinen macht, daß sie anmutig aussehen, selbst wenn sie es nicht sind. Sie beherrschen die Mitte des Trottoirs, stehen leise pfeifend in unbeleuchteten Türen.

Das hält natürlich nicht an, und vierundzwanzig Stunden später haben sie wieder Angst und stellen mit jeder nur greifbaren Hilflosigkeit den alten Adam wieder her. Drum sind die Wochenenden – zur Enttäuschung bestimmt, schrill und verdrossen – mit Schrammen und Blutstropfen gesprenkelt. Die bedauerlichen Vorkommnisse, die groben und bösen Bemerkungen, die Worte, die im Herzen zu wuchernden Geschwüren werden – nichts davon findet am Donnerstag statt. Der Mann, nach dem der Tag benannt ist, würde das bestimmt nicht gern hören, aber es ist schon so: Sein Tag ist in der Stadt ein Tag für die Liebe und die Gesellschaft von befriedigten Männern. Sie bringen die Frauen zum Lächeln. Die durch tadellose Zähne gepfiffenen Melodien bleiben in Erinnerung und werden später wieder herausgekramt und am Küchenherd wiederholt. Vor dem Spiegel neben der Tür dreht dann eine den Kopf zur Seite und wiegt sich, verzückt vom Schwung ihrer Taille und der Form ihrer Hüften.

Dort oben, in dem Teil der Stadt – und das ist der Teil, wegen dem sie gekommen sind – kann die richtige Melodie, unter einer Tür gepfiffen oder von den Rillen und Kreisen einer Schallplatte aufsteigend, das Wetter verändern. Von eiskalt über heiß zu cool.

WIE AN JENEM TAG im Juli, vor fast neun Jahren, als die schönen Männer kalt waren. In typischem Sommerwetter, schwül und blendend, stand Alice Manfred drei Stunden lang an der Fifth Avenue, wunderte sich über die kalten schwarzen Gesichter und lauschte den Trommeln, die aussprachen, was die graziösen Frauen und die marschierenden Männer nicht sagen konnten. Was zu sagen möglich war, stand schon in Druckbuchstaben auf einem Spruchband, das ein paar Versprechungen der Unabhängigkeitserklärung wiederholte und über dem Kopf seines Trägers flatterte. Das eigentlich Gemeinte aber kam von den Trommeln. Es war Juli 1917, und die schönen Gesichter waren kalt und still, strebten langsam in den Raum, den die Trommeln ihnen schufen.

Während des Marsches schien es Alice, als verginge der Tag, und auch die Nacht, und immer noch stand sie da, die Hand des kleinen Mädchens in der ihren, und schaute in jedes der vorbeiziehenden kalten Gesichter. Die Trommeln und die erstarrten Gesichter schmerzten sie, aber Schmerz war besser als Angst, und Alice hatte lange Angst gehabt – erst vor Illinois, dann vor Springfield, Massachusetts, dann vor der Eleventh Avenue, der Third, der Park Avenue. Seit kurzem fühlte sie sich nirgends südlich der 110th Street mehr sicher, und die Fifth Avenue war für sie die furchterregendste von allen. Dort beugten sich Weißenmänner, denen Dollarbündel aus den Händen lugten, aus Automobilen. Dort faßten Verkäufer sie an und nur sie, als wäre sie ein Teil der Ware, die ihr zu verkaufen sie sich herabließen; es war das Seidenpapier, das untergelegt werden mußte, wenn die Geschäftsführung großzügig genug war, sie eine Bluse (aber keinen Hut) anprobieren zu lassen. Dort hatte sie, eine Frau von fünfzig Jahren und finanziell unabhängig, keinen Nachnamen. Dort sagten Frauen, die Englisch sprachen: «Setz dich dort nicht hin, Herzchen, man weiß nie, was die haben.» Und Frauen, die überhaupt kein Englisch konnten und nie ein Paar Seidenstrümpfe besitzen würden, rückten von ihr ab, wenn sie sich in der Straßenbahn neben sie setzte.

Und jetzt kam, von Bordstein zu Bordstein, eine Flut kalter schwarzer Gesichter die Fifth Avenue herunter, sprachlos und mit starrem Blick, weil das, was sie sagen wollten, sich zu sagen aber nicht zutrauten, die Trommeln für sie sagten, und das, was sie mit eigenen Augen und durch die Augen von anderen gesehen hatten, die Trommeln haargenau beschrieben. Der Schmerz tat weh, aber die Angst war endlich fort. Die Fifth Avenue war jetzt richtig eingeordnet und ebenso ihr Schutz für das ihr anvertraute, frisch verwaiste Mädchen.

Von nun an versteckte sie das Haar des Mädchens in aufgesteckten Zöpfen, damit keine Weißenmänner es um ihre Schultern fließen sahen und mit Dollars gespickte Finger auf sie richteten. Sie lehrte das Mädchen Taubheit und Blindheit – wie wertvoll und notwendig sie waren in der Gegenwart von Weißenfrauen, die Englisch sprachen oder nicht, und auch in Gegenwart ihrer Kinder. Brachte ihr bei, wie man sich an Hauswänden entlangdrückt, in Türöffnungen verschwindet, im Stau über Kreuzungen hetzt – wie man alles tat und überallhin auswich, um Weißenjungen älter als elf aus dem Weg zu gehen. Viel war mit Kleidung zu bewirken, aber je älter das

Mädchen wurde, desto genauere Vorschriften mußten gemacht werden. Hochhackige Schuhe mit eleganten Riemchen über dem Spann, die Vamp-Hüte, die sich um den Kopf drückten und mit kessen Rändern das Gesicht umrahmten, Schminke jeder Art – all das war in Alice Manfreds Haus verpönt. Besonders die Mäntel, die hinten im Rücken lose fielen und nicht geknöpft wurden, sondern wie ein Bademantel oder Handtuch um den Körper geschlungen wurden und ihre Trägerin zwangsläufig aussehen ließen, als wäre sie eben aus der Badewanne gestiegen und schon bereit fürs Bett.

Insgeheim bewunderte Alice sie, die Mäntel und auch ihre Trägerinnen. Sie nähte Futter in diese Mäntel, wenn ihr nach Arbeit zumute war, und sie mußte sich zweimal umsehen, wenn die Damen vom Gay Northeaster und vom City Belle Club die Seventh Avenue hinunterschlenderten, so schön waren sie. Aber dies mit Neid vermischte Vergnügen verschloß Alice in sich und ließ das Mädchen nie merken, wie sie diese Schon-auf-der-Straße-bereit-fürs-Bett-Kleidung bewunderte. Und sie erzählte den Miller-Schwestern, die tagsüber für außer Haus tätige Mütter kleine Kinder betreuten, wie sie darüber dachte. Die mußte sie nicht erst überzeugen, sahen sie doch schon seit einem Dutzend Jahren freudig dem Tag des Jüngsten Gerichts entgegen und rechneten jeden Augenblick mit dessen süßer Erleichterung. Sie hatten Listen von jedem Speiselokal, Imbiß und Club, der Alkohol verkaufte, und waren sich nicht zu schade, Besitzer und Kunden der Polizei zu melden, bis sie merkten, daß solche Informationen beim Dezernat für organisiertes Verbrechen nicht nur Ärger hervorriefen, sondern schlicht überflüssig waren.

Wenn Alice Manfred das kleine Mädchen an den Abenden jener Tage, an denen ihre feine Nähkunst gefragt gewesen war, bei den Miller-Schwestern abholte, setzten sich die drei Frauen in die Küche, um bei einer Tasse Postum-Schokoladentrank kopfschüttelnd die Zeichen des bevorstehenden Endes zu beseufzen, als da waren: nicht nur völlig entblößte Knöchel, sondern gar Knie; Lippenrouge so rot wie Höllenfeuer; abgebrannte Streichhölzer auf Augenbrauen gerieben; in Blut getauchte Fingernägel – man konnte die Straßenmädchen nicht mehr von den Müttern unterscheiden. Und die Männer, nicht wahr, die Sachen, die sie bedenkenlos laut zu jeder vorbeigehenden Frau sagten, die konnte man vor Kindern gar nicht wiederholen. Ganz sicher waren sie sich nicht, aber sie hatten den Verdacht, daß die Tänze wohl schlimmer als ungehörig sein mußten, denn die Musik wurde mit jeder Saison, die der Herr vor seiner Offenbarung verstreichen ließ, übler. Lieder, die früher im Kopf angefangen und das Herz erfüllt hatten, waren jetzt tiefer und tiefer gerutscht, unter Schärpe und Schnallengürtel. Tiefer und tiefer, bis die Musik so niedrig und gemein war, daß man die Fenster schließen und eben die Sommerhitze ertragen mußte, wenn sich die hemdsärmeligen Männer in ein Fenster setzten oder sich auf den Dächern, in Gassen, auf Eingangstreppen und in den Wohnungen von Verwandten versammelten und das gemeine Zeug spielten, das das bevorstehende Ende ankündigte. Oder wenn eine Frau mit einem Baby an der Schulter und einem Tiegel in der Hand sang: «Turn to my pillow where my sweetman used to be … how long, how long, how long.» Weil man es überall hören konnte. Selbst wenn man wie Alice Manfred und die Miller-Schwestern am Clifton Place wohnte, wo alle dreißig Meter ein hoher, dicht belaubter Baum stand, einer ruhigen Straße mit nicht weniger als fünf am Straßenrand geparkten Automobilen, selbst da hörte man es noch, und seine Wirkung auf die Kinder in ihrer Obhut war nicht zu übersehen – sie legten den Kopf schräg und wiegten sich in den lächerlich ungeformten Hüften.

Alice glaubte, die gemeine Musik (in Illinois noch schlimmer als hier) hätte etwas mit den schweigenden schwarzen Frauen und Männern zu tun, die die Fifth Avenue hinuntermarschierten, um ihrer Wut über zweihundert Tote in East St. Louis Ausdruck zu verleihen, darunter ihre bei den Unruhen umgekommene Schwester und ihr Schwager. Und so viele Weiße tot, daß die Zeitungen die Zahl gar nicht druckten.

Manche meinten, die Aufständischen wären aufgebrachte Veteranen gewesen, Kämpfer aus farbigen Einheiten, denen hüben wie drüben die Dienste des YMCA verweigert wurden und die Heimkehr zu einer weißen Gewalttätigkeit bevorstand, die schlimmer war als zu der Zeit, da sie sich freiwillig gemeldet hatten, und im Gegensatz zu den Schlachten, die sie in Europa ausgefochten hatten, waren die Kämpfe in der Heimat gnadenlos und brachten keinerlei Ehre ein. Andere meinten, die Unruhestifter wären Weiße gewesen, in panischer Angst vor der Welle von Südstaatennegern, die in die Städte strömten und Arbeit und Wohnung suchten. Einige wenige dachten darüber nach und wiesen darauf hin, wie perfekt die Kontrolle über die Arbeiter war, von denen sich keiner (wie Krabben in einer Tonne, die keinen Deckel, keinen Stock und nicht einmal Überwachung brauchten) je wieder würde hocharbeiten können.

Alice aber glaubte die Wahrheit besser zu kennen als alle anderen. Ihr Schwager war kein Veteran, und er wohnte schon seit vor dem Krieg in East St. Louis. Auch hatte er es nicht auf den Arbeitsplatz eines Weißen abgesehen – er war Besitzer eines Billardsalons. Ja, er hatte sich gar nicht an dem Aufstand beteiligt; weder besaß er Waffen, noch pöbelte er auf der Straße Leute an. Er wurde aus einer Straßenbahn gezerrt und zu Tode getrampelt, und Alices Schwester hatte eben die Nachricht erhalten und war heimgegangen, um zu versuchen, die Farbe seiner Eingeweide zu vergessen, als ihr Haus angesteckt und sie in den Flammen geröstet wurde. Ihr einziges Kind, ein kleines Mädchen namens Dorcas, das gegenüber bei ihrer besten Freundin übernachtete, hörte die Feuerwehr nicht die Straße hinunterrasen und -rasseln, denn die kam gar nicht, als sie gerufen wurde. Doch Dorcas mußte, sie mußte einfach die Flammen gesehen haben, denn die ganze Straße schrie. Aber sie sagte es nie. Sagte nie ein Wort darüber. Sie ging in fünf Tagen auf zwei Beerdigungen und sagte kein einziges Wort.

Alice dachte, nein. Es waren nicht der Krieg und die aufgebrachten Veteranen; es waren nicht die Scharen und Scharen von Farbigen, die zu den Lohntüten und auf Straßen voll von ihresgleichen strömten. Es war die Musik. Die dreckige Los-mach-schon-Musik, die die Frauen sangen und die Männer spielten und zu der beide tanzten, eng und schamlos oder getrennt und wild. Davon war Alice überzeugt, und auch die Miller-Schwestern in der Küche, wo sie in ihre Postum-Tassen pusteten. Die Musik ließ einen kopflose, unbotmäßige Dinge tun. Sie nur zu hören glich einer Gesetzesübertretung.

Nichts davon hatte es bei dem Marsch auf der Fifth Avenue gegeben. Nur die Trommeln und die Colored Boy Scouts, die Flugblätter mit Erklärungen an Weißenmänner in Strohhüten verteilten, denen es not tat zu erfahren, was die erstarrten Gesichter schon wußten. Alice hatte ein Flugblatt aufgehoben, das aufs Trottoir gesegelt war, die Worte gelesen und war am Bordstein von einem Fuß auf den anderen getreten. Sie las die Worte und sah Dorcas an. Sah Dorcas an und las noch einmal die Worte. Was sie da las, kam ihr verrückt vor, völlig verkehrt. Irgendein riesiger Abgrund klaffte zwischen dem Gedruckten und dem Kind. Sie ließ den Blick zwischen den beiden hin und her wandern, suchte krampfhaft nach einem Zusammenhang, nach etwas, was den Raum zwischen dem schweigend starrenden Kind und den verrückten glatten Worten schließen konnte. Dann plötzlich überbrückten, wie ein zugeworfenes Rettungsseil, die Trommeln die Entfernung, brachten alles zusammen und verbanden es: Alice, Dorcas, ihre

Schwester und ihren Schwager, die Boy Scouts und die erstarrten schwarzen Gesichter, die Zuschauer am Straßenrand und die oben an den Fenstern.

Seit jenem Tag auf der Fifth Avenue trug Alice dieses rettende Seil stets bei sich und fand es verläßlich, sicher und fest – meistens jedenfalls. Außer wenn die Männer auf Fenstersimsen saßen und Finger auf Hörnern spielen ließen und die Frauen sich fragten, «how long». Dann riß das Seil, zerstörte ihren Frieden, machte ihr das Fleisch bewußt und etwas, was so frei war, daß sie seinen Blutgeruch roch; machte ihr sein Leben unter der Schärpe und sein rotes Lippenrouge bewußt. Aus Predigten und Zeitungskommentaren wußte sie, daß es gar keine richtige Musik war – nur Farbigengedudel: schädlich, gewiß; peinlich, jawohl; aber nichts Richtiges, nichts Ernstes.

Und doch hätte Alice Manfred schwören können, daß sie einen schwer zu ergründenden Zorn darin hörte; eine Feindseligkeit, die sich als Bravour und stürmische Verlockung tarnte. Aber am meisten mißfiel ihr daran das Begehren. Das Verlangen nach dem Stoß, dem Schlitz; eine unbekümmerte Lust auf eine Schlägerei oder eine rote Krawattennadel aus Rubin – beides tat's. Die Musik täuschte Glück vor, täuschte Willkommen vor, und machte ihr trotzdem das Herz nicht weit, diese Bumslokal-, Schwarzbrandkneipen- und Spielhöllenmusik. Sie mußte die Hand fest in die Schürzentasche stecken, damit sie sie nicht durch die Scheibe stieß, um die Welt mit der Faust zu packen und ihr das Leben herauszuquetschen, weil ihr die Musik das antat und wieder antat und weiter antat, ihr und allen, die sie kannte oder von denen sie wußte. Lieber die Fenster und die Läden schließen und in der Sommerhitze einer stillen Wohnung am Clifton Place schwitzen, als ein zerschlagenes Fenster zu riskieren oder ein Kreischen, das vielleicht nicht wußte, wo oder wie es aufhören sollte.

Ich habe sie gesehen, wie sie an einem Café oder vorhanglosen Fenster vorbeiging, aus dem irgend so ein Satz wie «Hit me but don't quit me» drang, und wie sie dann mit der einen Hand nach dem sicheren Verbindungsseil griff, das ihr vor acht Jahren an der Fifth Avenue zugeworfen wurde, und die andere in der Manteltasche zur Faust ballte. Ich weiß nicht, wie sie das geschafft hat – sich mit den beiden verschiedenen Handbewegungen im Gleichgewicht zu halten. Aber sie war nicht die einzige, die es versuchte, und nicht die einzige, die verlor. Es war unmöglich, die Fifth-Avenue-Trommeln von den Gürtelschnallen-Melodien zu trennen, die aus Klavieren tönten und sich auf jedem Grammophon drehten. Unmöglich. In manchen Nächten ist es still; kein einziges Automobil, das in Hörweite wendet; keine Betrunkenen oder unruhige Babys, die nach ihrer Mutter schreien, und Alice macht so viele Fenster auf, wie sie will, und hört gar nichts.

Verwundert über diese völlig stille Nacht, kann sie zurück ins Bett gehen, aber sobald sie das Kopfkissen auf die glattere, kühlere Seite dreht, singt sich laut und ungebeten eine Melodie, woher weiß sie nicht mehr, in ihrem Kopf ab. «When I was young and in my prime I could get my barbecue any old time.» Es sind gierige, rücksichtslose Worte, zügellos und ärgerlich, aber schwer loszuwerden, denn darunter sind – und halten die Zügellosigkeit wie mit ausgestreckter Hand – die Trommeln, die die Fifth Avenue richtig eingeordnet haben.

Ihre Nichte hatte dieses Problem natürlich nicht. Alice hatte sie seit dem Sommer 1917 umerzogen, gebessert, und obwohl ihre früheste Erinnerung, damals, als sie aus East St. Louis kam, der Marsch war, zu dem ihre Tante sie mitnahm, eine Art Beerdigungszug für ihre Mutter und ihren Vater, hatte Dorcas ihn anders in Erinnerung. Während ihre Tante sich darum sorgte, wie sie das Herz in Unkenntnis von den Hüften halten und den Kopf als Herrscher über beide bewahren konnte, lag Dorcas auf einer Chenilledecke auf dem Bett, freudig erregt und glücklich zu wissen, daß es keinen Ort auf der Welt gab, wo nicht irgend jemand ganz in der Nähe an seinem Zuckerstengel leckte, die Tasten kitzelte, die Trommel schlug oder ins Horn blies, während eine wissende Frau «ain't nobody going to keep me down you got the right key baby but the wrong keyhole you got to get it bring it and put it right here, or else» sang.

Während Dorcas sich gegen den Schutz und zügelnden Zugriff der Hände ihrer Tante sträubte, hielt sie das Leben unter der Gürtellinie für das einzig Wahre. Die Trommeln, die sie bei dem Marsch gehört hatte, waren nur der erste Teil, das erste Wort eines Gebots. Für sie waren die Trommeln kein allumfassendes Bindeglied von Zusammengehörigkeitsgefühl, Disziplin und Erhabenheit. Sie behielt sie als einen Anfang in Erinnerung, als Beginn von etwas, was sie zu vollenden suchte.

Daheim in East St. Louis, als die kleine Veranda zusammenkrachte, stoben heiß und rauchend Holzsplitter in die Luft. Einer mußte ihr wohl in den weit aufgerissenen, stummen Mund gefallen und in den Schlund gerutscht sein, denn dort rauchte und glühte er noch immer. Dorcas ließ ihn weder heraus, noch löschte sie die Glut. Erst dachte sie, wenn sie nur davon spräche, würde er von selbst herauskommen oder durch den Mund wieder ausgestoßen werden. Aber als ihre Tante sie mit dem Zug in die Stadt holte und ihr fast die Hand zerquetschte, während sie einem langen Marsch zusahen, da sank der leuchtende Holzsplitter tiefer und tiefer herab, bis er sich irgendwo unter ihrem Nabel gemütlich einnistete. Sie beobachtete die schwarzen Männer mit dem starren Blick, und die Trommeln bestätigten ihr, daß die Glut sie nie verlassen würde, daß sie auf sie und mit ihr warten würde, bis sie sich irgendwann davon berühren lassen wollte. Und wenn sie den Splitter freigeben wollte, damit die Glut sich neu entfachte, würde alles, was dann geschah, rasch gehen. Wie bei den Puppen.

Bestimmt war es schnell gegangen. Schließlich waren sie aus

Holz, in einer hölzernen Zigarrenkiste. Rochelles roter Seidenpapierrock im Nu. Sst, wie ein Streichholz, und dann Bernadines blauer Seidenumhang und Fayes weißes Baumwollcape. Das Feuer fraß sich an ihren Beinen hoch, schwärzte sie erst mit seinem heißen Atem, und ihre runden Augen mit den feinen Wimpern und Brauen, die sie ihnen so sorgfältig angemalt hatte, mußten sich beim Verbrennen zugesehen haben. Dorcas vermied es, an den großen Sarg gleich dort vorn zu denken, ein paar Fuß links von ihr, und an den Heilkräutergeruch von Tante Alice, die neben ihr saß, indem sie mit aller Kraft an Rochelle, Bernadine und Faye dachte, die keine Beerdigung bekommen würden. Das machte sie dreist. Schon als Neunjährige, in der Grundschule, war sie dreist. Wie stramm und hochgesteckt auch ihre Zöpfe, wie klobig auch ihre hochgeschnürten Stiefel, unter denen sich Fesseln verbargen, die andere Mädchen in ausgeschnittenen Halbschuhen zeigten, wie schwarz und dick auch ihre Strümpfe – nichts verbarg die Dreistigkeit, die unter ihrem gußeisernen Rock die Hüften schwang. Keine Brille konnte sie verbergen und auch nicht die von harter brauner Seife und falscher Ernährung stammenden Pickel auf ihrer Haut.

Wenn Alice Manfred sich für ein oder zwei Monate zum Nähen bereit erklärt hatte, als Dorcas noch klein war, wurde diese nach der Schule von den Miller-Schwestern beaufsichtigt. Oft waren noch vier andere Kinder da, manchmal nur eins. Ihre Spiele waren leise und auf einen kleinen Teil des Eßzimmers beschränkt. Die zweiarmige Schwester, Frances Miller, gab ihnen Apfelkrautbrote zu essen; die einarmige, Neola, las ihnen die Psalmen vor. Die strenge Disziplin ließ gelegentlich nach, wenn Frances am Küchentisch einschlief. Dann wurde Neola manchmal des Zwangs, den die Verse ihrer Stimme auferlegten, überdrüssig und wählte ein Kind aus, das ein Streichholz für ihre Zigarette anzünden durfte. Sie hatte kaum drei Züge geraucht, da löste die Geste etwas in ihrem

Innern aus, und sie begann ihren Schützlingen lehrreiche Geschichten zu erzählen. Doch hielten ihre Geschichten von der Tugend des Gutseins dem Kitzel des Bösen, das sie anprangerten, nie stand.

In Wahrheit aber konnte die Botschaft ihrer Belehrungen sich nicht durchsetzen, weil Neolas zukünftiger Bräutigam eine Woche nachdem er ihr den Verlobungsring angesteckt hatte, das Land verlassen hatte. Der Schmerz über diese Zurückweisung war deutlich sichtbar, denn über ihrem Herzen lag, gewölbt wie eine Muschel, die Hand, an die er den Ring gesteckt hatte. Als hielte sie die zerbrochenen Stücke ihres Herzens in der Beuge eines erstarrten Arms zusammen. Kein anderer Teil von ihr war von dieser Lähmung betroffen. Ihre Rechte, die die seidenpapierdünnen Seiten des Alten Testaments umblätterte oder eine Old-Gold-Zigarette an ihre Lippen hielt, war gerade und fest. Doch ihre Geschichten von moralischem Zerfall, von den Bösen, die sich an den Guten schadlos hielten, wurden durch diesen Griff des Arms zur Brust um so ergreifender. Sie erzählte ihnen, wie sie persönlich einer Freundin geraten hatte, sich ihre Selbstachtung zu bewahren und den Mann zu verlassen, der nicht gut zu ihr (oder für sie) war. Schließlich stimmte die Freundin zu, aber zwei Tage später, zwei!, lief sie zu ihm zurück, daß Gott erbarm, und Neola sprach nie wieder ein Wort mit ihr. Sie erzählte ihnen, wie ein sehr junges Mädchen, nicht älter als vierzehn, Familie und Freunde verlassen hatte, um vierhundert Meilen hinter einem Jungen herzulaufen, der zur Armee gegangen war, nur um seinerseits von ihm verlassen zu werden und in einer Zeltstadt einem völlig zügellosen Leben zu verfallen. Da sahen sie doch, nicht wahr, die Macht der Sünde in Gesellschaft eines schwachen Charakters? Die Kinder kratzten sich am Knie und nickten, nur Dorcas war verzaubert von den zarten, leicht schmelzenden Neigungen des schwachen Fleisches und dem Paradies, das eine Frau nach zwei Tagen, zwei!, zurückkehren ließ oder ein Mädchen dazu brachte, vierhundert Meilen in eine Zeltstadt zu reisen, oder Neolas Arm hatte abwinkeln können, damit er um so besser die Stücke ihres Herzens zusammenhielt. Das alles um des Paradieses willen.

Als sie siebzehn war, war ihr ganzes Leben unerträglich. Und wenn ich darüber nachdenke, kann ich mir gut vorstellen, wie sie sich fühlte. Es ist schrecklich, wenn es nichts anderes oder Lohnenderes zu tun gibt, als sich hinzulegen und zu hoffen, daß sie dich nicht auslacht, wenn du nackt bist. Oder daß er, wenn er deine Brüste hält, sie sich nicht anders wünscht. Schrecklich, aber das Risiko wert, weil es nichts anderes zu tun gibt, obwohl du anderes tust, weil du eben siebzehn bist. Lernen, arbeiten, bimsen. Essen kauen und dir über deine Freunde den Mund zerfransen. Lachen über Dinge, die richtig herum sind, und solche, die auf dem Kopf stehen – es spielt überhaupt keine Rolle, weil du nicht das eine, Lohnende tust, nämlich irgendwo an einem schwach erleuchteten Ort liegen, von Armen umschlossen, getragen vom Kern der Welt.

Überleg doch mal, wie das ist, wenn du es schaffst, so gerade eben schaffst. Die Natur tut komische Dinge für dich. Verwandelt sich unversehens in ein Obdach. In Kopfkissen für zwei. Breitet die Äste von Fliederbüschen tief genug, um dich zu verstecken. Und selbst die Stadt kommt dir auf ihre Weise entgegen, hilft dir, glättet ihre Trottoirs, gleicht ihre Rinnsteine aus, bietet dir an der Ecke Melonen und grüne Äpfel an. Stände mit gelben Kopftüchern; Ketten aus ägyptischen Perlen. Kansas-Brathähnchen und etwas mit Rosinen lenken die Aufmerksamkeit auf ein offenes Fenster, wo der Duft auf der Lauer zu liegen scheint. Und wenn das noch nicht reicht, stehen Türen zu Flüsterkneipen angelehnt, und im kühlen dunklen Innern hustet eine Klarinette und räuspert sich und wartet, daß die Frau sich für die Tonart entscheidet. Sie entscheidet sich, und während du vorübergehst, teilt sie deinem Rücken mit, daß sie «Daddys little angel child» ist. Das hat die Stadt raus: riechen und gut sein und vergammelt aussehen; Geheimbotschaften aussenden, die als öffentliche Schilder getarnt sind: Einbahnstraße Hier öffnen Gefahr Zu vermieten Nur Farbige Alleinstehende Herren Ausverkauf Frau gesucht Privatzimmer Halt Warnung vor dem Hunde Keine Anzahlung Frische Hähnchen Anlieferung kostenlos. Und sie hat es raus, Schlösser zu öffnen, Treppenhäuser dämmrig zu machen. Dein Stöhnen mit ihrem zu überdecken.

Es gab eine Nacht in Dorcas' sechzehntem Lebensjahr, da stand sie in ihrem Körper da und bot ihn den beiden Brüdern zum Tanzen an. Beide Jungen waren kleiner als sie, aber beide waren gleich attraktiv. Besser gesagt: sie übertrafen alle anderen so vollkommen, daß sie, falls sie eine richtige Herausforderung suchten, gezwungen waren, miteinander zu tanzen. Sich heimlich mit ihrer besten Freundin Felice zu diesem Fest davonzumachen hätte eigentlich schwer zu bewerkstelligen sein müssen, aber Alice Manfred hatte über Nacht in Springfield zu tun, und nichts war leichter. Das einzige Problem war, etwas ausreichend Schickes zum Anziehen zu finden.

Die beiden Freundinnen steigen die Treppe hinauf und lassen sich geradewegs zu der richtigen Wohnung leiten, mehr von dem Jazzpiano, dessen Klang sich durch die Türritzen ergießt, als von ihrer Erinnerung an die richtige Wohnungsnummer. Sie bleiben stehen und schauen einander an, bevor sie klopfen. Sogar im dämmrigen Flur betont die dunkelhäutige Freundin noch die Sahnefarbe der anderen. Felices öliges Haar bringt Dorcas' weiche trockene Wellen zur Geltung. Die Tür geht auf, und sie treten ein.

Bevor später die Lichter ausgemacht werden und die belegten Brote und das Sodawasser verschwinden, wählt der, der das Grammophon bedient, schnelle Musik aus, passend für den hell erleuchteten Raum, in dem alle hinderlichen Möbel an die Wand gerückt oder in den Flur geschoben wurden und sich auf den Betten Mäntel stapeln. Unter dem Deckenlicht bewegen sich Paare wie Zwillinge, die mit-, wenn nicht gar füreinander geboren sind und am Puls des Partners teilhaben wie eine zweite Schlagader. Sie glauben noch vor der Musik zu wissen, was ihre Hände, ihre Füße tun müssen, aber gerade in dieser Illusion liegt die heimliche Dynamik der Musik: daß sie die Beherrschung durch die Tricks der Musik für ihre eigene halten; die Vorahnung, die die Musik vorausahnt. Zwischen den Plattenwechseln, während die Mädchen sich mit Blusenkragen fächeln, um Luft an feuchte Schlüsselbeine zu lassen, oder mit besorgten Händen den Schaden befühlen, den die Feuchtigkeit an ihrem Haar angerichtet hat, drücken die Jungen sich gefaltete Taschentücher an die Stirn. Gelächter versteckt indiskrete Blicke voller Willkommen und Verheißung und nimmt den Gesten von Betrug und Preisgabe ihre Härte.

Dorcas und Felice sind keine Unbekannten auf der Party – keiner ist das. Leute, die sie beide nie gesehen haben, lassen sich genauso leicht auf den Spaß ein wie die, die in diesem Haus aufgewachsen sind. Aber beide Mädchen hegen Erwartungen, noch verstärkt durch die Mühe, die sie hatten, ihren Aufzug für die Eskapade zu planen. Dorcas hat mit sechzehn noch immer keine Seidenstrümpfe, und ihre Schuhe passen zu jemand viel Jüngerem oder sehr Altem. Felice hat ihr geholfen, zwei Zöpfe hinter den Ohren zu lösen, und ihre Fingerspitze ist noch fleckig von dem Rouge, das sie sich auf die Lippen gestrichen hat. Mit nach innen gestecktem Kragen sieht ihr Kleid erwachsener aus, aber überall sonst zeigt sich die strenge Hand einer mahnenden Erwachsenen: am Saum, am Gürtel in der Taille, an den kurzen Puffärmeln. Sie und Felice haben versucht, den Gürtel ganz abzunehmen, und dann, ihn auf Nabelhöhe zu befestigen. Beide Strategien erweisen sich als katastrophal. Sie wissen, daß ein schlecht gekleideter Mensch kein Mensch ist, und Felice mußte den ganzen Weg die Seventh Avenue herunter Komplimente schnattern, damit Dorcas ihr Kleid vergessen und sich dem Fest zuwenden konnte.

Als sie eintreten, brandet Musik zur Decke und durch die zum Lüften weit geöffneten Fenster. Sofort werden beide Mädchen von Männerhänden ergriffen und in den tanzenden Mittelpunkt des Zimmers gewirbelt. Dorcas erkennt in ihrem Partner Martin, der eine heiße Minute lang mit ihr im selben Sprecherziehungskurs war, so lange, bis die Lehrerin merkte, daß er sein «ax» niemals für «ask» aufgeben würde. Dorcas tanzt gut – nicht so schnell wie einige andere, aber sie ist anmutig, trotz der beschämenden Schuhe, und sie ist aufreizend.

Erst nach zwei weiteren Tänzen bemerkt sie die Brüder, die im Eßzimmer eine ganze Gruppe mit Beschlag belegen. Auf der Straße, in Hauseingängen und bei privaten Festen sind sie ein Blickfang, mit ihren Bewegungen wie gespannte Seide oder loses Metall. Das Hüpfen im Magen, von Dorcas und Felice übereinstimmend als Zeichen echten Interesses und möglicher Liebe erkannt, beginnt und breitet sich aus, als Dorcas die Brüder beobachtet. Die belegten Brote sind jetzt verschwunden, und auch der Kartoffelsalat, und jedermann weiß, daß die Zeit für die Schummermusik naht. Die von den Brüdern zur Schau gestellte unglaubliche Beweglichkeit, ihre auf Sekundenbruchteile abgestimmte Gleichzeitigkeit kündigen den Höhepunkt des Festteils mit den schnellen Tänzen an.

Dorcas begibt sich in den Flur, der parallel zu Wohn- und Eßzimmer verläuft. Aus seinem Schatten hat sie durch den Rundbogen einen unverstellten Blick auf die Brüder, die nun die Vorstellung zum schwungvollen Abschluß bringen. Lachend nehmen sie das ihnen gebührende Lob entgegen: bewundernde Blicke von Mädchen, gratulierendes Puffen und Schulterklopfen von den Jungen. Sie haben herrliche Gesichter, diese Brüder. Ihr Lächeln mit mehr als nur makellosen Zähnen ist amüsiert und einladend. Jemand kämpft mit der Victrola; setzt den Arm auf, zerkratzt die Platte, versucht es noch einmal, tauscht dann die Platte gegen eine andere aus. Während der Verzögerung bemerken die Brüder Dorcas. Größer als die meisten anderen, blickt sie über den Kopf ihrer dunklen Freundin zu ihnen hinüber. Die Augen der Brüder erscheinen ihr geweitet und herzlich. Sie strebt vorwärts, aus dem Schatten heraus, und schlüpft durch die Gruppe. Die Brüder erhöhen die Leuchtkraft ihres Lächelns. Jetzt liegt die richtige Platte auf dem Grammophonteller; sie hört das vorausgehende Rauschen, als die Nadel in die Rille gleitet. Die Brüder strahlen; einer beugt sich den Bruchteil eines Zentimeters zum anderen hinüber und flüstert etwas, ohne den Blickkontakt mit Dorcas zu verlieren. Der andere mustert Dorcas von oben bis unten, als sie auf sie zukommt. Dann, genau als die Musik langsam und rauchig die Atmosphäre auflädt, rümpft er, noch immer mit strahlendem Lächeln, die Nase und wendet sich ab.

Dorcas ist, in der kurzen Zeit, die eine Nadel braucht, um die Rille zu finden, wahrgenommen, abgeschätzt und verworfen worden. Das Magenhüpfen möglicher Liebe ist nichts, verglichen mit den Eisschollen, die jetzt ihre Adern verstopfen. Der Körper, den sie bewohnt, ist unwürdig. Obwohl er jung ist und das einzige, was sie besitzt, ist es, als wäre er zur Zeit des Knospens schon am Stamm verdorrt. Kein Wunder, daß Neola schützend den Arm abwinkelte und die Stücke ihres Herzens in der Hand hielt.

Und so war ihr Leben zu dem Zeitpunkt, als Joe Spur ihr durch den Spalt einer sich schließenden Tür etwas zuflüsterte, fast unerträglich geworden. Fast. Das Fleisch, schwer verachtet von den Brüdern, hielt das darin brennende Liebesbegehren geheim. Ich habe geschwollene Fische in heiterer Blindheit am Himmel dahintreiben sehen. Ohne Augen, aber auf irgendeine

Weise gelenkt, schwimmen diese Luftschiffe unter Wolkenschaum, und keiner läßt sich von ihrem Anblick ablenken, weil es ist, als beobachtete man einen privaten Traum. So war ihr Begehren: hypnotisierend, gelenkt, trieb es wie ein offenes Geheimnis just unter der Wolkendecke dahin. Alice Manfred hatte sich alle Mühe gegeben, ihre Nichte unter Verschluß zu halten, aber einer Stadt, durchströmt von einer tagaus, tagein fordernden und bettelnden Musik, war sie nicht gewachsen. «Komm», sagte die Musik. «Komm und tu Böses.» Sogar die Großmütter, die die Treppen fegten, schlossen die Augen und legten den Kopf zurück, wenn sie ihre süße Trauer feierten. «Nobody does me like you do me.» Im Verlauf des Jahres zwischen der Ablehnung durch die Tanzbrüder und Alice Manfreds Clubtreffen scheuerten die Dorcas von Alice angelegten Zügel immer weiter, bis sie barsten.

Abgesehen von den Clubdamen wußten nur wenige Menschen, wo Joe Spur sie kennengelernt hatte. Nicht an der Bonbontheke bei Duggie, wo er sie zum erstenmal sah und überlegte, ob das, nämlich die Pfefferminzbonbons, die sie kaufte, wohl ihrer Haut so schlecht bekam, die überall hell und cremig war bis auf ihre Wangen. Joe lernte Dorcas in Alice Manfreds Haus kennen, direkt vor ihrer Nase und unter ihren eigenen Augen.

Er war dorthin gegangen, um Malvonne Edwards' Kusine Sheila eine Bestellung zu liefern; Sheila meinte, wenn Joe vor Mittag in die Nummer 237 am Clifton Place komme, könne er ihr das Bestellte direkt dorthin bringen, die No. 2 Nußbraun und die Tagescreme, dann müßte sie nicht bis nächsten Samstag warten oder am Abend den ganzen Weg bis zur Lenox zu Fuß gehen, um sie sich zu holen, es sei denn natürlich, daß er zu ihr in die Arbeit kommen wolle...

Joe hatte beschlossen, bis zum nächsten Samstag zu warten, weil er vom Nichtkassieren des einen Dollars fünfunddreißig nicht pleite gehen würde. Aber nachdem er Miss Ransoms Haus verlassen und eine halbe Stunde dagestanden und zugeschaut hatte, wie Bud und C. T. sich beim Damespielen beschimpften, beschloß er, doch rasch Sheila aufzusuchen und dann für heute Feierabend zu machen. Sein Magen war ein wenig übersäuert, und die Füße taten ihm schon weh. Er hatte auch keine Lust, sich beim Ausliefern und Bestellungenschreiben vom Regen erwischen zu lassen, der schon den ganzen warmen Oktobervormittag über drohte. Und selbst wenn eine frühe Heimkehr die noch angelegentlichere Gesellschaft einer sprachlosen Violet bedeutete, während er sich mit der verstopften Spüle oder dem Flaschenzug abmühte, der die Wäscheleine zu ihrem Haus herüberzog, würde dann schließlich auch das Samstagsessen früh und erfreulich sein: Spätsommergemüse, mit dem vom vergangenen Sonntag übrigen Schinkenknochen gekocht. Joe freute sich auf die mageren Restemahlzeiten gegen Ende der Woche, verabscheute jedoch das Sonntagsessen: gebratener Schinken und danach ein schwerer süßer Auflauf. Violets wilde Entschlossenheit, sich den Arsch anzuessen, den einmal besessen zu haben sie schwor, brachte ihn schier um.

Früher hatte er ihre Kochkunst sehr gerühmt. Konnte es kaum erwarten, heimzukommen und ihr Essen zu verschlingen. Aber jetzt war er fünfzig, und der Geschmack verändert sich bekanntlich. Er mochte noch immer Süßigkeiten, harte Bonbons – keine Sahnebonbons oder Karamel – und am allerliebsten saure Drops. Wenn Violet sich auf Suppe und gekochtes Gemüse beschränken würde (mit ein bißchen Brot dazu), wäre er vollkommen zufrieden.

Darüber dachte er nach, als er die 237 fand und die Treppen hinaufstieg. Der Streit zwischen C. T. und Bud über das Schicksal der S. S. *Ethiopia* war zu herrlich gewesen, zu komisch: er hatte ihnen länger zugehört, als er dachte, denn es war lang nach Mittag, als er ankam. Frauenlaute waren durch die Tür zu hören. Joe klingelte trotzdem.

Das Pfefferminzmädchen mit der schlechten Haut öffnete die Tür, und während er ihr erzählte, wer er war und weshalb er kam, steckte Sheila den Kopf in den Flur und rief: «Pünktlich wie ein Neger! Verblüff mich doch *einmal*, Joe Spur.» Er lächelte und blieb auf der Türschwelle stehen. Stand lächelnd da und stellte seinen Musterkoffer erst ab, als die Gastgeberin, Alice Manfred, kam und ihn bat, in die gute Stube einzutreten.

Sie freuten sich riesig, daß er ihr geselliges Beisammensein unterbrach. Es war ein Arbeitsessen der Civic Daughters, bei dem die Erntedank-Geldspendenaktion für die National Negro Business League geplant werden sollte. Sie hatten schon geklärt, was sie konnten, auf den Tisch gebracht, was anstand, und mit dem Lunch – Hühnerfrikassee – begonnen, mit dem sich Alice allergrößte Mühe gegeben hatte. Befriedigt, ja glücklich über ihre Arbeit und ihr Zusammensein, wie sie waren, wußten sie gar nicht, daß ihnen etwas fehlte, bis Alice Dorcas schickte, die Tür aufzumachen, und Sheila, der plötzlich einfiel, was sie zu Joe gesagt hatte, beim Klang der männlichen Stimme aufsprang.

Sie gaben ihm das Gefühl, einer der singenden Männer in Gamaschen zu sein. Diese jungen Männer, die sich an Ecken aufstellten und Krawatten in den Farben der Taschentücher trugen, die aus ihren Brusttaschen lugten. Die jungen Gockel, die dastanden, ohne auf die Hühnchen zu warten – die warteten nämlich schon auf sie. Unter den koketten, taxierenden Blicken der Frauen spürte Joe sein Vergnügen beim Lächeln, als trüge er sandfarbene Gamaschen über den Schuhen.

Sie lachten, klopften mit den Fingerspitzen aufs Tischtuch und begannen ihn zu necken, auszuzanken und anzuhimmeln – alles gleichzeitig. Sie erzählten ihm, welche Gefühle großgewachsene Männer wie er bei ihnen auslösten, beschwerten sich über seine Verspätung und Frechheit und fragten ihn, was er sonst noch in seinem Koffer hätte außer dem, was Sheila so entzückte. Sie überlegten laut, warum er nie bei ihnen klingelte oder vier Doppeltreppen hochstieg, um ihnen etwas zu liefern. Sie sangen ihre Komplimente, ihre Schelte hinaus, und nur Alice beschränkte sich auf ein dünnes Lächeln, einen verschlossenen Blick und fiel mit keiner Bemerkung in den Redefluß der anderen ein.

Natürlich blieb er zum Lunch. Natürlich. Obwohl er versuchte, nicht soviel zu essen, um sich nicht den Appetit auf das Spätsommergemüse zu verderben, das gewiß schon im Topf für ihn köchelte. Aber die Frauen strichen ihm übers Haar, schauten ihn ohne Umschweife an, sannen über seine zwei Augenfarben nach und befahlen: «Na komm schon, Mann, setz dich. Was zu essen? Komm, ich tu dir auf.» Er protestierte; sie insistierten. Er öffnete seinen Koffer; sie boten an, ihm alles abzukaufen. «Iß doch, mein Guter, iß», sagten sie. «Du wirst dich doch nicht in dieses Schnupfenwetter rauswagen ohne was auf den Knochen, das wär ja noch schöner, wir haben doch soviel, Dorcas, Mädel, bring dem Mann einen frischen Teller, daß ich ihm auftun kann, hörst du? Pscht, Sheila.»

Die meisten waren Frauen seines Alters, meist mit Mann, Kindern, auch Enkelkindern. Konnten kräftig zupacken, für sich und jeden, der ihre Hilfe brauchte. Und sie fanden die Männer lächerlich, köstlich und gräßlich zugleich und nutzten jede Gelegenheit, sie das wissen zu lassen. In einer solchen Gruppe konnten sie ungeniert tun, womit sie allein vorsichtig gewesen wären, wenn ein Mann, ob Fremder oder Freund, mit einem Musterkoffer in der Hand an der Tür geklingelt hätte, egal, wie groß gewachsen, wie ländlich-freundlich sein Lächeln oder wieviel Trauer in seinen Augen lag. Außerdem gefiel ihnen seine Stimme. Sie hatte eine Tonlage, eine Note, die sie sonst nur zu hören kriegten, wenn sie bärbeißige Alte besuchten, die nie einen Fuß vor ihre Vorgärten und ausgelaugten Felder setzten, um in die Stadt zu kommen. Die Stimme erinnerte sie an Männer, die beim Pflügen wie beim Essen die Mütze aufhatten, die den Kaffee auf Untertassen kühl bliesen und beim Kauen das Messer in der Faust hielten. Drum schauten sie ihn ohne Umschweife an und erzählten ihm auf jede erdenkliche Art, wie lächerlich er sei und wie köstlich und wie gräßlich. Als ob er das nicht gewußt hätte.

Joe Spur zählte darauf, daß kokette, lachende Frauen seine Waren kauften, und er war klug genug, mit keiner von ihnen anzubandeln. Lieber nicht, wenn er sich auch in Zukunft unbedenklich zum Stoß über einen Billardtisch wollte beugen können, den Rücken zum Ehemann einer seiner Kundinnen. Aber an jenem Tag in Alice Manfreds Haus, als er sich ihr Geplänkel anhörte und es zurückgab, nahm etwas in dem Spiel mit Worten Gewicht an.

Ich habe mir so meine Gedanken darüber gemacht. Darüber, was er damals und später dachte, und darüber, was er zu ihr sagte. Er flüsterte Dorcas etwas zu, als sie ihn zur Tür hinausließ, und sah dabei selbst höchst erfreut und überrascht aus.

Wenn ich mich recht entsinne, dann stimmte bei diesem Lunch im Oktober in Alice Manfreds Haus etwas nicht ganz. Alice hielt sich irgendwie zurück, und jeder, der je eine halbe Stunde in ihrer Gesellschaft verbracht hatte, wußte, daß das nicht ihre Art war. Sie war fähig, den schönsten Klatsch mit einem Blick zu einem Gekicher abzuwürgen, wenn er außer Kontrolle geriet. Und vielleicht war es ihr Näherinnenkopf, der ein Kleid, das man für lustig gehalten hatte, neben dem ihren grell und kitschig aussehen ließ. Aber einen Tisch wußte sie zu decken. Die Portionen waren vielleicht eine Idee zu knapp bemessen, und ich glaube, sie hatte etwas gegen Butter, weil sie so wenig in ihren Kuchen tat. Aber ihre Brötchen waren leicht, und Teller und Besteck glänzten und waren perfekt arrangiert.

Ihre Servietten konnte man auffalten, so weit man wollte: nirgends ein Bügelfältchen. Sie war natürlich höflich beim Essen; und auch nicht überheblich, aber nicht sehr aufmerksam. Abgelenkt war sie. Wohl wegen Dorcas.

Ich fand immer, daß das Mädel scheinheilig war. Ich merkte schon an ihrem Gang, daß ihre Unterwäsche ihrem Alter weit voraus war, wenn auch nicht ihr Kleid. Vielleicht fing Alice damals im Oktober auch an, so zu denken. Als es dann Januar wurde, brauchte keiner mehr zu mutmaßen. Jeder wußte es. Ich frage mich, ob sie wohl eine Vorahnung hatte, daß Joe Spur an ihre Tür klopfen würde? Aber vielleicht war es auch etwas, was sie in all den Zeitungen las, die säuberlich neben der Dielenleiste in ihrem Schlafzimmer aufgestapelt waren.

Jeder Mensch braucht einen Stapel Zeitungen; zum Kartoffelschälen, für den Toilettenbedarf, um Abfall einzuwickeln. Aber nicht so viele wie Alice Manfred. Sie muß sie wieder und wieder gelesen haben, warum hätte sie sie sonst aufheben sollen? Und wenn sie in der Zeitung etwas zweimal las, dann wußte sie zuwenig über zuviel. Wenn man Geheimnisse hat, die Geheimnisse bleiben sollen, oder die von anderen Leuten rauskriegen will, dann kann einen die Zeitung schon durcheinanderbringen. Der beste Weg, herauszufinden, was sich tut, ist zu beobachten, wie sich die Leute auf der Straße benehmen. Welche Straßenprediger bringen sie zum Stehenbleiben? Gehen sie mitten durch die Jungen durch, die auf dem Trottoir mit einer Blechbüchse kicken, oder schreien sie sie an, sie sollen aufhören? Beachten sie die Männer gar nicht, die auf Kotflügeln von Autos sitzen, oder bleiben sie stehen, um ein Wort mit ihnen zu wechseln? Wenn es zwischen einem Mann und einer Frau zum Streit kommt, eilen sie dann schnurstracks über die Straße, um zuzuschauen, oder laufen sie schnell zur nächsten Ecke, für den Fall, daß die Sache unangenehm wird?

Eins ist sicher, die Straßen bringen dich durcheinander, sie bringen dir etwas bei oder brechen dir den Schädel. Aber Alice Manfred war keine von der Sorte, die Gründe sucht, sich auf der Straße aufzuhalten. Sie eilte so schnell sie konnte hindurch, um zurück in ihr Haus zu gelangen. Wenn sie häufiger rausgekommen wäre, mehr auf der Eingangstreppe gesessen oder vor dem Friseurladen ein Schwätzchen gehalten hätte, dann hätte sie mehr erfahren, als in der Zeitung stand. Vielleicht hätte sie gemerkt, was sich vor ihrer Nase abspielte. Als sie schließlich herausfand, was sich zwischen jenem Oktobertag und dem schrecklichen, alles beendenden Tag im Januar ereignet hatte, waren die letzten Menschen auf der Welt, die sie gern gesehen hätte, Joe Spur oder sonst jemand, der mit ihm zu tun hatte. Trotzdem geschah es. Die Frau, die die Straßen mied, ließ die andere Frau, die sich mitten auf einer Straße hingesetzt hatte, in ihr Wohnzimmer.

Gegen Ende März legte Alice Manfred ihre Nadeln beiseite, um wieder einmal über das nachzudenken, was sie als die Straffreiheit des Mannes bezeichnete, der ihre Nichte getötet hatte, einfach nur, weil er es konnte. Es war nicht schwer gewesen; er hatte nicht einmal darüber nachgedacht, in welche Gefahr er sich begab. Er tat es einfach. Ein Mann. Ein hilfloses Mädchen. Tod. Ein Musterkoffer-Mann. Ein netter, umgänglicher Jeder-kennt-ihn-Mann. Die Sorte, die man ins Haus läßt, weil er nicht gefährlich ist, weil man ihn mit Kindern gesehen, seine Produkte gekauft und nie auch nur das kleinste bißchen Klatsch darüber gehört hat, daß er etwas Schlimmes getan hätte. In dessen Gesellschaft man sich nicht nur sicher, sondern auch wohl fühlte, weil er die Sorte Mann war, zu der Frauen hinlaufen, wenn sie glauben, sie würden verfolgt oder beobachtet, oder wenn sie jemand brauchen für den Ersatzschlüssel, falls man sich mal aus Versehen ausschließt. Er war der Mann, der einen zur Haustür brachte, wenn man die Straßenbahn verpaßt hatte und nachts durch finstere Straßen gehen mußte. Der junge Mädchen vor Schwarzbrandkneipen und den Männern warnte, die sich dort herumtreiben. Die Frauen neckten ihn, weil sie ihm vertrauten. Er gehörte zu den Männern, die vielleicht die Fifth Avenue mit hinuntermarschiert waren – kalt und stumm und voller Würde – in den Raum, den die Trommeln schufen. Er wußte, daß Böses nicht recht ist, und tat es trotzdem.

Alice Manfred hatte viel gesehen und ertragen, hatte im ganzen Land Angst gehabt, in jeder Straße. Aber jetzt fühlte sie sich wirklich unsicher, weil die brutalen Männer und ihre brutalen Frauen nicht mehr nur da draußen waren, sondern in ihrer Straße, in ihrem Haus. Ein Mann war in ihr Wohnzimmer gekommen und hatte das Leben ihrer Nichte zerstört. Seine Frau war mitten in die Beerdigung geplatzt, um sie zu verunstalten und zu entehren. Sie hätte beiden die Polizei auf den Hals gehetzt, wenn nicht all das, was sie über das Leben von Negern wußte, den Gedanken daran unmöglich gemacht hätte. Freiwillig einen Polizisten anzusprechen, ob schwarz oder weiß, ihn in ihr Haus zu lassen, zuzusehen, wie er auf ihrem Stuhl hin und her rutscht, um den blauen Stahl zurechtzurücken, der ihn zum Mann macht.

Müßig und in ihren Kummer, ihre Scham zurückgezogen, verbrachte sie ihre Tage, indem sie für unbestimmte Zwecke Spitze häkelte, ihre Zeitungen las, sie auf den Boden warf und wieder aufhob. Sie las sie jetzt anders. Jede Woche seit Dorcas' Tod, den ganzen Januar und Februar hindurch, legte irgendeine Zeitung die Knochen einer gebrochenen Frau frei. Mann tötet Frau. Acht der Vergewaltigung angeklagte Männer freigesprochen. Frau und Mädchen Opfer von. Frau begeht Selbstmord. Weiße Angreifer angeklagt. Fünf Frauen festgehalten. Frau sagt, Ehemann prügelt sie. In eifersüchtiger Wut hat ein Mann.

Wehrlos wie Federvieh, dachte sie. Oder doch nicht? Sorgfältig gelesen, enthüllten die Berichte, daß die meisten dieser

Frauen, wenn auch unterworfen und gebrochen, nicht wehrlos gewesen waren. Und auch nicht, wie Dorcas, leichte Beute. Im ganzen Land waren schwarze Frauen bewaffnet. Das, dachte Alice, das wenigstens hatten sie gelernt. Schützte sich nicht alles auf Gottes Erde irgendwie oder suchte Schutz? Durch Geschwindigkeit, irgendein Gift im Blatt, auf der Zunge, im Schwanz? Durch Tarnung, durch Flucht, durch Millionenmengen, die Millionenmengen produzierten? Durch einen Dorn hier, einen Stachel dort?

Natürliche Beute? Leicht zu haben? «Das glaub ich nicht.» Laut sagte sie das. «Das glaub ich nicht.»

Dünngewordene Stellen in der Bettwäsche waren mit 60er Faden verstärkt. Gewaschen und gefaltet lag sie in einem Korb, den schon ihre Mutter benützt hatte. Alice stellte das Bügelbrett auf und breitete darunter Zeitungspapier aus, um die Säume sauberzuhalten. Sie wartete nicht nur auf das Heißwerden der Bügeleisen, sondern auch auf eine brutale Frau, schwarz wie Ruß, bekannt für das Messer in ihrer Faust. Sie wartete mit weniger Bedenken als früher und ganz ohne den beunruhigenden Zorn, den sie im Januar verspürt hatte, als eine Frau, die sagte, sie heiße Violet Spur, versuchte, ihr einen Besuch abzustatten, mit ihr zu reden oder was. So früh am Tage an ihre Tür klopfte, daß Alice dachte, es wäre die Polizei.

«Ich hab dir nichts zu sagen. Gar nichts.» Sie hatte es laut durch den verketteten Spalt in der Tür geflüstert und sie dann zugeknallt. Sie brauchte den Namen nicht zu kennen, um Angst zu haben oder zu wissen, wer es war: der Star der Beerdigung ihrer Nichte. Die Frau, die den Gottesdienst gestört, den ganzen Sinn und Zweck ins Gegenteil verkehrt hatte und nun praktisch die einzige war, von der alle redeten, wenn man über Dorcas' Tod sprach, wobei ihr Name verändert worden war. Violent, die Gewalttätige, nannten sie sie jetzt. Kein Wunder. Alice, die auf dem ersten Platz in der ersten Reihe saß, hatte wie gelähmt den Aufruhr in der Kirche beobachtet. Erst später und eins ums andere waren die Gefühle gekommen, wie aus dem Meer an einen Strand gespülte Abfälle – merkwürdig und doch identifizierbar, wuchtig und trübe.

Zuvörderst war Furcht dabei und – etwas Neues – Wut. Über Joe Spur, der es getan hatte: ihre Nichte verführt, vor ihrer Nase in ihrem eigenen Haus. Der Freundliche. Der Mann, der nebenher Damenartikel verkaufte; eine in praktisch jedem Haus der Stadt bekannte Gestalt. Ein Mann, den Ladenbesitzer und Vermieter mochten, weil er Kinderspielzeug in eine ordentliche Reihe stellte, wenn es verstreut auf dem Gehsteig liegengeblieben war. Den die Kinder mochten, weil er sich nie von ihnen gestört fühlte. Und unter Männern beliebt, weil er nie beim Spielen mogelte, nie einen dummen Streit vom Zaun brach oder Geschichten weitertrug und weil er ihre Frauen in Ruhe ließ. Beliebt bei den Frauen, weil er ihnen das Gefühl gab, sie wären noch Mädchen; beliebt bei den Mädchen, weil er ihnen das Gefühl gab, sie wären schon Frauen – und genau das, glaubte sie, hatte Dorcas gesucht. Mörder.

Aber Alice hatte keine Angst vor ihm, und jetzt auch nicht mehr vor seiner Frau. Was Joe betraf, so empfand sie zitternde Empörung wegen seiner schlangengleichen Falschheit, mit der er das ihr anvertraute Mädchen gestohlen hatte; und Scham darüber, daß das Gras, durch das er sich geschlängelt hatte, ihres war – die sorgsam behütete und bewachte Umgebung, in der nicht verheiratete und nicht zu verheiratende Schwangerschaft Ende und Abschluß eines lebenswerten Lebens waren. Danach – nichts mehr. Nur noch Warten, bis das erwartete Baby alt genug wurde, daß man ihm seinerseits eine bewachte und behütete Umgebung garantieren konnte.

Während Alice mit weniger Bedenken als früher auf Violet wartete, fragte sie sich, warum das so war. Mit ihren achtundfünfzig Jahren, ohne eigene Kinder, und das eine, das ihr zugänglich und für das sie verantwortlich war, tot, machte sie sich Gedanken über die Hysterie, die Gewalttätigkeit und die Verdammnis einer Schwangerschaft ohne Aussicht auf Heirat. Das hatte schon das Denken ihrer Eltern vollständig beherrscht, solange sie sich zurückerinnern konnte. Sie sprachen bestimmt, aber vorsichtig mit ihr über ihren Körper: unanständig sitzen (Beine breit); fraulich sitzen (Beine übergeschlagen); durch den Mund atmen; Hände in die Hüften stemmen; bei Tisch krumm sitzen; beim Gehen mit dem Po wackeln. Sobald sie Brüste bekam, wurden sie eingebunden und mit Unmut betrachtet, einem Unmut, der sich beim Gedanken an mögliche Schwangerschaft zu ausgesprochenem Haß auswuchs und nicht aufhörte, bis sie Louis Manfred heiratete, und dann war es plötzlich das Gegenteil. Schon vor der Hochzeit redeten ihre Eltern verstohlen von Enkeln, die sie besuchen und in den Armen halten konnten, während sie zugleich wiederum die wachsenden Spitzen, die sich unter dem Hemdchen von Alices jüngerer Schwester zeigten, mit Unmut betrachteten. Und auch die Blutflecken, die sich rundenden Hüften, das Haar. Das und die Notwendigkeit neuer Kleider. «Ach Gott, Mädel!» Das Stirnrunzeln, wenn der Saum nicht mehr ausgelassen werden konnte, der Rockbund keinen weiteren Stich mehr zuließ. Unter dieser zornigen Kontrolle aufgewachsen, schwor sich Alice, sie würde sie nicht fortsetzen, und tat es doch. Sie setzte sie beim einzigen Kind ihrer kleinen Schwester fort. Und fragte sich jetzt, ob sie es auch getan hätte, wenn ihr Mann am Leben oder bei ihr geblieben wäre oder wenn sie selbst Kinder gehabt hätte. Wenn er dagewesen wäre, an ihrer Seite, ihr bei den Entscheidungen geholfen hätte, vielleicht säße sie dann jetzt nicht hier und wartete auf eine Frau namens Violent und dächte Kriegsgedanken. Obwohl es tatsächlich ein Krieg war. Weshalb sie sich ja zur Kapitulation entschlossen und Dorcas zu ihrer Kriegsgefangenen gemacht hatte.

Andere Frauen dagegen hatten nicht kapituliert. Im ganzen Land waren sie bewaffnet. Alice hatte einmal bei einem schwedischen Schneider gearbeitet, der eine Narbe vom Ohrläppchen bis zum Mundwinkel hatte. «Eine Negerin», sagte er. «Hat mich bis an die Zähne aufgeschlitzt, bis an die Zähne.» Er lächelte verwundert und schüttelte den Kopf. «Bis an die Zähne.» Der Eismann in Springfield hatte vier Löcher in gleichen Abständen im Hals, vier gleichmäßige Einstiche von etwas Dünnem, Rundem und Scharfem. Männer liefen durch die Straßen von Springfield, East St. Louis und der Stadt und hielten eine nasse rote Hand in der anderen oder ein Stück lose Haut im Gesicht fest. Manchmal schafften sie es nur lebend ins Krankenhaus, weil sie das Rasiermesser einfach dort steckenließen, wo es saß.

Schwarze Frauen waren bewaffnet; schwarze Frauen waren gefährlich, und je weniger Geld sie hatten, um so tödlicher die gewählte Waffe.

Wer waren die Unbewaffneten? Solche, die Schutz in der Kirche und bei einem richtenden, zürnenden Gott fanden, dessen Zorn um ihretwillen unvorstellbar schrecklich war. Er war nicht erst unterwegs, nahte, nahte, um das an ihnen verübte Unrecht zu rächen. Er war schon da. Längst da. Sieh doch nur! Sieh! Was die Welt ihnen angetan hatte, das tat sie jetzt sich selber an. Verdarb die Welt sie? Ja, aber sieh doch, wo die Verderbtheit herkam. Schalt und beschimpfte man sie? Ja, aber sieh doch, wie die Welt sich selber schalt und beschimpfte. Begrapschte man sie in Küchen und hinten in Kaufläden? Mhm. Schlugen Polizisten ihnen die Fäuste ins Gesicht, damit zugleich mit dem Kiefer ihren Männern der Lebenswille brach? Belegten Männer (Bekannte, aber auch Fremde, die in Autos saßen) sie tagtäglich mit Schimpfnamen? Mhm. Aber in Gottes und in ihren Augen war jedes haßerfüllte Wort und jede haßerfüllte Geste das Verlangen des Tiers nach seinem eigenen Schmutz. Das Tier tat nicht, was ihm angetan wurde, sondern was es sich zugefügt haben wollte: vergewaltigte, weil es selbst vergewaltigt werden wollte. Schlachtete Kinder, weil es sich danach sehnte, ein geschlachtetes Kind zu sein. Baute Gefängnisse, um lustvoll seinen eigenen Niedergang herbeizuführen. Gottes Zorn, so schön, so einfach. Ihre Feinde bekamen, was sie wollten, wurden das, womit sie andere plagten.

Wer sonst war unbewaffnet? Solche, die glaubten, sie brauchten keine Klappmesser, Säurepäckchen und Glasscherben in der Hand. Solche, die Häuser kauften und Geld horteten, zum Schutz und als Mittel, um sich Schutz zu erkaufen. Solche mit bewaffneten Männern. Solche, die keine Pistolen trugen, weil sie selbst scharf schossen, und keine Klappmesser trugen, weil sie wie Klappmesser durch Versammlungen fuhren, Gesetze abschossen und auf das Blut und das mißbrauchte Fleisch hinwiesen. Solche, die mit ihrer geringen waffenlosen Kraft die bedeutende Macht von Ligen, Clubs, Gesellschaften und Schwesternschaften anschwellen ließen, gegründet, um fest- oder fernzuhalten, um voranzukommen oder an Ort und Stelle zu bleiben, um Wege zu ebnen, zu werben, zu trösten und zu erleichtern. Um Kautionen aufzubringen, Tote zu kleiden, Miete zu zahlen, neue Behausungen zu suchen, eine Schule zu gründen, ein Büro zu stürmen, Sammlungen zu veranstalten, die Nachbarschaft zu bewachen und alle Kinder im Auge zu behalten. Jede andere unbewaffnete Frau war im Jahre 1926 entweder stumm oder verrückt oder tot.

Zu dieser Zeit, im Monat März, erwartete Alice die Frau mit dem Messer. Die Frau, die jetzt Violent genannt wurde, weil sie zu töten versucht hatte, was schon im Sarg lag. Seit Januar – einer Woche nach der Beerdigung – hatte sie jeden Tag ein Briefchen unter Alices Tür geschoben, und Alice Manfred wußte, zu welcher Sorte Neger dieses Ehepaar gehörte: zu der, die zu meiden sie Dorcas gelehrt hatte. Der peinlichen Sorte. Nicht nur wenig ansprechend, sondern sogar gefährlich. Der Mann schoß, die Frau stach zu. Nichts, aber auch gar nichts, was ihre Nichte getan oder zu tun versucht hatte, konnte der ihr angetanen Gewalt die Waage halten. Und wo Gewalt war, gab es da nicht auch Laster? Glücksspiel. Fluchen. Ekelhafte, ungebührliche Vertraulichkeit. Rote Kleider. Gelbe Schuhe. Und natürlich aufpeitschende Wildenmusik.

Aber Alice hatte jetzt keine Angst mehr vor ihr wie damals im Januar und auch noch im Februar, als sie ihr zum erstenmal aufgemacht hatte. Sie hatte gedacht, die Frau würde eines Tages im Gefängnis landen – das taten sie alle irgendwann. Aber ein leichter Fang? Natürliche Beute? «Das glaub ich nicht. Das glaub ich einfach nicht.»

Beim Leichenschmaus erzählte Malvonne ihr die Einzelheiten. Versuchte es jedenfalls. Alice rückte von der Frau ab und hielt den Atem an, wie um die Worte auf Distanz zu halten.

«Danke für deine Anteilnahme», sagte Alice zu ihr. «Greif doch zu.» Sie deutete auf die mit Essen beladenen Tische und die Trauergäste drum herum. «Es ist soviel da.»

«Mir ist so elend zumute», sagte Malvonne. «Als wär's mein eigenes.»

«Danke.»

«Da ziehst du andrer Leute Kinder groß, und dann tut's genauso weh, als wären es die eigenen. Weißt du das mit Sweetness, meinem Neffen ...?»

«Entschuldige mich.»

«Hab alles für ihn getan. Alles, was eine Mutter nur –»

«Bitte. Greif doch zu. Es ist soviel da. Viel zuviel.»

«Diese Schamlosen, die wohnen in meinem Haus, weißt du –»

«Grüß dich, Felice. Wie nett, daß du gekommen bist ...»

Sie wollte damals nicht zuviel hören oder wissen. Und sie

wollte auch die Frau nicht sehen, die man Violent zu nennen begann. Der Zettel, den Violet unter ihrer Tür durchschob, kränkte Alice erst, dann machte er ihr angst. Aber nach einer Weile, als sie gehört hatte, wie am Boden zerstört der Mann war, und nachdem sie die Schlagzeilen im *Age*, in den *News* und im *Messenger* gelesen hatte, im Februar, da hatte sie sich gewappnet und ließ die Frau herein.

«Was willst *du* denn von mir?»

«Ach, jetzt grad will ich mich einfach nur bei dir hinsetzen», sagte Violet.

«Tut mir leid. Ich kann mir nicht vorstellen, was dabei rauskommen soll.»

«Mein Kopf macht mir zu schaffen», sagte Violet und preßte sich die Finger an die Schädeldecke.

«Geh doch zum Doktor.»

Violet lief einfach an ihr vorbei, magnetisch angezogen von einem kleinen Tischchen. «Ist sie das?»

Alice brauchte gar nicht hinzusehen, um zu wissen, was sie da anstarrte.

«Ja.»

Die lange Pause, die folgte, während Violet das Gesicht betrachtete, das ihr aus dem Rahmen entgegenblickte, machte Alice nervös. Aber noch bevor sie den Mut beisammenhatte, die Frau zum Gehen aufzufordern, wandte die sich von dem Foto ab und sagte: «Ich bin nicht die, vor der du Angst haben mußt.»

«Nein? Wer dann?»

«Ich weiß nicht. Das macht meinem Kopf so zu schaffen.»

«Du bist doch nicht hergekommen, um mir zu sagen, daß es dir leid tut. Erst hab ich gedacht, das wär vielleicht der Grund. Aber du kommst bloß hier rein, um was von deiner eigenen Bosheit abzuladen.»

«Ich hab keine eigene Bosheit.»

«Ich denke, du solltest lieber gehen.»

«Laß mich einen Moment ausruhen. Ich finde keinen Ort, wo ich mich einfach mal hinsetzen kann. Das da ist sie?»

«Hab ich doch schon gesagt.»

«Viel Kummer gehabt mit ihr?»

«Nein. Nie. Na ja. Schon.»

«Ich war brav in ihrem Alter. Nie irgendwem Kummer gemacht. Ich hab alles getan, was man mir gesagt hat. Bis ich hierherkam. Die Stadt macht einen starrköpfig.»

Merkwürdiges Verhalten, dachte Alice, aber nicht blutrünstig. Und bevor sie auf den Gedanken kommen konnte, es nicht geschehen zu lassen, war schon die Frage heraus: «Warum hat er es getan?»

«Warum sie?»

«Warum du?»

«Ich weiß nicht.»

Als sie das nächste Mal kam, dachte Alice noch immer über die wilden Frauen mit ihren Säurepäckchen, ihren geschärften Rasiermessern, den Wulstnarben hier und da nach. Sie zog den Vorhang zu, um das Licht zu dämpfen, das ihrem Besuch direkt in die Augen knallte, während sie sagte: «Dein Mann. Tut er dir weh?»

«Weh?» Violet sah überrascht aus.

«Ich meine, er wirkte so nett, so still. Hat er dich geschlagen?»

«Joe? Nein. Der hat nie jemand was zuleide getan.»

«Außer Dorcas.»

«Und Eichhörnchen.»

«Was?»

«Und Kaninchen. Rehwild. Opossums. Fasanen. Wir haben gut gegessen daheim.»

«Wieso seid ihr fort?»

«Der Landbesitzer hat keine Kaninchen gewollt. Geldscheine hat er gewollt.»

«Hier wollen sie auch Geld.»

«Aber hier kann man auch welches verdienen. Ich hab als Tageshilfe gearbeitet, als ich herkam. Drei Häuser am Tag, das hat mir gut Geld eingebracht. Joe hat nachts Fisch ausgenommen. Hat erst mal gedauert, bis er Arbeit in den Hotels kriegte. Ich hab dann das Frisieren angefangen, und Joe...»

«Ich will das alles nicht hören.»

Violet verstummte und schaute unverwandt das Foto an. Da gab Alice es ihr, um sie loszuwerden.

Am nächsten Tag war sie wieder da und sah so schlampig aus, daß Alice sie am liebsten geohrfeigt hätte. Statt dessen sagte sie: «Zieh das Kleid aus, dann näh ich dir die Manschette an.» Violet trug jedesmal dasselbe Kleid, und Alice ärgerte sich über den Faden, der lose von ihrem Ärmel hing, und auch über den Mantelsaum, der auf den ersten Blick an mindestens drei Stellen heruntergerissen war.

Violet saß in Unterrock und Mantel da, während Alice mit winzigen Stichen den Ärmel flickte. Den Hut nahm sie gar nicht ab.

«Erst hab ich gedacht, du kommst, um mir was anzutun. Dann hab ich gedacht, du willst dein Beileid aussprechen. Dann hab ich gedacht, du willst dich bedanken, weil ich die Polizei nicht geholt hab. Aber das ist es auch nicht, stimmt's?»

«Ich hab mich wo hinsetzen müssen. Ich hab gedacht, das kann ich hier. Daß du mich hinsetzen läßt, und das hast du ja auch. Ich weiß, daß ich Joe nicht viel Grund gegeben hab, von der Straße wegzubleiben. Aber ich hab sehen wollen, wie er mich gern gehabt hätt.»

«Närrin. Achtzehn Jahre alt hätt er dich gern gehabt, das ist alles.»

«Nein. Mehr als das.»

«Wenn du den eigenen Mann nicht verstehst, kann ich dir nicht helfen.»

«Du hast ja auch nicht besser gewußt, daß die beiden miteinander gegangen sind, und du hast das Mädel jeden Tag gesehen, so wie ich Joe. Ich weiß, wo ich mit dem Kopf war. Wo warst du?»

«Jetzt nur keine Vorwürfe. Ich kann's nicht haben.»

Alice war mit den Laken fertig und hatte mit der ersten Bluse begonnen, als Violet an ihre Tür klopfte. Jahre und Jahre und Jahre zurück hatte sie die Spitze des Bügeleisens in die Nähte eines weißen Männerhemds geführt. Gerade so feucht, daß der Stoff von der Stärke glatt und steif wurde. Die Hemden waren längst Fetzen. Staubtücher, Monatstücher, an Rohrleitungsknie gebundene Lumpen, um das Einfrieren zu verhindern, Topflappen und Flecken, um das heiße Bügeleisen auszuprobieren und den Griff damit zu umwickeln. Sogar Dochte für Öllampen, Salzsäckchen zum Zähneputzen. Jetzt kamen ihre eigenen Blusen in den Genuß der sorgfältigen Pflege ihrer eleganten Hände.

Zwei Paar Kopfkissenbezüge waren, noch warm, auf dem Tisch gestapelt. Dazu zwei Bettbezüge. Nächste Woche vielleicht die Vorhänge.

Inzwischen erkannte sie das Klopfen und wußte nie, ob sie sich freute oder ärgerte, wenn sie es hörte. Und es war ihr gleichgültig.

Wenn Violet zu Besuch kam (und Alice wußte nie, wann das der Fall sein würde), öffnete sich etwas.

Der dunkle Hut machte ihr Gesicht noch dunkler. Ihre Augen waren rund wie Silberdollar, konnten aber ganz plötzlich zu Schlitzen werden.

Merkwürdig war, wie Alice sich in ihrer Gegenwart fühlte und wie sie redete. Nicht wie mit anderen Menschen. Bei Violet war sie unhöflich. Kurz angebunden. Wortkarg. Zwischen ihnen schien keine Entschuldigung, keine Nettigkeit nötig oder angebracht. Dafür aber etwas anderes – Klarheit vielleicht. Die Art von Klarheit, die Verrückte von den Nichtverrückten fordern.

Nachdem jetzt auch der Mantelsaum geflickt und die Manschette in Ordnung war, brauchte Violet nur mehr auf Strümpfe und Hut zu achten, um normal zu erscheinen. Alice stieß einen kleinen Seufzer aus, überrascht über sich selbst, als sie dem einzigen Besuch, auf den sie sich freute, die Tür öffnete.

«Du siehst ja ganz erfroren aus.»

«Schier gar», sagte Violet.

«Der März kann einen aufs Krankenlager werfen.»

«Wär mir ein Vergnügen», antwortete Violet. «Meine ganzen Sorgen wär ich los, wenn mein Körper krank wär statt dem Kopf.»

«Und wer würde den feinen Damen dann das Haar richten?»

Violet lachte. «Niemand. Vielleicht würd es niemand machen und auch keiner den Unterschied sehen.»

«Da ist mehr Unterschied als die Frisur.»

«Das sind auch nur Frauen. Wie wir.»

«Nein», sagte Alice. «Das stimmt nicht. Nicht wie ich.»

«Ich meine nicht das Gewerbe. Ich meine die Frauen.»

«Ach bitte», sagte Alice. «Lassen wir das doch. Ich hab einen Tee aufgebrüht.»

«Die waren nett zu mir, als keiner nett war. Wegen denen haben Joe und ich zu essen.»

«Erzähl mir nichts.»

«Wenn ich knapp davor bin, mir Geld zu leihen, oder extra was brauche, kann ich jederzeit den ganzen Tag an ihren Köpfen arbeiten.»

«Erzähl mir nichts, hab ich gesagt. Ich will nichts davon wissen und auch nicht, wo ihr Geld herkommt. Willst du jetzt Tee oder nicht?»

«Mhm. Gut. Warum nicht? Warum willst du nichts davon wissen?»

«Ach. Die Männer. Dieses ekelhafte Leben. Prügeln die sich nicht die ganze Zeit? Wenn du ihnen das Haar richtest, hast du keine Angst, daß sie eine Schlägerei anfangen?»

«Nur wenn sie nüchtern sind.» Violet lächelte.

«Je nun.»

«Sie teilen sich die Männer, und sie prügeln sich mit ihnen und um sie.»

«Keine Frau sollte so leben.»

«Nein. Keine sollte es müssen.»

«Leute umbringen.» Alice saugte Luft durch die Zähne. «Da wird mir speiübel.» Sie goß Tee ein, hob dann die Tasse hoch und hielt sie in der Luft, während sie Violet ansah.

«Wenn du das mit den beiden rausgekriegt hättest, bevor er sie umgebracht hat, hättest du's getan?»

«Frag ich mich auch.»

Alice gab ihr den Tee. «Ich versteh solche Frauen wie dich nicht. Frauen mit Messern.» Sie griff sich eine langärmlige Bluse und glättete sie über dem Bügelbrett.

«Ich bin nicht mit dem Messer geboren.»

«Nein, aber du hast eins in die Hand genommen.»

«Hast du das nie?» Violet blies Kräusel in ihren Tee.

«Nein, nie. Sogar als mein Mann weglief, hab ich das nie getan. Und du. Du hattest nicht mal einen würdigen Feind. Jemand, der das Umbringen gelohnt hätte. Du hast ein Messer in die Hand genommen, um ein totes Mädchen zu beleidigen.»

«Aber das ist doch besser, oder? Das Unglück war schon geschehen.»

«Sie war nicht deine Feindin.»

«O doch, sie ist es. Sie ist meine Feindin. Damals, als ich es noch nicht gewußt hab, und jetzt auch.»

«Wieso? Weil sie jung und hübsch war und dir den Mann ausgespannt hat?»

Violet trank in kleinen Schlucken ihren Tee und gab keine Antwort. Nach einem langen Schweigen und nachdem sich ihr Gespräch Belanglosem zugewandt hatte und schließlich der Beschränktheit des Lebens, sagte Violet zu Alice Manfred: «Würdest du's nicht tun? Würdest du nicht um deinen Mann kämpfen?»

In ihrer Kindheit gesät und seitdem täglich begossen, hatte die Furcht ein Leben lang in Alices Adern gewuchert. Unter Kriegsgedanken hatte die Furcht sich gesammelt und war zu etwas anderem erblüht. Jetzt, wo sie die andere Frau ansah, hörte Alice deren Frage wie den Knall einer Spielzeugpistole.

Irgendwo in Springfield waren nur noch die Zähne übrig. Der Schädel vielleicht, vielleicht auch nicht. Wenn sie tief genug grub und den Deckel abriß, konnte sie sicher sein, daß die Zähne noch da wären. Keine Lippen mehr, für sie oder die Frau, mit der sie sie geteilt hatte. Keine Finger, sie an den Hüften hochzuheben, wie er es bei anderen getan hatte. Nur noch die gebleckten Zähne, nicht im entferntesten wie das Lächeln, das sie veranlaßt hatte zu sagen: «Entscheide dich.» Und er hatte sich entschieden.

Was sie zu Violet gesagt hatte, stimmte: Sie hatte nie ein Messer in die Hand genommen. Was sie aber nicht gesagt hatte – und was jetzt auf sie einstürmte –, stimmte auch: Jeden Tag und jede Nacht, sieben Monate lang, hatte es sie, Alice Manfred, nach Blut gedürstet. Nicht nach seinem. O nein. Ihm wünschte sie Zucker in den Motor, die Schere an die Krawatte, verbrannte Anzüge, aufgeschlitzte Schuhe, zerrissene Socken. Boshafte, kindische Racheakte, um ihm Unannehmlichkeiten zu bereiten, ihn zu erinnern. Aber kein Blut. Ihr Verlangen war auf die rote Flüssigkeit gerichtet, die in den Adern der anderen Frau floß. Ein Eispickel, hineingehauen und nach oben gestemmt, würde es zum Fließen bringen. Ob eine um den Hals gelegte Wäscheleine, mit Alices ganzer Kraft gezogen, sie Blut spucken ließ? Ihre Lieblingsvorstellung jedoch, der Traum, der ihr nachts das Kopfkissen aufschüttelte, war: sich zuzusehen, wie sie auf ein Pferd stieg, losritt und die Frau allein auf einer Straße fand, und dann loszugaloppieren, bis sie unter den vier eisernen Hufen zertrampelt lag; und wieder zurück und noch einmal, bis nichts mehr übrig war als ein bißchen aufgewühlter Matsch, der darauf hindeutete, wo das Flittchen einmal gewesen war.

Er hatte sich entschieden; und sie wollte es auch tun. Und vielleicht hätte sie, nachdem sie sieben Monate lang auf einem Pferd durch die Nacht galoppiert war, das sie weder besaß noch reiten konnte, über den zuckenden, breiigen Körper einer Frau, die im Winter weiße Schuhe trug, laut lachte wie ein Kind und nie eine Heiratsurkunde gesehen hatte – vielleicht hätte sie da etwas Wildes getan. Doch nach sieben Monaten mußte sie eine andere Entscheidung treffen. Für seinen Lieblingsanzug, die Krawatte, das Hemd. Man schlug ihr vor, kein Paar Schuhe zu verschwenden. Die würde ohnehin niemand sehen. Aber Socken? Er muß doch wohl Socken anhaben? Natürlich, sagte der Leichenbestatter. Socken natürlich. Und welchen Unterschied machte es, daß eine unter den Trauergästen ihre gehaßte Erzfeindin war, die weiße Rosen auf den Sarg legte und dann eine davon wegnahm, von der gleichen Farbe wie ihr Kleid. Schon dreißig Jahre lang verwandelte er sich dort in Springfield in Zähne, und weder sie noch die Trauernde in dem unpassenden Kleid konnten irgend etwas dagegen tun.

Alice setzte das Bügeleisen hart auf. «Du weißt ja nicht, was verlieren heißt», sagte sie und horchte genauso aufmerksam auf das, was sie sagte, wie die Frau, die da am hellen Morgen mit Hut neben ihrem Bügelbrett saß.

DER HUT, aus der Stirn nach hinten geschoben, gab Violet ein leicht verrücktes Aussehen. Die beruhigende Wirkung des Tees, den Alice Manfred ihr eingeschenkt hatte, hielt nicht lange an. Danach saß sie im Drugstore, saugte Malzmilch durch einen Strohhalm und machte sich Gedanken darüber, wer in aller Welt diese andere Violet war, die in ihrer Haut in der Stadt herumlief; die durch ihre Augen nach draußen schaute und andere Dinge wahrnahm. Wo sie einen einsamen Stuhl sah, verlassen und verwaist in einem Park entlang dem Fluß, da sah die andere Violet, daß die Eisschicht den schwarzen Pfosten des Geländers einen waffenähnlichen Glanz verlieh. Wo sie, als letzte in einer Schlange an der Straßenbahnhaltestelle, ein kaltes Kinderhandgelenk aus einem zu kurzen aufgetragenen Mantel ragen sah, drängte sich die andere Violet an einer Weißenfrau vorbei auf den Sitz eines vier Minuten verspäteten Straßenbahnwagens. Und wenn sie sich von Gesichtern abwandte, die ihr durch Restaurantfenster nachsahen, hörte die andere Violet das Knacken der Fensterscheibe im gemeinen Märzwind. Sie vergaß, in welche Richtung sie den Schlüssel im Schlüsselloch drehen mußte; die andere Violet wußte nicht nur, daß das Messer im Papageienkäfig lag statt in der Küchenschublade, die andere Violet erinnerte sich auch an etwas, was sie nicht mehr wußte: wie sie vor Wochen dem Papagei den Schwamm von den Klauen und vom Schnabel gekratzt hatte. Sie hatte das Messer schon seit einem Monat gesucht gehabt. Konnte sich ums Verrecken nicht daran erinnern, was sie damit gemacht hatte. Aber die andere Violet wußte es und ging schnurstracks zu Werke. Wußte auch, wo die Beerdigung stattfand, obwohl das andererseits nur an einem von zwei Orten sein konnte, wenn man's recht bedenkt. Aber die andere Violet wußte doch, an welchem der beiden, und auch die rechte Zeit, hinzugehen. Unmittelbar bevor der Sarg geschlossen wurde und die, die gern in Ohnmacht fallen, in Ohnmacht fielen und die Frauen in den weißen Kleidern ihnen Kühlung zufächelten. Und die Ordner, junge Männer im Alter der Verstorbenen – aus der Schulklasse des toten Mädchens in der Junior High-School, mit frisch geschorenen Köpfen und geisterweißen Handschuhen – sich sammelten; erst in einer Gruppe zu sechst, dann in zwei Reihen zu je dreien, kamen sie von hinten, wo sie sich versammelt und um die Totenbahre aufgestellt hatten, den Mittelgang herauf. Die mußte die andere Violet wegstoßen, sich mit den Ellbogen den Weg durch sie hindurch bahnen. Und sie taten es. Traten beiseite, im Glauben, dies sei eine Liebe in letzter Minute, verzweifelt darauf bedacht, sich noch zu offenbaren, bevor sie das verehrte schlafende Gesicht nicht mehr sehen konnte und womöglich vergessen würde. Die Ordner sahen das Messer noch vor ihr. Noch bevor sie wußte, was los war, faßten die harten Hände der jugendlichen Sargträger – knochenhart von Murmeln und Schussern, von Schneebällen fest wie Geschosse, von all den Jahren, in denen sie mit Stöcken Schlagbälle über Motorhauben von Automobilen geschlagen hatten, auf Grundstücke mit hohen Zäunen und sogar in offene Fenster und auch geschlossene von Leuten, die vier Stockwerke hoch wohnten, Hände, die das ganze Körpergewicht eines Jungen am Eisengeländer von Hochbahnbrücken gehalten hatten – diese Hände also faßten nach der Messerklinge, die sie mindestens einen Monat lang nicht mehr gesehen hatte und die nun zu ihrem Erstaunen auf das hochmütig verschlossene Gesicht des Mädchens zielte.

Sie rutschte ab und ritzte einen kleinen Kratzer unter ihr Ohrläppchen, wie ein Hautfältchen, kaum eine Entstellung. Sie hätte es dabei belassen können, bei der Falte unter dem Ohrläppchen, aber die andere Violet kämpfte, noch nicht zufrieden, mit den harthändigen Ordnerjungen und hätte sie beinahe untergekriegt. Sie mußten sofort vergessen, daß dies eine fünfzigjährige Frau war, im Mantel mit Pelzkragen und einem so tief über ihr rechtes Auge gezogenen Hut, daß es ein Wunder war, wie sie die Kirchentür hatte sehen können, ganz zu schweigen von der Stelle, auf die sie mit dem Messer zielte. Sie mußten die ihr Leben lang gehörten Mahnungen über die Älteren zu zollende Achtung in den Wind schlagen, Lektionen, gelernt von den ganz Alten, deren milchig helle Augen alles beobachteten, was sie taten, es kommentierten und einander weitererzählten. Lektionen, gelernt von den jüngeren Alten (wie ihr), einer Tante, einer Großmutter, einer Mutter oder der besten Freundin der Mutter, die sie nicht nur verpetzen, sondern ihnen auch Vorschriften machen konnte; sie mit einem Wort hindern konnte, mit einem «Laßt den Blödsinn!», gerufen aus irgendeinem Fenster, einer Tür oder von einem Bordstein im Umkreis von zwei Straßen im Geviert. Und sie ließen den Blödsinn oder gingen dafür die Treppen hinunter hinter die Schrankkoffer oder fort in einen verwahrlosten Park oder, noch besser, in den Schatten der Hochbahn, wo keine Lichter beleuchteten, was diese Frauen nicht erlaubten, egal, wessen Kind es war. Aber trotzdem taten sie es. Vergaßen die ihr Leben lang gelernten Lektionen und konzentrierten sich auf die breite glänzende Klinge, denn wer konnte schon wissen? Vielleicht hatte sie mehr als einen Hieb im Sinn. Vielleicht sahen sie sich auch schon schuldbewußt am Eßtisch, wo sie versuchten, ebendiesen Frauen oder sogar, Herrgott!, den Männern, den Vätern und Onkeln, den erwachsenen Vettern, Freunden und Nachbarn zu erklären, warum sie nur dagestanden waren wie die Ölgötzen, sich von dieser Frau im pelzbesetzten Mantel hatten zum Narren halten und das ehrenhafte Amt, für das sie extra weiße Handschuhe angezogen hatten, hatten kaputtmachen lassen. Sie mußten sie niederringen, erst da ließ sie ab. Und der Laut, der aus ihrem Mund kam, war der eines Wesens mit gewachsenem Pelz statt eines Mantels.

Inzwischen hatten sich den Ordnerjungen finster dreinblikkende Männer angeschlossen, die die andere, um sich tretende, knurrende Violet hinaustrugen, während sie selbst verwundert zusah. Sie war seit Virginia nicht mehr so stark gewesen, wo sie Heu lud und den Maultierkarren führte wie ein ausgewachsener Mann. Zwanzig Jahre lang Haarerichten in der Stadt hatten ihre Arme schlaff und den Schutz, der einst Handflächen und Finger bedeckt hatte, weich werden lassen. Wie Schuhe ihr das an den bloßen Füßen gewachsene zähe Leder genommen hatten, so nahm ihr die Stadt die Kraft in Rücken und Armen, auf die sie so stolz gewesen war. Eine Kraft, die die andere Violet nicht verloren hatte, denn sie machte den Ordnerjungen und auch den erwachsenen Männern schwer zu schaffen.

Die andere Violet hätte den Papagei nicht fliegen lassen sollen. Er hatte das Fliegen verlernt und saß zitternd auf dem Sims, aber als sie nach der Beerdigung heimkam, buchstäblich von den harthändigen Jungen und den finster dreinblickenden Männern hinausgeworfen, war «Ich liebe dich» genau das, was sie und die andere Violet am allerwenigsten ertragen konnten. Sie bemühte sich, beim Aufundabschreiten durch die Zimmer nicht zu ihm hinzuschauen, aber der Papagei sah sie und schnarrte ein kraftloses «liebe dich» durch die Scheibe.

Joe, der seit dem Neujahrstag verschwunden war, kam weder

an diesem Abend noch am nächsten zu ihren schwarzäugigen Erbsen heim. Gistan und Stuck schauten vorbei, um nach ihm zu fragen und zu sagen, daß sie am Freitag nicht Karten spielen könnten, und standen verlegen im Flur herum, während Violet sie anstarrte. Deshalb wußte sie auch, daß der Papagei noch da war, weil sie immer wieder von ihrer Wohnungstür die Treppen zur Haustür hinunter- und wieder hinaufstieg, um zu sehen, ob Joe die Straße runterkam. Um zwei Uhr früh und noch mal um vier machte sie den Gang, spähte auf die dunkle Straße hinaus, die leer war bis auf ein Polizistenpaar und Katzen, die in den Schnee pißten. Und jedesmal sagte der Papagei, zitternd und kaum den grünblonden Kopf wendend: «Liebe dich».

«Hau ab», sagte sie zu ihm. «Los, hau ab, flieg woandershin!»

Am zweiten Morgen hatte er es getan. Sie sah nur noch in der Kellerluke unterhalb der Eingangstreppe eine hellgelbe Feder mit grüner Spitze. Und sie hatte ihm nie einen Namen gegeben. Hatte ihn all die Jahre «mein Papagei» genannt. «Mein Papagei.» – «Liebe dich. Liebe dich.» Ob die Hunde ihn erwischt hatten? Hatte ein Nachtwanderer ihn eingefangen und in einen Haushalt gebracht, der weder Spiegel aufwies noch einen Vorrat an Ingwerplätzchen für ihn hatte? Oder hatte er endlich verstanden – daß sie nämlich immer nur «mein Papagei» gesagt hatte und er «liebe dich», und daß sie das nie erwidert oder sich auch nur die Mühe gemacht hatte, ihm einen Namen zu geben – und es irgendwie geschafft fortzufliegen, auf Schwingen, die er sechs Jahre lang nicht ausgebreitet hatte. Schwingen, die vom Nichtgebrauch steif und im Glühlampenlicht einer Wohnung ohne nennenswerten Ausblick schwach geworden waren.

Die Malzmilch war ausgetrunken, und obwohl ihr Magen zu platzen drohte, bestellte sie sich noch eine und nahm sie mit hinter das Regal mit den gebrauchten Illustrierten zu einem der kleinen Tischchen, die Duggie dort aufgestellt hatte, gegen ein Gesetz, das besagte, wenn er es tat, würde aus dem Laden ein Restaurant. Dort konnte sie sitzen und zuschauen, wie der Schaum sich auflöste und die Eiskugeln ihre Furchen verloren, sich in weiche glänzende Bälle verwandelten wie Seifenstücke, die in einer Spülschüssel voller Wasser liegengeblieben sind.

Sie hatte vorgehabt, ein Päckchen Dr. Dee's Nerven- und Nährextrakt mitzubringen und es in den gemalzten Milchshake zu schütten, weil die Milchshakes allein nicht viel zu helfen schienen. Die Hüften, mit denen sie hergekommen war, waren verschwunden, genau wie die Kraft im Rücken und in den Armen. Vielleicht hatte die andere Violet, die, die wußte, wo das Fleischermesser lag, und stark genug war, es zu benutzen, vielleicht hatte sie die Hüften, die sie verloren hatte. Wenn aber die andere Violet kräftig war und Hüften hatte, warum war sie dann stolz auf den Versuch, ein totes Mädchen umzubringen, und stolz war sie. Wann immer sie an die andere Violet dachte und daran, was sie durch deren Augen sah, wußte sie, da waren keine Scham und kein Entsetzen. Die gehörten ihr allein, und deshalb versteckte sie sich hinter dem Ständer an einem von Duggies kleinen, unerlaubt aufgestellten Tischchen und spielte mit dem Strohhalm in ihrer Schokomalzmilch. Sie hätte genausogut achtzehn sein können, wie das Mädchen an dem Illustriertenständer, die *Collier's* las und im Drugstore die Zeit totschlug. Ob Dorcas, als sie noch lebte, *Collier's* gemocht hatte? Das *Liberty Magazine*? Fesselten die blonden Damen mit den Stufenschnitten sie? Oder die Männer in Golfschuhen und Pullovern mit V-Ausschnitt? Wie denn wohl, wo sie doch an einem Mann einen Narren gefressen hatte, der alt genug war, ihr Vater zu sein? Ein Mann, der keinen Golfschläger herumtrug, sondern einen Musterkoffer mit Cleopatra-Produkten. Ein Mann, dessen Taschentücher nicht aus Batist waren und aus der Jackentasche lugten, sondern groß und rot und weiß gepunktet. Ob er sie gebeten hatte, an kalten Wintertagen mit ihrem Körper seinen Platz im Bett zu wärmen, bevor er hineinschlüpfte? Oder tat er es für sie? Bestimmt ließ er zu, daß sie mit ihrem Löffel in sein großes Eis fuhr und das Geschmolzene abschöpfte, und wenn sie in der Dunkelheit des Lincoln-Filmtheaters saßen, dann machte es ihm wahrscheinlich kein bißchen aus, wenn sie die Hand tief in seinen Karton mit Popcorn steckte und eine ganze Faust voll rausholte, der Mistkerl. Und wenn «Wings Over Jordan» kam, stellte er wahrscheinlich das Radio leiser, um sie zu hören, wie sie zusammen mit dem Chor losschmetterte, statt lauter, um ihre Version von «Lay my body down» zu übertönen. Drehte vermutlich auch die Wange ins Licht der Glühbirne, damit sie mit den Daumennägeln die in einer Pore gefangene Haarwurzel rausdrücken konnte, der Hund. Und noch so was Gemeines. (Der Malzshake war jetzt eine Suppe, glatt und kalt.) Der Bonus im Wert von fünfundzwanzig Dollar in Gestalt einer Boudoirlampe mit blauem Lampenschirm oder eines orchideenfarbenen satinartigen Damenmorgenrocks, den er bekam und der ihm zustand, weil er in einem Monat die ganze Ware verkauft hatte – hatte er den auch ihr geschenkt, dieser Kuh? Ging er samstags mit ihr ins Indigo und setzte sich ganz weit hinten hin, so daß sie die Musik von allen Seiten hören und dabei im Dunkeln sitzen konnten, an einem dieser runden Tische mit glänzender schwarzer Platte und einem Tischtuch aus reinem Weiß drauf, wo sie kratzigen Gin mit diesem süßen roten Zeug drin tranken, so daß es aussah wie Soda-Limo, was ein Mädel wie sie sich auch hätte bestellen sollen statt Alkohol, den sie vom Rand eines Glases nippte, das oben breiter als am Fuß war, und dazwischen ein winziger Stiel wie eine Blume, während ihre Hand, die, die nicht das blumenförmige Glas hielt, unterm Tisch lag und zwischen seinen Beinen Beinen Beinen den

Rhythmus mittrommelte, und kaufte er ihr Unterwäsche mit Stickerei, die aussah wie Rosenknospen und Veilchen, Violen, VIOLET, sieh einer an, und trug sie diese Wäsche für ihn, leicht wie sie war und zu kalt für ein Zimmer, in dem man nicht damit rechnen konnte, daß die Heizung den Nachmittag über lief, während ich wo war? Auf Eis schlitterte und mich abmühte, in die Küche einer Frau zu kommen, um ihr das Haar zu richten? In einen Hauseingang gedrückt, weg vom Wind, beim Warten auf die Elektrische? Egal wo, es war kalt, und mir war kalt, und keiner war vorher zwischen die Laken gekrochen, um mir ein Plätzchen anzuwärmen, oder griff um meine Schultern, um mir die Daunendecke bis ans Kinn oder gar bis an die Ohren hochzuziehen, weil es manchmal so kalt wurde, ja wirklich, und vielleicht traf drum das Fleischermesser den Hals direkt beim Ohrläppchen. Drum wohl. Und deshalb brauchte es so viel Kraft, um mich unter Kontrolle und aus dem Sarg draußen zu halten, wo sie drin war, die Kuh, die genommen hat, was mir gehörte, was ich gewählt, mir ausgesucht und beschlossen hatte zu besitzen und festzuhalten, NEIN, die andere Violet ist nicht eine, die in der Stadt rumläuft, die Straßen auf und ab, und meine Haut und meine Augen benützt, Quatsch nein, die andere Violet, das bin ich! Das Ich, das in Virginia Heu lud und mit einem Vierergespann Maultiere fertig wurde. Ich bin mitten in der Nacht in Zuckerrohrfeldern gestanden, wenn das Rascheln des Rohrs das Gleiten der Schlangen übertönte, und ich bin still dagestanden und hab auf ihn gewartet und mich nicht vom Fleck gerührt, falls er schon nah war, damit ich ihn nicht verfehlte, und scheiß auf die Schlangen, mein Mann ist wegen mir gekommen, und wer oder was konnte mich von ihm trennen? Oft, so oft hab ich die Striemen von einem rotnackigen Weißspecht getragen, weil ich am nächsten Morgen zu spät in der Ackerreihe war. Oft, so oft hab ich doppelt so viel Holz wie nötig in kurze Scheite und Spanholz gehackt, um sicher zu sein, daß die armseligen Weißenleute genug hatten und nicht plötzlich nach mir riefen, wenn ich unbedingt meinen Joe Spur treffen mußte um jeden Preis, und da beißt die Maus keinen Faden ab, er war mein Joe Spur. Meiner. Ich hab ihn aus allen anderen rausgesucht, und es gab keinen wie Joe, und für den hätte jede mitten in der Nacht im Zuckerrohr gestanden; von dem hätte jede bei Tag so fest geträumt, daß sie die Furche verfehlt und alle Mühe gehabt hätte, die Maultiere zurück auf den Weg zu treiben. Jede Frau, nicht bloß ich. Vielleicht hat sie das gesehen. Nicht den Fünfzigjährigen mit dem Musterkoffer in der Hand, sondern meinen Joe Spur, meinen Joe Spur aus Virginia, der ein Licht in sich trug und rasiermesserscharfe Schultern hatte und mich mit seinen Zweifarbenaugen angeschaut und nie eine andere gesehen hat. Hat sie ihn vielleicht angeschaut und das gesehen? Hat sie unter dem Tisch im Indigo auf einen babyweichen Oberschenkel getrommelt und dabei gespürt, wie er mal war, die Haut so stramm, daß sie fast platzte und den eisernen Muskel freilegte? Hat sie das gespürt, gewußt? Das und andere Sachen, Sachen, die ich hätte wissen sollen und nicht gewußt habe? Geheime Sachen, die vor mir verborgen wurden, oder Sachen, die ich nicht gemerkt habe? Hat er sie deshalb das Geschmolzene am Rand von seinem großen Eis abschöpfen, sie die Hand in sein Popcorn mit Salz und Butter steckenlassen? Was hat sie gesehen, so ein junges Mädel, kaum aus der High-School, mit offenem Haar, zum erstenmal Lippenstift und hohe Absätze? Und was hat er gesehen? Mich in jung, mit halb weißer Haut statt schwarzer? Mich in jung, mit langem welligem Haar statt kurzem? Oder überhaupt kein Mich. Ein Mich, das er in Virginia geliebt hat, weil es dort nirgends das Mädchen Dorcas gab? War es das? Wer war es? An wen hat er gedacht, wenn er durchs Dunkel lief, um sich mit mir im Zuckerrohrfeld zu treffen? An eine Goldene, so wie mein Goldjunge, den ich nie gesehen habe, der aber meine

Mädchenzeit so sicher durcheinanderbrachte, als wären wir die engsten Liebenden gewesen? Hilf mir Gott, hilf mir, wenn es das war, weil ich ihn besser kannte und lieber hatte als alle Menschen auf der Welt außer True Belle, die mich überhaupt erst auf ihn angespitzt hat. Ist es das? Hat er dort im Zuckerrohr gestanden und versucht, ein Mädchen zu umgarnen, das er erst noch sehen sollte, um das sein Herz aber wußte, und ich hab ihn festgehalten und mir dabei gewünscht, er wäre der Goldjunge, den ich ebenfalls nie gesehen hatte? Was bedeutet, daß ich von Anfang an ein Ersatz war, und er auch.

Ich bin stumm geworden, weil mir die Sachen, die ich nicht sagen konnte, trotzdem aus dem Mund kamen. Ich bin stumm geworden, weil ich nicht gewußt hab, was meine Hände sich vornehmen würden, wenn die Tagesarbeit getan war. Was in mir vorging, hab ich gedacht, würd mich nichts angehen und Joe auch nicht, weil ich ihn einfach festhalten mußte, egal wie, und Verrücktwerden hätte bedeutet, daß ich ihn verliere.

Wie sie so im dünnen scharfen Licht des Drugstores saß und mit einem langen Löffel in einem hohen Glas spielte, mußte sie an eine andere Frau denken, die sich auch an einem Tisch beschäftigte und so tat, als tränke sie aus einer Tasse. Ihre Mutter. So wollte sie nicht sein. O nein, so nie. Am Tisch sitzen, allein im Mondlicht, gebrühten Kaffee aus einer weißen Porzellantasse trinken, solange welcher drin war, und so tun, als tränke sie weiter, als sie längst leer war; auf den Morgen warten, an dem Männer kamen und leise sprachen, als wäre keiner da außer ihnen, in unseren Sachen stöberten und rausnahmen, was sie wollten – was ihnen gehörte, sagten sie, obwohl wir darin kochten, die Laken wuschen, drauf saßen, davon aßen. Das war, nachdem sie schon den Pflug, die Sichel, das Maultier, die Sau, das Butterfaß und die Butterpresse mitgenommen hatten. Danach kamen sie ins Haus, und wir Kinder stellten einen Fuß auf den anderen und guckten zu. Als sie an den Tisch traten, an dem unsere Mutter saß und sich an der leeren Tasse festhielt, zogen sie ihn unter ihr weg, und dann, als sie allein da saß und wie ganz für sich, die Tasse in der Hand, kamen sie zurück und kippten den Stuhl, auf dem sie saß. Sie sprang nicht gleich hoch, deshalb kippten sie ihn ein wenig, und weil sie immer noch sitzen blieb – und vor sich hin ins Leere starrte –, kippten sie sie einfach runter, so wie man die Katze von der Sitzfläche tut, wenn man sie nicht anfassen oder auf den Arm nehmen will. Man kippt den Stuhl nach vorn, und sie landet auf dem Boden. Passiert nichts, wenn es eine Katze ist, weil sie vier Beine hat. Aber so ein Mensch, eine Frau, fällt vielleicht hin und bleibt einen Augenblick liegen und guckt die Tasse an, die stärker ist als sie, jedenfalls nicht zerbrochen, und ein Stück vor ihrer Hand liegt. Knapp außer Reichweite.

Es waren fünf Kinder, Violet das dritte, und alle kamen schließlich ins Haus und sagten: Mama; jedes von ihnen kam und sagte es, bis sie mhm sagte. Und sie hörten sie nichts anderes mehr sagen in den folgenden Tagen, an denen sie, in einen leerstehenden Schuppen zusammengedrängt, ganz auf die wenigen Nachbarn angewiesen waren, die 1888 noch da waren – diejenigen, die noch nicht gen Westen nach Kansas City oder Oklahoma gezogen waren; oder gen Norden nach Chicago oder Bloomington, Indiana. Durch eine der zuletzt aufgebrochenen Familien, mit Ziel Philadelphia, erreichte die Nachricht von Rose Dears Not True Belle. Die Dagebliebenen brachten Sachen: eine Pritsche, einen Topf, ein wenig Pfannenbrot und einen Eimer Milch. Auch Ratschläge: «Laß dich nicht unterkriegen, Rose. Du hast doch uns, Rose Dear. Denk an die Kleinen. *Er* bürdet dir nichts auf, was du nicht tragen kannst, Rose.» Aber hatte *Er* es nicht doch getan? Vielleicht doch, dieses eine Mal. Hatte ihr Rückgrat falsch eingeschätzt und verkannt. Dieses eine Mal. Dieses eine spezielle Rückgrat.

Roses Mutter True Belle kam, als sie davon hörte. Gab ihre

bequeme Arbeit in Baltimore auf und kehrte, zehn Silberdollar in ihre Röcke eingenäht, einzeln, damit sie nicht klapperten, zu einer kleinen Bahnstation namens Rome im Vesper County zurück, um nach dem Rechten zu sehen und es recht zu machen. Die kleinen Mädchen gewannen sie auf der Stelle lieb, und alles kam wieder ins Lot. Langsam, aber beharrlich, über vier Jahre, brachte True Belle die Dinge in Ordnung. Und dann sprang Rose Dear in den Brunnen und brachte sich um den ganzen Spaß. Zwei Wochen nach ihrer Beerdigung kam Roses Mann an, mit goldenen Schokoladenmünzen für die Kinder, Zweidollarstücken für die Frauen und Schlangenöl für die Männer. Für Rose Dear brachte er ein gesticktes seidenes Kissen mit, zum bequemen Anlehnen auf einem Sofa, das sie nie besessen hatten – aber es hätte auch unter ihrem Kopf in dem Fichtensarg hübsch ausgesehen, wenn er nur zur Zeit gekommen wäre. Die Kinder aßen die Schokolade aus den Goldmünzen und tauschten das himmlische Papier untereinander gegen Weidenflöten und Angelschnur. Die Frauen bissen in die Silbermünzen, bevor sie sie fest in ihre Kleider knoteten. Außer True Belle. Die drehte das Geld zwischen den Fingern, sah immer wieder von der Münze zu ihrem Schwiegersohn und zurück, schüttelte den Kopf und lachte.

«Verdammt», sagte er. «Au verdammt», als er hörte, was Rose getan hatte.

Einundzwanzig Tage später war er wieder fort, und Violet war längst mit Joe verheiratet und wohnte in der Stadt, als sie von einer Schwester hörte, daß er es wieder einmal getan hatte: in Rome aufgekreuzt war, lauter Schätze in den Taschen und zusammengefaltet unter der Mütze auf seinem Kopf. Seine Fahrten hin und her waren waghalsig und streng geheim, da er in die Machenschaften der Readjuster-Partei verwickelt war, und nachdem alles Reden der Landbesitzer nichts half, tat schließlich der physische Druck seine Wirkung und brachte ihn dazu, sich fast irgendwo anders hinzubegeben. Vielleicht schmiedete er Pläne, sie alle herauszuholen; in der Zwischenzeit kehrte er über die Jahre unter phantastisch gefährlichen und wundersamen Umständen immer wieder heim, wenn auch die Abstände länger und länger wurden, und während die Wahrscheinlichkeit, daß er noch lebte, zusehends abnahm, schwand die Hoffnung nie. Jederzeit, jederzeit konnte er, an einem klirrend kalten Montag oder in der sengenden Hitze einer Sonntagnacht, plötzlich dasein, von der Straße her wie eine Eule rufend, die spöttischen, waghalsigen Dollarnoten unter der Mütze hervorlugend, in die Hosenaufschläge gestopft und in die Stiefel geschnürt. Klumpenweise steckten Süßigkeiten in seiner Rocktasche neben einer Büchse Frieda's Egyptian Hair Pomade. Flaschen voll Schnaps, Abführmittel und Wässerchen für jede nur erdenkliche Toilette klingelten in seiner abgewetzten Reisetasche gesellig aneinander.

Er mußte jetzt an die Achtzig sein. Bestimmt auch langsamer, und vielleicht waren ihm die Zähne ausgefallen, deren Lächeln die Schwestern dazu gebracht hatte, ihm zu vergeben. Aber für Violet (und auch für ihre Schwestern und die im County Gebliebenen) war er noch immer irgendwo dort draußen und sammelte und sparte Herrlichkeiten zum Verschenken an die Leute daheim. Denn wer hätte ihn bezwingen können, diesen kühnen Mann, der jeden Tag zum Geburtstag machte und Geschenke verteilte und Geschichten erzählte, die alle so fesselten, daß sie eine Weile den gähnend leeren Küchenschrank und den ausgelaugten Boden vergaßen; oder wirklich glaubten, daß das Bein eines Kindes sich im Lauf der Zeit wieder graderichten würde. Vergaßen, warum er überhaupt fortgegangen war und sich jetzt gezwungenermaßen auf seinen eigenen Grund und Boden stehlen mußte. In seiner Gegenwart rieselte Vergessen herab wie Blütenstaub. Nur für Violet löschte der Blütenstaub Rose nie aus. Mitten in der freudigen Auferstehung dieses Schattenvaters, der sich am Verteilen sowohl seiner echten als auch seiner gefälschten Beute erfreute, vergaß Violet niemals Rose Dear, und auch nicht den Ort, in den sie sich gestürzt hatte – einen Ort so eng und dunkel, daß es reines, erleichtertes Aufatmen bedeutete, sie ausgestreckt in einer Holzkiste liegen zu sehen.

«Gott sei Dank für das Leben», sagte True Belle, «und dem Leben sei Dank für den Tod.»

Rose. Liebe Rose Dear.

Was war es wohl, das eine, Endgültige, das sie nicht ertragen oder noch einmal hatte tun können? Hatte die letzte Wäsche die Bluse so kaputtgemacht, daß kein weiteres Flicken mehr möglich war und sie nur noch den Namen Lumpen verdiente? Vielleicht hatte sie von den Vier-Tage-Erhängungen in Rocky Mount läuten hören: die Männer am Dienstag, die Frauen zwei Tage später. Oder war es die Nachricht von dem verstümmelten, an einen Balken gefesselten jungen Tenorsänger aus dem Chor, dessen Großmutter sich weigerte, seine kotgefüllte Hose herzugeben, und sie wieder und wieder wusch, obwohl der Fleck beim dritten Spülen verschwunden war? Sie begruben ihn in der Hose seines Bruders, und die alte Frau pumpte einen weiteren Eimer klares Wasser. Konnte es der Morgen nach der Nacht gewesen sein, als das heftige Verlangen (das einmal Hoffnung gewesen war) sich nicht mehr bändigen ließ? Als die Sehnsucht sie schwer drückte und herumwarf und dann mit dem Versprechen ging, wiederzukommen und sie zu prellen wie einen Gummiball? Oder war es der Stuhl, von dem man sie gekippt hatte? Fiel sie zu Boden und faßte noch dort im Liegen den Entschluß, es zu tun? Eines Tages? Und schob es dann vier Jahre lang auf, während True Belle kam und das Heft in die Hand nahm, aber immer die Dielenbretter als Tür in Erinnerung, verschlossen und verriegelt? Die trostlose Wahrheit in einer unzerbrechlichen Porzellantasse erkennend? Sich Zeit lassend, bis der Augenblick wiederkam – mit all seinem maunzenden Schmerz oder überbordenden Zorn – und sie sich von Tür und Tasse abwenden konnte, um der grenzenlosen Verlokkung des Brunnens nachzugeben? Was mochte es nur gewesen sein, frage ich mich.

True Belle war ja da, glucksend, tüchtig, nähte beim Schein des Feuers und gärtnerte und erntete bei Tag. Träufelte Senftee auf die Schnitt- und Quetschwunden der Mädchen und versüßte ihnen die Hausarbeit mit spannenden Geschichten über die Zeit in Baltimore und das Kind, für das sie dort gesorgt hatte. Vielleicht war es das: zu wissen, daß ihre Töchter in guten Händen waren, besseren als den ihren, endlich, und daß sie, Rose Dear, befreit war von einer Zeit, die nicht mehr floß, sondern stillstand, seit man sie von ihrem Küchenstuhl gekippt hatte. So stürzte sie sich in den Brunnen und brachte sich um den ganzen Spaß.

Das Wichtige, das Entscheidende, was Violet daraus lernte, war, nie Kinder zu bekommen. Was immer geschah, kein kleiner dunkler Fuß würde je auf dem anderen stehen, während ein hungriger Mund *Mama?* sagte.

Als sie älter wurde, konnte Violet weder an Ort und Stelle bleiben noch fortgehen. Der Brunnen saugte ihr den Schlaf aus, aber die Vorstellung fortzugehen machte ihr angst. True Belle setzte es schließlich durch. Es gab eine erstklassige Baumwollernte in Palestine, und Leute aus dem Umkreis von zwanzig Meilen würden sie pflücken gehen. Das Gerücht ging um, daß jungen Frauen zehn Cents gezahlt würden und den Männern ein Vierteldollar. Drei Sommer lang Schlechtwetter hatten alle Erwartungen zunichte gemacht, aber dann kam der Tag, an dem die Blüten dick und cremefarben aufbrachen. Alles hielt den Atem an, während der Landbesitzer die Augen zusammenkniff und ausspuckte. Seine zwei schwarzen Arbeiter gingen die Reihen durch, faßten die zarten Blüten an, nahmen

Erde zwischen die Finger und versuchten, sich einen Reim auf den Himmel zu machen. Dann ein Tag frischer leichter Regen, vier trocken, heiß und klar, und ganz Palestine war ein einziger Flaum von Baumwolle, der saubersten, die sie je gesehen hatten. Weicher als Seide und so schnell aufgeplatzt, daß die Rüsselkäfer, die die Felder vor Jahren verlassen hatten, gar keine Zeit hatten, wiederzukommen.

Drei Wochen. Alles mußte in drei Wochen oder weniger geschafft sein. Jeder, der in einem Umkreis von zwanzig Meilen Finger hatte, tauchte auf und wurde auf der Stelle angeheuert. Neun Dollar ein Ballen, sagten manche, wenn man selbst anbaute; elf Dollar, wenn man einen weißen Freund hatte, der sie einem zum Schätzer brachte. Und was die Pflücker anging, zehn Cents am Tag für die Frauen und einen Vierteldollar für die Männer.

True Belle schickte Violet und zwei ihrer Schwestern mit der vierten Wagenladung, die losfuhr. Sie fuhren die ganze Nacht, versammelten sich im Morgengrauen, aßen, was ausgeteilt wurde, und teilten sich die Wiesen und die Sterne mit Leuten aus der Gegend, die keinen Sinn darin sahen, für fünf Stunden Schlaf den ganzen Weg nach Haus zu gehen.

Violet hatte keine Begabung dafür. Sie war siebzehn Jahre alt, hing aber mit den Zwölfjährigen zurück – bildete den Schwanz der Reihe oder begegnete den anderen auf dem Rückweg die Reihe hinunter. Dafür wurde sie zum «Halsumdrehen» geschickt, dem Nachpflücken an Büschen, an deren Zweigen flinkere Hände als ihre noch ein paar minderwertige Bausche hatten hängenlassen. Gedemütigt, zu Tränen gehänselt, hatte sie fast schon beschlossen, sich zurück nach Rome zu betteln, als ein Mann aus dem Baum über ihrem Kopf fiel und neben ihr landete. Eines Nachts hatte sie sich hingelegt, schmollend und beschämt, ein wenig abseits von ihren Schwestern, aber nicht zu weit. Nicht zu weit, um eilig zurückkrabbeln zu können, falls sich die Bäume als voll von unbeschäftigten nächtlichen Geistern erwiesen. Der erwählte Fleck zum Ausbreiten ihrer Decke befand sich unter einem schönen schwarzen Walnußbaum am Rand des Waldes, der die Baumwollfläche säumte.

Der Aufprall konnte nicht von einem Waschbär stammen, denn die Gestalt sagte *au*. Violet rollte fort, zu erschrocken, um zu sprechen, aber auf alle viere erhoben, um schnell davonzusausen.

«Mein Lebtag noch nicht passiert», sagte der Mann. «Ich schlaf jede Nacht da oben. Das erste Mal, daß ich runterfall.»

Violet sah seine Umrisse, sitzend, und daß er sich den Arm rieb, dann den Kopf, und wieder den Arm.

«Schläfst du immer auf Bäumen?»

«Wenn ich einen guten finde.»

«Kein Mensch schläft auf Bäumen.»

«Ich schon.»

«Klingt schwachsinnig. Könnten doch Schlangen oben sein.»

«Die Schlangen hier kriechen nachts auf der Erde rum. Wer ist jetzt schwachsinnig?»

«Hättst mich erschlagen können.»

«Kann ich noch, wenn mein Arm nicht gebrochen ist.»

«Hoffentlich ist er's. Dann kannst du morgen früh nicht pflücken und auch nicht in anderer Leute Bäume steigen.»

«Ich pflück keine Baumwolle. Ich schaff in der Entkörnungsscheune.»

«Was treibst du dich dann hier draußen rum, Herr Nasehoch, und schläfst in Bäumen wie die Fledermäuse?»

«Hast du nicht ein einziges nettes Wort für einen Verletzten übrig?»

«Doch: Such dir den Baum von jemand anders.»

«Du tust, wie wenn er dir gehört.»

«Und du, wie wenn er deiner wär.»

«Wie wär's, wenn wir ihn uns teilen?»

«Ich nicht.»

Er stand auf und schüttelte das Bein, bevor er versuchte aufzutreten, dann humpelte er zu dem Baum.

«Du steigst da nicht wieder hoch über meinen Kopf.»

«Nur meine Plane holen», sagte er. «Das Seil ist gerissen. Das war der Grund.» Er blickte forschend durch die Nacht zu den weit ausladenden Astspitzen. «Siehst du? Da ist sie. Hängt noch da. Tja.» Dann setzte er sich, den Rücken an den Stamm gelehnt. «Muß bloß warten, bis es hell wird», sagte er, und drum, weil nämlich ihre erste Unterhaltung im Dunkeln begann (wo keiner vom anderen viel mehr als die Umrisse sah) und in einer grünweißen Dämmerung endete, drum glaubte Violet, daß die Nacht für sie nie wieder wie früher war. Nie wieder wachte sie vom Kampf gegen den Sog eines engen Brunnens auf. Oder beobachtete den ersten Tagesschimmer mit jener Traurigkeit, die ihr von dem Morgen geblieben war, an dem sie Rose Dear zusammengekrümmt im viel zu engen Wassergrund fand.

Er hieß Joseph, und noch bevor die Sonne aufging, die, noch hinterm Wald versteckt, schon die grünblendende Fläche weißer Baumwolle vor dem klaffenden Schlitz eines rubinroten Horizonts aufblitzen ließ, beanspruchte Violet ihn für sich. War er ihr nicht praktisch in den Schoß gefallen? War er nicht geblieben? Die ganze Nacht, und hatte ihre Frechheiten hingenommen, sich beklagt, sie geneckt, erklärt, aber geredet, ihr redend durch die Dunkelheit geholfen. Und mit dem Tageslicht wurde er stückweise sichtbar: sein Lächeln und seine großen, aufmerksamen Augen. Sein bis zu dem Knoten in der Taille offenes knopfloses Hemd, das eine Brust entblößte, die sie als ihr ureigenes weiches Kissen betrachtete. Der Schaft seiner Beine, die Ebene seiner Schultern, Kinnlinie und schlanke Finger – all das beanspruchte sie für sich. Sie wußte, daß sie ihn anstarrte, und versuchte fortzuschauen, aber die gegensätzlichen Farben seiner zwei Augen zogen ihren Blick jedesmal wieder zurück. Sie wurde unruhig, als sie hörte, wie Arbeiter sich zu regen begannen, in Erwartung des Frühstücksrufs zwischen die Bäume gingen, um sich zu erleichtern, und dabei Morgenlaute murmelten – doch dann sagte er: «Ich bin heut nacht wieder auf unserm Baum. Und du?»

«Drunter», sagte sie und stand aus dem Klee auf wie eine Frau, die Wichtiges zu tun hat.

Sie machte sich keine Gedanken darüber, was in drei Wochen sein würde, wenn sie True Belle ihre zwei Dollar und zehn Cents heimbringen sollte. Als es soweit war, schickte sie das Geld ihren Schwestern mit und blieb in der Gegend, um Arbeit zu suchen. Der Vorarbeiter traute ihr nichts zu, da er gesehen hatte, wie sie hatte schwitzen müssen, um ihren Sack nur ebensoschnell wie die Kinder zu füllen, aber nun gab sie ihren Entschlüssen plötzlich entschieden und beredt Ausdruck.

Sie zog zu einer sechsköpfigen Familie in Tyrell und tat jede Arbeit, um mit Joe zusammenzusein, wann immer sie konnte. Dort wurde sie zu der enorm kräftigen jungen Frau, die mit Maultieren umgehen, Heu zu Ballen binden und Holz hacken konnte wie ein Mann. Dort wuchsen ihr in den Handflächen und an den Fußsohlen Schwielen, mit denen kein Handschuh oder Schuh es aufnehmen konnte. Und alles für Joe Spur, einen doppeläugigen Neunzehnjährigen, der bei einer angenommenen Familie wohnte, an Entkörnungsmaschinen oder mit Holz, Zuckerrohr und Mais arbeitete, der schlachtete, wenn Not am Mann war, pflügte, fischte, Pelze und Wild verkaufte – und guten Willens war. Er liebte den Wald. Liebte ihn. Drum war es für seine Familie und seine Freunde ein Schock, nicht daß er bereit war, Violet zu heiraten, sondern daß er dreizehn Jahre später bereit war, mit ihr nach Baltimore zu ziehen, wo, wie sie meinte, alle Häuser abgetrennte Zimmer hatten und das Wasser zum Menschen kam, nicht der Mensch zum Wasser. Wo Farbige für zwei Dollar fünfzig am Tag im Hafen arbeiteten und die Ladung von Schiffen löschten, die größer als Kirchen waren, und wo andere direkt bis vor die Haustür gefahren kamen, um einen hinzubringen, wo man wollte. Sie beschrieb ein Baltimore von vor fünfundzwanzig Jahren und eine Gegend, die weder sie noch Joe sich leisten konnten, aber das wußte sie nicht und erfuhr es auch nie, weil sie statt dessen in die Stadt abzogen. Ihre Träume von Baltimore wurden durch stärkere abgelöst. Joe kannte Leute, die in der Stadt wohnten, und solche, die dort gewesen waren und mit Erzählungen heimkamen, in deren Licht Baltimore verblaßte. Das Geld, das man dort mit leichter Arbeit verdienen konnte – vor einer Tür stehen, auf einem Tablett Essen herumtragen, sogar Fremden die Schuhe putzen –, dergleichen brachte einem an einem einzigen Tag mehr ein, als irgendeiner von ihnen während der ganzen Ernte verdient hatte. Die Weißenleute warfen einem das Geld buchstäblich hinterher – einfach nur dafür, daß man sich nachbarschaftlich verhielt: eine Taxitür aufmachte, ein Paket abholte. Und alles, was man hatte oder herstellte oder fand, konnte man auf der Straße verkaufen. Es gab sogar Straßen, in denen alle Geschäfte Farbigen gehörten; Mietshäuser voller hübscher farbiger Männer und Frauen, die die ganze Nacht lachten und den ganzen Tag Geld verdienten. Stählerne Kutschen schossen die Straßen entlang, und wenn man sparte, hieß es, konnte man sich auch eine kaufen und so weit fahren, wie es Straßen gab.

Vierzehn Jahre lang hörte sich Joe diese Geschichten an und lachte. Aber er widerstand ihnen auch, bis er ganz unvorhergesehen andern Sinns wurde. Niemand, nicht einmal Violet, wußte, was es ihm schließlich erlaubte, seine Felder und Wälder und heimlichen einsamen Täler zu verlassen. Seine Angelrute zu verschenken, sein Häutmesser – jedes Stück seiner Ausrüstung bis auf eines, und sich einen Koffer für ihre Sachen zu borgen. Violet erfuhr nie, was ihn so anstachelte und ihm – ganz plötzlich, aber später als den meisten – den Wunsch eingab, in die Stadt zu ziehen. Sie nahm an, daß das Mahl, das alle Welt so erregte, eine Rolle in Joes Gesinnungswandel gespielt haben mußte. Wenn sich Booker T. in einer Stadt, die Hauptstadt hieß, ganz in der Nähe von dort, wo True Belle es so schön gehabt hatte, im Haus der Präsidenten hinsetzte und ein belegtes Brot aß, dann mußte die Welt doch in Ordnung sein. Er machte sich mit seiner Braut zu einer Zugreise auf, die so elektrisierend war, daß ihnen die Augen übergingen, und tanzte mit ihr in die Stadt hinein.

Violet dachte, sie würde enttäuscht werden; daß die Stadt vielleicht nicht so hübsch wäre wie Baltimore. Joe glaubte, sie würde vollkommen sein. Als sie ankamen, all ihre Habe in einer Reisetasche, wußten sie beide gleich, daß vollkommen nicht das richtige Wort war. Sie war besser.

Auch Joe wollte keine Kinder, drum waren all die Fehlgeburten – zwei auf dem Feld, nur eine im Bett – eher Unannehmlichkeiten als ein Verlust. Und das Stadtleben würde ohne Kinder so viel schöner sein. Als sie damals, 1906, auf dem Bahnhof ankamen, war das Lächeln, das beide den Frauen mit kleinen, wie Perlen auf Koffer gereihten Kindern zuwarfen, von Mitleid umflort. Sie mochten Kinder. Sogar sehr gern. Vor allem Joe, der gut mit ihnen umgehen konnte. Aber keiner von beiden hatte Lust auf die Last damit. Jahre später allerdings, als Violet vierzig war, starrte sie bereits Kinder an und zögerte vor Schaufenstern mit Weihnachtsspielzeug. Brauste auf, wenn einem Kind ein scharfes Wort gegeben wurde oder es ihr ungeschickt oder sorglos vorkam, wie eine Frau ihr Baby hielt. Die schlimmste Verbrennung, die sie je einer Kundin zufügte, war an der Schläfe einer Frau, die ein Kleinkind auf den Knien hielt.

Ganz versunken darin, wie die Frau den Jungen tätschelte und wiegte, vergaß Violet die eigene Hand mit dem Brenneisen. Die Kundin zuckte zusammen, und sofort verfärbte sich die Haut. Violet bat ächzend um Entschuldigung, und die Frau gab sich zufrieden, bis sie entdeckte, daß die ganze Locke abgesengt war. Haut heilte, aber ein kahler Fleck am Haaransatz ... Violet mußte auf Bezahlung verzichten, damit sie den Mund hielt.

Ganz allmählich wog die Sehnsucht schwerer als der Geschlechtstrieb: ein keuchendes, nicht zu beherrschendes Verlangen. Sie lag schlaff in seinem Bann oder verhärtete sich im Bemühen, es zu verdrängen. Damals kaufte sie sich ein Geschenk; versteckte es unter dem Bett, um es insgeheim herauszunehmen, wenn sie nicht mehr anders konnte. Sie fing an, sich vorzustellen, wie alt das letzte fehlgeborene Kind jetzt wäre. Ein Mädchen wahrscheinlich. Ganz bestimmt ein Mädchen. Wem würde es wohl ähnlich sehen? Wie würde seine Stimme klingen? Nach dem Abstillen würde Violet auf sein Essen pusten, um es für das zarte Mündchen abzukühlen. Später würden sie zusammen singen, Violet die Altstimme und das kleine Mädchen in einem honigsüßen Sopran: «Don't you remember, a long time ago, two little babes their names I don't know, carried away one bright summer's day, lost in the woods I hear people say that the sun went down and the stars shone their light. Poor babes in the woods they laid down and died. When they were dead a robin so red put strawberry leaves over their heads.» Ach, ach. Später würde Violet ihr das Haar so schneiden, wie die Mädchen es jetzt trugen: kurz, Pony papierkantenscharf über den Augenbrauen. Sechserlocken? Rasierdünner Seitenscheitel? Das Haar in sorgfältigen Wellen auslaufend, exakt onduliert?

Violet verlor sich darin, tief träumend. Gerade als ihre Brüste endlich flach genug waren, um die Bandagen nicht mehr zu brauchen, die die jungen Frauen trugen, um die Brust eines lieblichen Knaben vorzutäuschen, gerade als ihre Brustwarzen die Spitze verloren hatten, traf der Mutterhunger sie wie ein Hammer. Schlug sie zu Boden, raubte ihr die Besinnung. Und als sie wieder aufwachte, hatte ihr Mann ein Mädchen erschossen, das die Tochter mit der umwerfenden Frisur hätte sein können, so jung war sie. Wer lag dort schlafend im Sarg? Wer posierte dort wach auf dem Photo? Ein berechnendes kleines Biest, das sich nicht die Bohne um Violets Gefühle scherte, das in ein Leben eindrang, nahm, was es wollte, und scheiß auf die Folgen? Oder Mamas kleines Knuddelmädchen? War sie die Frau, die den Mann nahm, oder die Tochter, die dem Mutterleib entfloh? Fortgespült auf einer Flut von Seife, Salz und Rizinusöl? Vielleicht entsetzt über so ein gewalttätiges Heim. Sich nicht im klaren darüber, daß sie, wäre es schiefgegangen, hätte sie den Giften und hartnäckigen Fäusten der Mutter getrotzt, die schickste Frisur in der ganzen Stadt hätte haben können. Statt dessen verguckte sie sich in die runden Knie der Kinder von Fremden. In Schaufenster und einen Augenblick in der Sonne stehengelassene Kinderwagen. Und machte sich nicht klar, daß, egal ob Biest oder Knuddelmädchen, sie beide, Mutter und Tochter, zusammen den Broadway hätten hinunterspazieren und Kleider anschauen können. Hätten gemütlich in der Küche zusammensitzen können, während Violet ihr das Haar richtete.

«Zu einer anderen Zeit», sagte sie zu Alice Manfred, «zu einer anderen Zeit hätt ich sie auch geliebt. So wie du. So wie Joe.» Sie hielt ihren Mantel am Kragen zusammen, zu verlegen, ihn von ihrer Gastgeberin aufhängen zu lassen, damit sie das Futter nicht sah.

«Vielleicht», sagte Alice. «Vielleicht. Jetzt wirst du's nie mehr erfahren, oder?»

«Ich hab gedacht, sie würde hübsch sein. Richtig hübsch. War sie aber nicht.»

«Hübsch genug, würde ich sagen.»

«Du meinst das Haar. Die Hautfarbe.»

«Erzähl mir nicht, was ich meine.»

«Dann was? Was hat er in ihr gesehen?»

«Schäm dich. Eine erwachsene Frau wie du, und fragst mich das.»

«Ich muß es wissen.»

«Dann frag den, der es weiß. Du siehst ihn ja jeden Tag.»

«Werd doch nicht sauer.»

«Doch, wenn mir danach ist.»

«Schon gut. Aber ich will ihn nicht fragen. Ich will nicht hören, was er zu sagen hat. Du weißt, was ich möchte.»

«Vergebung, das möchtest du, und die kann ich dir nicht geben. Das steht nicht in meiner Macht.»

«Nein, das nicht. Das ist es nicht, Vergebung.»

«Was dann? Werd nur nicht jammerig. Ich laß das nicht zu, daß du jammerig wirst, hörst du?»

«Wir sind so um die gleiche Zeit geboren, du und ich», sagte Violet. «Wir sind Frauen, du und ich. Sag mir was Richtiges. Sag nicht einfach, ich bin erwachsen und müßte es wissen. Ich weiß es nicht. Ich bin fünfzig, und ich weiß gar nichts. Wie ist es denn nun? Bleib ich bei ihm? Ich glaub, ich will. Ich will ... na gut, ich hab nicht immer ... jetzt will ich. Ich will ein bißchen Speck in diesem Leben.»

«Wach auf. Speck oder mager, du hast nur eins. Das hier!»

«Du weißt es auch nicht, oder?»

«Ich weiß genug, auf jeden Fall, wie man sich benimmt.»

«Ist es das? Ist das alles?»

«Ist was alles?»

«Ach Mist! Wo sind nur die Erwachsenen? Sind wir das?»

«O Mama.» Alice Manfred platzte heraus damit, dann hielt sie sich schnell die Hand vor den Mund.

Violet hatte den gleichen Gedanken: Mama. Mama? Ist das

der Punkt, wo du angelangt warst und nicht mehr weitergewußt hast? Der Ort des Schattens ohne Bäume, wo du weißt, du wirst nie und nimmermehr geliebt werden von einem, der die Wahl hat, es zu tun? Wo alles vorbei ist außer dem Reden?

Da schauten beide weg. Das Schweigen dauerte und dauerte, bis Alice Manfred sagte: «Gib mir den Mantel da. Ich kann das Futter keine Sekunde mehr ansehen.»

Violet stand auf und zog den Mantel aus, befreite vorsichtig die Arme aus der fransigen Seide. Dann setzte sie sich und sah zu, wie die Näherin zu Werke ging.

«Das einzige, was mir eingefallen ist, war, ihm Gleiches mit Gleichem zu vergelten.»

«Närrin», sagte Alice und riß den Faden ab.

«Könnt nicht mal mehr sagen, wie der andere geheißen hat, und wenn mein Leben dran hinge.»

«Ich wette, er weiß deinen Namen.»

«Laß ihn.»

«Wofür, hast du geglaubt, ist das die Lösung?»

Violet gab keine Antwort.

«Hat es dir deinen Mann nähergebracht?»

«Nein.»

«Meiner Nichte das Grab geöffnet?»

«Nein.»

«Muß ich es noch mal sagen?»

«Närrin? Nein. Nein, aber sag mir, ich meine, hör zu. Alle Leute, mit denen ich aufgewachsen bin, sind drunten, in der Heimat. Wir haben keine Kinder. Ich hab nur ihn. Ich hab nur ihn.»

«Sieht nicht so aus», sagte Alice. Ihre Stiche waren mit bloßem Auge nicht zu erkennen.

Spät im März saß Violet in Duggys Drugstore, spielte mit einem Löffel und ging in Gedanken den morgendlichen Besuch bei Alice noch einmal durch. Sie war früh gekommen. Zur Hausarbeitszeit, und Violet machte keine.

«Es ist anders, als ich gedacht hab», hatte sie gesagt. «Anders.»

Violet meinte zwanzig Jahre Leben in einer Stadt, die besser war als vollkommen, aber Alice fragte nicht, was sie meinte. Fragte nicht, ob die Stadt mit den schön angelegten Straßen eine Eifersucht weckte, die zu spät für alles andere als Narrheit kam. Oder ob die Stadt diese verquere Art von Trauer für eine Rivalin hervorbrachte, die jung genug war, die eigene Tochter zu sein.

Sie hatten über Prostituierte geredet und prügelnde Frauen – Alice gereizt, Violet gleichgültig. Dann Schweigen, während Violet Tee trank und auf das zischende Eisen horchte. Die Frauen gingen inzwischen so unbefangen miteinander um, daß Reden nicht immer nötig war. Alice bügelte, und Violet sah zu. Von Zeit zu Zeit murmelte die eine etwas – vor sich hin oder an die andere gewandt.

«Früher war ich ganz versessen auf das Zeug», sagte Violet.

Alice lächelte und wußte ohne aufzuschauen, daß Violet die Stärke meinte. «Ich auch», sagte sie. «Hat meinen Mann wahnsinnig gemacht.»

«Ob es das Knirschen war? Doch wohl nicht der Geschmack.»

Alice zuckte die Achseln. «Das weiß nur der Körper.»

Das Bügeleisen zischte auf dem feuchten Stoff. Violet legte das Kinn in die Hand. «Du bügelst wie meine Großmutter. Die Passe am Schluß.»

«Daran erkennt man die perfekte Büglerin.»

«Manche fangen mit der Passe an.»

«Und müssen sie dann am Schluß noch mal machen. Ich kann nachlässiges Bügeln nicht leiden.»

«Wo hast du so nähen gelernt?»

«Wir wurden als Kinder immer beschäftigt. Müßiggang, du weißt schon.»

«Wir haben Baumwolle gepflückt, Holz gehackt, gepflügt. Ich hab nie gewußt, wie es ist, die Hände in den Schoß zu legen. So untätig wie jetzt hab ich meine Hände noch nie gesehen.»

Stärke essen, sich überlegen, wann man die Passe bügelt, nähen, pflücken, kochen, Holz hacken. Violet dachte über all das nach und seufzte. «Ich hab gedacht, es wär mehr als das. Ich hab gewußt, daß es nicht ewig so gehen würde, aber ich hab gedacht, es wär mehr als das.»

Alice faltete das Tuch um den Bügeleisengriff neu. «Er wird es wieder tun, weißt du. Und wieder und wieder und wieder.»

«In dem Fall sollte ich ihn lieber gleich rausschmeißen.»

«Und dann?»

Violet schüttelte den Kopf. «Die Dielenbretter anstarren vermutlich.»

«Du willst was Richtiges hören?» fragte Alice. «Ich sag dir was Richtiges. Wenn du noch irgendwas hast, was du lieben kannst, irgendwas, dann tu's.»

Violet hob den Kopf. «Und wenn er es wieder tut? Egal, was die Leute denken?»

«Kümmer du dich um das, was dir bleibt.»

«Willst du damit sagen, ich soll es hinnehmen? Nicht kämpfen?»

Alice setzte das Bügeleisen hart auf. «Kämpfen? Wogegen? Gegen wen? Ein mißhandeltes Kind, das zusehen mußte, wie seine Eltern verbrannten? Das besser als du und ich und sonst jemand wußte, wie wenig und schnell vorbei dieses winzige Leben ist? Oder willst du vielleicht eine niedertrampeln, die drei Kinder und nur ein Paar Schuhe hat. Eine in einem zerlumpten Kleid, von dem der Saum in den Schmutz hängt. Eine, die sich nach Armen sehnt so wie du, und du würdest am liebsten rübergehen und sie umarmen, aber ihr Kleid ist dreckig am Saum, und die Leute, die da rumstehen, würden nicht verstehen, wie die Augen von einer so ausdruckslos werden können, wie denn auch? Sagt doch keiner, du sollst es hinnehmen. Ich sag nur, pack es an, pack es an.»

Sie brauchte einen Augenblick, um zu bemerken, daß Violet etwas anstarrte. Ihrem Blick folgend, hob Alice das Bügeleisen an und sah, was Violet sah: das schwarze rauchende Schiff, das in die Passe eingebrannt war.

«Scheiße!» rief Alice. «O Scheiße!»

Violet lächelte als erste. Dann Alice. Binnen Sekunden wurden beide von Lachen geschüttelt. Violet erinnerte sich an True Belle, die den einzigen Raum ihrer Hütte betrat und wie toll lachte. Sie hockten wie Mäuse um ein Feuer in einer Blechdose, nicht einmal in einem Ofen, auf dem Boden, hungrig und gereizt. True Belle sah sie an und mußte sich an eine Wand lehnen, damit das Lachen sie nicht zu ihnen auf den Boden zog. Sie hätten sie eigentlich hassen müssen. Vom Boden aufspringen und sie hassen. Aber sie spürten etwas Besseres. Nichts von besiegt oder verloren. Etwas Besseres. Auch sie lachten. Sogar Rose Dear schüttelte den Kopf und lächelte, und plötzlich stand die Welt wieder auf den Füßen. Damals lernte Violet, was sie bis zu diesem Augenblick vergessen hatte: daß Lachen etwas Ernstes ist. Schwieriger, ernster als Tränen.

Nach vorn gebeugt, mit zuckenden Schultern, dachte Violet daran, wie sie bei der Beerdigung ausgesehen haben mußte, bei dem, wozu sie sich berufen gefühlt hatte. Der Anblick, wie sie versucht hatte, etwas Melancholisches zu tun, etwas Ausgefallenes, das Gefummel mit dem Messer, und ohnehin zu spät . . . Sie lachte, bis sie anfing zu husten und Alice ihnen beiden eine Tasse Beruhigungstee machen mußte.

Obschon dem Ausgefallenen verpflichtet, konnte selbst Violet den Rest des Malzshakes nicht mehr trinken – er war wäßrig, warm und schal. Sie knöpfte ihren Mantel zu, verließ den Drugstore und stellte im selben Moment wie die andere Violet fest, daß es Frühling geworden war. In der Stadt.

UND WENN der Frühling in die Stadt kommt, dann bemerken die Leute einander auf der Straße, nehmen Notiz von den Unbekannten, mit denen sie Flure und Tische teilen und auch den Raum, in dem intime Kleidungsstücke gewaschen werden. Beim steten Ein und Aus, Ein und Aus durch dieselbe Tür geben sie einander den Türgriff in die Hand; in Straßenbahnen und auf Parkbänken lassen sie die Oberschenkel auf einem Sitz nieder, auf dem das bereits Hunderte vorher getan haben. In die offene Hand gezählte Kupfermünzen sind schon von Kindern verschluckt und von Zigeunern geprüft worden, aber es ist immer noch Geld, und die Menschen lächeln darüber. Es ist die Zeit im Jahr, in der die Stadt am meisten zum Widerspruch ansporntj; dich auffordert, dir auf der Straße etwas zu essen zu kaufen, wenn du gar keinen Hunger hast; dir Lust auf ein Zimmer ganz für dich allein macht und zugleich dein heftiges Verlangen erweckt, es mit jemand zu teilen, dem du auf der Straße begegnet bist. Eigentlich ist das aber gar kein Widerspruch – vielmehr ein Zustand: die Spanne dessen, was eine kunstreiche Stadt vermag. Was gibt es Schöneres als Ziegelsteine, die sich in der Sonne erwärmen? Die Rückkehr der Markisen. Das Abnehmen der Decken von Pferderücken. Teer wird weich unter dem Absatz, und das Dunkel unter Brücken verwandelt sich von Düsterkeit zu kühlendem Schatten. Nach einem leichten Regen, wenn die Bäume ausgeschlagen haben, sind die Äste wie nasse Finger, die in wolligem grünem Haar spielen. Automobile werden zu schwarzen, hinter dunstverhangenen Motorhaubenlichtern hergleitenden Düsenkisten. Auf Satin gewordenen Trottoirs bewegen sich Gestalten, Schulter voraus, den Scheitel geneigt wie einen Schild gegen das leichte Schrot der Regentropfen. Die Gesichter von Kindern, an Fenstern erspäht, scheinen zu weinen, aber es ist nur die tropfnasse Glasscheibe, die sie so aussehen läßt.

Im Frühling des Jahres 1926, an einem regnerischen Nachmittag, hätte jeder, der durch die Gasse neben einem bestimmten Mietshaus an der Lenox ging, beim Hochschauen nicht ein Kind, sondern das Gesicht eines erwachsenen Mannes mit der Glasscheibe gemeinsam weinen sehen können. Ein merkwürdiger Anblick, den man kaum je zu Gesicht bekommt: Männer, die so offen weinen. Männer tun das nicht. So merkwürdig es war, die Leute gewöhnten sich schließlich an ihn, der sich Gesicht und Nase mit einem roten Ingenieurstaschentuch wischte, während er Monat um Monat an dem Fenster ohne Ausblick saß oder auf der Eingangstreppe, erst im Schnee und später in der Sonne. Ich würde sagen, Violet wusch und bügelte diese Taschentücher, weil sie, so verrückt sie auch war, so schlampig sie auch wurde, keine schmutzige Wäsche ertrug. Aber alle wurden es langsam leid, abzuwarten, was Violet noch tun würde, außer zu versuchen, ein totes Mädchen umzubringen und ihren Mann mit sauberen Taschentüchern zu versorgen. Mein persönlicher Tip war, daß sie eines Tages diese Taschentücher aufeinanderstapeln, zur Kommode tragen, hineinlegen und dann hingehen würde und ihm mit einem Streichholz das Haar anzünden. Sie tat es nicht, aber vielleicht wäre es besser gewesen als das, was sie wirklich tat. Ob absichtlich oder nicht, sie zwang ihn dazu, alles noch einmal durchzumachen –

im Frühling, wenn klarer ist als zu jeder anderen Zeit, daß das Stadtleben ein Straßenleben ist.

Blinde trommeln mit den Fingern und summen in der weichen Luft, während sie sich Zoll für Zoll ihren Weg ertasten. Sie wollen nicht bei den alten Onkeln stehenbleiben und mit denen wetteifern, die sich da mitten vor die Häuserzeilen stellen und auf der sechssaitigen Gitarre spielen.

Bluesman. Black and bluesman. Blacktherefore blue man.

Everybody knows your name.

Where-did-she-go-and-why-man. So-lonesome-I-could-die-man.

Everybody knows your name.

Der Sänger ist kaum zu übersehen, hat er sich doch mitten auf dem Trottoir auf eine Obstkiste gesetzt. Sein Holzbein hat er behaglich ausgestreckt; das richtige hält den Rhythmus und das Gewicht der Gitarre. Joe denkt vermutlich, daß das Lied von ihm handelt. Er würde es bestimmt gern glauben. Ich kenne ihn so gut. Habe ihn kleine Tiere füttern sehen, denen sonst niemand Beachtung schenkt, aber mich täuscht so schnell keiner. Ich erinnere mich daran, wie er sich den Hut zurechtrückte, wenn er das Mietshaus verließ; wie er ihn nach vorn und ein bißchen nach links schob. Ob er sich bückte, um einen Haufen Roßäpfel zu beseitigen, oder ob er zu seinem feinen Hotel schlenderte, sein Hut mußte immer genau richtig sitzen. Nicht direkt schräg, aber deutlich geneigt, könnte man sagen. Der Pullover unter seiner Anzugjacke war immer bis oben zugeknöpft, aber ich weiß, seine Gedanken sind es nicht – sie sind lose. Er wirft den an der Ecke herumlungernden Charmeuren einen raschen Blick zu. Sie haben etwas, was ihm fehlt. Sehr wenig von dem Inhalt seines Cleopatra-Köfferchens würden Männer gern kaufen – außer dem Rasierpuder, das meiste ist für Frauen. Frauen, mit denen er plaudern, die er ansehen, mit denen er flirten kann und wer weiß, was ihm sonst noch durch den Sinn geht? Und wenn ihn eine mit den Augen mehr als nur grüßt, dann sind die beobachtenden Blicke der Charmeure befriedigender als ihre.

Vielleicht tut er sich einfach selbst leid, weil er ja so treu ist. Und wenn diese Tugend keine Anerkennung findet und keiner aufspringt, um ihm zu gratulieren, dann verwandelt sich sein Selbstmitleid in Ärger, den er nur mit Mühe versteht, aber ganz ohne Mühe auf die jungen Scheichs richtet, die da strahlend und brutal an den Straßenecken stehen. Paßt nur auf. Seid nur auf der Hut vor einem treuen Mann von bald fünfzig. Weil er nie mit einer anderen Frau angebändelt hat, weil er sich das junge Mädchen zum Lieben ausgesucht hat, glaubt er, er ist frei. Nicht frei, das Brot zu brechen oder die Welt mit einem Fisch satt zu machen. Auch nicht, die im Krieg Gefallenen auferstehen zu lassen, aber frei, etwas Wildes zu tun.

Glaubt mir, er muß der Fährte einfach folgen. Es zieht ihn wie eine Nadel durch die Rille einer Bluebird-Platte. Rund und rund durch die Stadt. So wirbelt einen die Stadt herum. Kriegt dich dazu, das zu tun, was sie will, dort hinzugehen, wo die breit angelegten Straßen es vorschreiben. Und gibt dir dabei das Gefühl, du wärst frei; daß du dich in die Büsche schlagen könntest, wenn du Lust dazu hast. Es gibt hier keine Büsche, und wenn es in Ordnung ist, über gemähtes Gras zu gehen, dann wird die Stadt dich das wissen lassen. Du kommst einfach nicht los von der Fährte, die die Stadt für dich legt. Egal, was passiert, ob du reich wirst oder arm bleibst, dir die Gesundheit ruinierst oder steinalt wirst, immer endest du dort, wo du begonnen hast: hungrig nach dem einen, was jedem verlorengeht – nach junger Liebe.

Jung war Dorcas tatsächlich. Jung, aber weise. Sie war Joes Naschwerk – wie Zuckerzeug. Das Beste, was einem passieren konnte, wenn man jung und gerade in die Stadt gekommen war. Das und die Klarinetten, und sogar die nannte man Zuckerstengel. Aber Joe ist schon zwanzig Jahre in der Stadt und nicht mehr jung. Mir kommt er wie einer dieser Männer vor, die irgendwo um die sechzehn stehenbleiben. Innerlich. So ist er, auch wenn er hochgeknöpfte Pullover und Schuhe mit runden Kuppen trägt, noch immer ein Kind, ein Sprößling, und Süßigkeiten können ihn noch immer zum Strahlen bringen. Er mag diese Pfefferminzdinger, die den lieben langen Tag halten, und glaubt, alle anderen mögen sie auch. Verschenkt sie an Gistans Jungs, die am Bordstein herumalbern. Man merkt, daß sie Schokolade oder was mit Erdnüssen lieber hätten.

Das gibt mir doch zu denken, was Joe angeht. All die guten Sachen, die er aus dem Windemere mitbringt, und er zahlt fast genausoviel Geld für klebrige alte Pfefferminzbonbons wie für das Zimmer, das er zum Vögeln gemietet hat. Wo seine private Pralinenschachtel sich für ihn auftut.

Scheißkerl. Kein Wunder, daß es so ausging. Aber das wäre nicht nötig gewesen, und wenn er nur aufgehört hätte, diesem kleinen schnellen Ding durch die ganze Stadt hinterherzulaufen, nur lang genug, um Stuck oder Gistan oder sonst einem Nachbarn, der sich dafür interessierte, davon zu erzählen, wer weiß, wie es dann jetzt stünde?

«Das ist nichts, was du einem andern Mann erzählst. Ich weiß, die meisten Männer können es kaum abwarten, rumzuerzählen, was sie nebenher laufen haben. Tragen all ihre Privatangelegenheiten auf die Straße. Sie tun es, weil die Frau nicht so wichtig ist, und ihnen ist es egal, was andere von ihr denken. Ich hab es bloß Malvonne so halb erzählt, und das ging ja nicht anders. Aber es einem andern Mann erzählen? Nein. Gistan würde sowieso nur lachen und es sich nicht anhören wollen. Stuck würde auf seine Schuhe gucken, schwören, daß ich verhext bin, und mir erzählen, welche Hausmittelchen ich brauche, um mich davon zu heilen. Keinem von beiden würde ich von ihr erzählen. Das ist nichts, was du erzählst, außer vielleicht einem engen Freund, jemand, den du von früher kennst, schon lange, wie Victory, aber selbst wenn ich die Chance hätte, glaub ich nicht, daß ich es ihm hätte erzählen können, und wenn ich Victory was nicht erzählen konnte, dann weil ich es mir selber nicht erzählen konnte, weil ich es gar nicht richtig wußte. Ich weiß nur, daß ich gesehen hab, wie sie Süßigkeiten gekauft hat und daß alles süß war. Nicht nur die Süßigkeiten – eben einfach alles. Süßigkeiten, an denen leckst und lutschst du, und dann schluckst du, und weg sind sie. Nein. Das war was andres. Mehr wie blaues Wasser und weiße Blumen und Süße in der Luft. Ich mußte dort sein, wo das alles genau in der richtigen Mischung vorhanden war, und da war Dorcas.

Als ich in die Wohnung kam, hatte ich keinen Namen zu dem Gesicht, das ich im Drugstore gesehen hatte, und ich dachte auch gar nicht daran. Aber sie hat die Tür aufgemacht, hat sie mir weit aufgemacht. Ich hab Butterkuchen gerochen und Hähnchen in Soße. Die Frauen haben mich umringt, und ich hab ihnen gezeigt, was ich hab, und sie haben derweil gelacht und gemacht, was Frauen so machen: mir Flusen von der Jacke gezupft, mir die Hand auf die Schulter gelegt, damit ich mich setze. Die haben ja so eine Art, einen in Ordnung zu bringen und zu richten, was ihrer Meinung nach repariert werden muß.

Sie hat mich nicht weiter angeguckt und auch nichts gesagt. Aber ich hab gewußt, wo sie steht und wie, jede Sekunde. Sie hat sich in der Stube mit der Hüfte an eine Stuhllehne gelehnt, während die Frauen aus dem Eßzimmer geströmt kamen, um an mir herumzuzupfen und mit mir zu scherzen. Dann hat jemand ihren Namen gerufen. Dorcas. Ich hab nicht viel anderes gehört, aber ich bin dageblieben und hab ihnen meine

Sachen gezeigt und gelächelt und nicht verkauft, sondern sie das selbst erledigen lassen.

Ich verkaufe Vertrauen; ich mach es ihnen leicht. Das ist der beste Weg. Nie drängen. Wie im Windemere, wenn ich dort bediene. Ich bin da, aber nur, wenn jemand mich braucht. Oder wenn ich Zimmerservice mache und den Whiskey nach oben bringe, zugedeckt, so daß er aussieht wie Kaffee. Da, wenn man mich braucht, und dann genau zur rechten Zeit. Man kennt ja so allmählich die Frau, die vier Gläser von etwas möchte, aber nicht viermal bestellen will; also wartet man, bis ihr Glas zweidrittel ausgetrunken ist, und füllt dann nach. So trinkt sie ein Glas, aber er zahlt für vier. Das stumme Geld flüstert zweimal: einmal, wenn ich es in die Tasche schiebe; einmal, wenn ich es ausziehe.

Ich war drauf gefaßt, zu warten und daß sie mich nicht beachtet. Ich hab keinen Plan gehabt, und wenn, hätte ich ihn gar nicht durchführen können. Mir war schwindlig und leicht im Kopf, und ich dachte, es kommt von dem schweren Zitronengeschmack, dem Gesichtspuder und diesem leichten Frauenschweiß. Salzig. Nicht bitter wie bei Männern. Bis heute weiß ich nicht, was mich dazu gebracht hat, sie auf dem Weg nach draußen anzusprechen.

Ich kann mir vorstellen, was die Leute sagen. Daß ich Violet behandelt habe wie ein Möbelstück, das man gern hat, obwohl es dringend etwas gebraucht hätte, um Tag für Tag grade zu stehn und nicht zu wackeln. Ich weiß nicht. Aber seit Victory bin ich nie mit jemand richtig eng gewesen. Gistan und Stuck, wir verstehen uns gut, aber nicht so, wie es mit einem ist, der dich von Geburt an kennt und mit dem du gleichzeitig zum Mann geworden bist. Dem Victory hätte ich erzählt, wie es war. Gistan, Stuck, was ich denen erzählt hätte, das wär schon in die Nähe gekommen, aber nicht, wie es wirklich war. Ich hab mit keinem reden können außer Dorcas, und ihr hab ich Sachen erzählt, die ich mir selbst noch nie klargemacht hatte. Bei ihr war ich wieder neu, frisch. Bevor ich sie kennengelernt hab, hab ich mich schon siebenmal in jemand Neues verwandelt. Das erste Mal war, als ich mir selbst einen Namen gab, weil keiner es für mich getan hat und auch keiner wußte, was für einer es hätte sein können oder sollen.

Ich bin 1873 im Vesper County, Virginia, geboren und aufgewachsen. In einem kleinen Ort mit Namen Vienna. Rhoda und Frank Williams haben mich gleich aufgenommen und mich mit ihren sechs eigenen großgezogen. Das jüngste Kind war drei Monate alt, als Mrs. Rhoda mich aufgenommen hat, und er und ich, wir standen uns näher als viele Brüder, die ich kenne. Victory hieß er. Victory Williams. Mrs. Rhoda hat mich Joseph genannt, nach ihrem Vater, aber weder sie noch Mr. Frank haben dran gedacht, mir einen Nachnamen zu geben. Sie hat nie so getan, als wär ich ihr eigenes Kind. Wenn sie Hausarbeiten oder Belohnungen verteilt hat, dann hat sie immer gesagt: ‹Du bist wie eins von meinen.› Dieses ‹wie› hat mich wahrscheinlich dazu gebracht, daß ich sie gefragt habe – ich glaub, ich war noch keine drei –, wo meine richtigen Eltern sind. Sie hat zu mir runtergeguckt, über die Schulter, und mich ganz lieb, aber irgendwie traurig angelächelt, und zu mir gesagt: Ach Herzchen, die sind spurlos verschwunden. So wie ich es gehört hab, hab ich damals verstanden, daß die ‹Spur›, ohne die sie verschwunden sind, ich war.

Wie ich den ersten Tag in der Schule war, mußte ich zwei Namen haben. Da hab ich zu der Lehrerin gesagt, Joseph Spur. Victory hat sich auf seinem Stuhl ganz nach hinten umgedreht.

‹Wieso hast du das gesagt?› hat er nachher gefragt.

‹Ich weiß nicht›, hab ich gesagt. ‹Drum.›

‹Da wird die Mama aber sauer sein. Der Papa auch.›

Wir waren draußen auf dem Schulhof. Es war schöner festgetretener Lehm, aber eine Menge Nägel und so Sachen drin.

Wir zwei beide barfuß. Ich war ganz darin vertieft, mir eine Glasscherbe aus der Fußsohle zu pulen, damit ich ihn nicht hab ansehen müssen. ‹Nein, die sind nicht sauer›, hab ich gesagt. ‹Deine Mama ist nicht meine Mama.›

‹Wer dann?›

‹Eine andre Frau. Sie kommt wieder. Sie kommt und holt mich. Und mein Papa auch.› Das war das erste Mal, daß ich das bewußt gedacht oder es mir gewünscht hab.

Victory hat gesagt: ‹Die wissen doch, wo sie dich gelassen haben. Die kommen bestimmt zu uns. Zu den Williams, die wissen ja, daß du dort bist.› Er versuchte, mit Gummigelenken zu gehen wie seine Schwester. Die konnte das gut und gab so damit an, daß Victory immer übte, sobald sich eine Gelegenheit fand. Ich erinnere mich noch, wie sein Schatten vor mir auf dem Lehm tanzte. ‹Die wissen, daß du bei den Williams bist. Williams, so mußt du dich nennen.›

Ich hab gesagt: ‹Sie werden mich suchen müssen. Aus euch allen werden sie mich raussuchen müssen. Ich heiße Spur, weil sie sind ja spurlos verschwunden.›

‹Was du nicht sagst!›

Victory hat mich ausgelacht und mir den Arm um die Gurgel gelegt und mich niedergerungen. Ich weiß nicht, was mit der Glasscherbe passiert ist. Ich hab sie nie rausgepult gekriegt. Und es ist auch keiner nach mir suchen gekommen. Ich hab meinen Vater nie kennengelernt. Und meine Mutter, also, ich habe mal eine Frau im Hotel im Speisesaal was ganz Komisches sagen hören. Die hat mit zwei anderen Frauen geredet, während ich Kaffee eingeschenkt hab. ‹Ich bin schlecht für meine Kinder›, hat sie gesagt. ‹Ich will es gar nicht, aber in mir ist etwas, was das bewirkt. Ich bin eine gute Mutter, aber es geht ihnen besser, wenn sie nicht bei mir sind; solange sie an meiner Seite sind, erleben sie einfach nichts Gutes. Die, die weggehen, scheinen aufzublühen; denen, die bleiben, geht es schlecht. Ihr könnt euch doch vorstellen, wie schrecklich mir ist, daß ich das weiß, nicht?›

Ich hab sie verstohlen ansehen müssen. Es hat Kraft gebraucht, das zu sagen. Das zuzugeben.

Die zweite Verwandlung kam, als ich ausgesucht worden bin, um zum Mann erzogen zu werden. Damit ich unabhängig leben und mich ernähren kann, egal, was ist. Ich hab meinen Vater nicht vermißt, weil ja gleich Mr. Frank da war. Zuverlässig wie ein Fels, und er hat uns Kindern gegenüber keine Unterschiede gemacht. Aber das Tolle war, ich bin ausgesucht worden und Victory auch, vom besten Jäger im Vesper County, damit wir mit ihm auf die Jagd gehen. Stolz macht einen das. Er war der beste im ganzen County, und er hat mich und Victory ausgesucht, um uns in die Lehre und mit auf die Jagd zu nehmen. Er war so gut, daß es hieß, er würde das Gewehr nur so zum Spaß mit sich rumtragen, weil er immer schon wußte, wie die Beute sich verhält, wie man Schlangen an der Nase herumführt, wie man Zweige und Stricke auslegt zum Kaninchen- und Murmeltierfangen; wie man einen Laut von sich gibt, dem Wasservögel nicht widerstehen konnten. Die Weißenleute haben gesagt, er ist ein Hexer, aber das haben sie nur gesagt, damit sie nicht zugeben mußten, daß er gescheit war. Der Jäger aller Jäger, das war er. Gescheit wie keiner. Hat mir zwei Lektionen beigebracht, nach denen hab ich mein Leben lang gelebt. Die eine ist das Geheimnis um die Freundlichkeit der Weißenleute: Sie müssen Mitleid mit einem haben, bevor sie einen mögen können. Das andere – das hab ich jetzt vergessen.

Wegen ihm, wegen dem, was ich von ihm gelernt hab, bin ich zu einem geworden, der sich im Wald wohler fühlt als in der Stadt. Früher bin ich schon kribbelig geworden, wenn irgendwo ein Zaun oder ein Gatter war. Die Leute haben gedacht, ich wär der, der es todsicher nie schafft, eine Stadt zu verkraften. Turmhohe Häuser? Zugepflasterte Straßen? Ich? Ich doch nicht.

Achtzehndreiundneunzig war das dritte Mal, daß ich mich verwandelt hab. Und zwar, als Vienna völlig abbrannte. Rotes Feuer hat schnell fertiggebracht, wozu weißes Papier zu lange brauchte: jede Urkunde ungültig zu machen; jedes Feld zu räumen; uns so schnell aus unsern Häusern zu jagen, daß wir eilends von einem Teil des County in den andern flohen – oder nirgendwohin. Ich bin gewandert und hab geschafft, hab geschafft und bin gewandert, ich und Victory. Fünfzehn Meilen nach Palestine. Da hab ich Violet kennengelernt. Wir haben geheiratet und uns auf Harlon Ricks' Land in der Nähe von Tyrell niedergelassen. Er hatte den schlechtesten Boden im ganzen County. Violet und ich haben ihm zwei Jahre die Felder bestellt. Als die Erde nichts mehr hergab, als Steine die größte Ernte wurden, aßen wir, was ich geschossen hab. Dann hatte der alte Ricks die Nase voll und verkaufte das Ganze mitsamt unsern Schulden einem Mann namens Clayton Bede. Unter dem sind die Schulden von einhundertachtzig Dollar auf achthundert gewachsen. Zinsen, hat er gesagt, und der ganze Dünger, den wir im Dorfladen gekauft haben – er hat gezahlt. Die Preise, hat er gesagt, wären gestiegen. Violet mußte unser Land bewirtschaften und auf seinem noch pflügen, und ich bin derweil von Bear über Crossland nach Goshen arbeiten gegangen. Kiefern schlagen zeitweise, aber die meiste Zeit in der Sägemühle. Fünf Jahre haben wir gebraucht, aber wir haben es geschafft.

Dann hab ich neue Arbeit gefunden, Schienen verlegen für den Southern Sky. Ich war achtundzwanzig und inzwischen an die Verwandlungen gewöhnt, drum war ich 1901, im Jahr, wo Booker T. im Haus des Präsidenten ein belegtes Brot gegessen hat, tollkühn genug, es noch mal zu versuchen: ich beschloß, mir ein Stück Land zu kaufen. Narr, der ich war, hab ich gedacht, sie würden es uns lassen. Aber sie haben uns verjagt, mit zwei Fetzen Papier, die ich nie gesehen oder gar unterschrieben hatte.

Das vierte Mal hab ich mich dann 1906 verwandelt, als ich mit meiner Frau nach Rome ging, ganz in der Nähe von dort, wo sie geboren war, und in den Southern Sky in Richtung Norden stieg. Fünfmal haben sie uns in andere Wagen verfrachtet, damit dem Jim-Crow-Gesetz Genüge getan wurde.

Wir haben in einer Wohnung mit lauter Durchgangszimmern im Tenderloin gewohnt. Violet ist als Hausmädchen gegangen, und ich hab alles bearbeitet, vom Schuhleder der Weißenleute bis zu Zigarren, in einem Raum, wo man uns vorgelesen hat, während wir Tabak rollten. Ich hab nachts Fisch saubergemacht und tags Toiletten, bis ich dann mit dem Kellner Bekanntschaft schloß. Und ich dachte, ich hätte mich häuslich mit meinem endgültigen Ich eingerichtet, dem fünften, als wir den Gestank von der Mulberry Street und Little Africa und dann die fleischfressenden Ratten von der West Fifty-third hinter uns gelassen haben und nach Harlem gezogen sind.

Dort waren inzwischen alle Schweine und Kühe verschwunden, und wo ehedem kleine schäbige Bauernhöfe standen, nicht im entferntesten so groß wie das Stück Land, das ich zu kaufen versucht hatte, da kamen jetzt immer mehr Wohnhäuser hin. Konnte einem Farbigen passieren, daß auf ihn geschossen wurde, nur weil er hier rumspazierte. Reihenhäuser und Einzelhäuser mit großen Innenhöfen und Gemüsegärten wurden gebaut. Dann, kurz vor dem Krieg, wurden ganze Straßen an Farbige vermietet. Schöne Häuser. Nicht wie in der Stadtmitte. Die hier hatten fünf, sechs Zimmer, manche zehn, und wenn du fünfzig, sechzig Dollar im Monat übrig hattest, konntest du eins haben. Als wir von der 140th Street in eine größere Wohnung in der Lenox zogen, da haben die hellhäutigeren Mieter versucht, uns draußen zu halten. Ich und Violet haben gegen sie gekämpft, als wenn es Weiße gewesen wären. Und wir blieben Sieger. Es waren schlechte Zeiten, und weiße wie schwarze Vermieter haben sich um die Farbigen geschlagen wegen den hohen Mieten, die für uns in Ordnung waren, weil wir dann fünf Zimmer zum Wohnen hatten, selbst wenn manche noch zwei untervermieteten. Die Häuser waren wie Schlösser auf Bildern, und wir hatten ja von Anfang an immer die Scheiße der anderen weggemacht und wußten deshalb besser als alle, wie man sie hübsch sauberhielt. Wir hatten überall Vögel und Pflanzen, ich und Violet. Ich hab persönlich den Pferdemist von der Straße aufgesammelt zum Düngen. Und ich hab dafür gesorgt, daß es von draußen genauso ordentlich aussah wie drinnen. Ich hab damals schon Hotelarbeit gemacht. Besser als im Restaurant bedienen, weil es im Hotel mehr Möglichkeiten gibt, an Trinkgeld zu kommen. Der Lohn war karg, aber die Trinkgelder fielen mir so schnell in die Hand wie Pecannüsse im November.

Als die Mieten stiegen und stiegen und die Läden den Preis für das Rindfleisch in Harlem verdoppelten und den für Weißenleute gleich ließen, da hab ich mir noch einen kleinen Nebenverdienst besorgt, indem ich in der Nachbarschaft Cleopatra-Produkte verkaufte. So daß es uns, als Violet dann mit dem Tagelöhnen aufgehört und nur noch Haare gerichtet hat, ganz gut gegangen ist.

Dann kam der Sommer 1917, und als die Weißenleute mit der Stange von meinem Kopf abließen, da war ich wieder mal wie neu geboren, denn die hätten mich um ein Haar umgebracht. Samt vielen anderen. Einer von ihnen hatte ein Herz und hielt die andern davon ab, mich an Ort und Stelle abzumurksen.

Ich kann gar nicht genau sagen, was den Aufstand angezettelt hat. Womöglich war es wirklich das, was in den Zeitungen gestanden ist, was die Kellner, mit denen ich gearbeitet hab, gesagt haben, oder Gistan – das Fest, hat er gesagt, zu dem sie

Einladungen an Weiße rausgeschickt hätten, sie sollten kommen, wenn sie mal einen Farbigen bei lebendigem Leib verbrennen sehen wollen. Gistan hat gesagt, Tausende von Weißen wären gekommen. Gistan hat gesagt, das hätte allen schwer im Magen gelegen, und wenn nicht dieser Mord der Auslöser gewesen wäre, dann eben was andres. Die haben während dem Krieg ganze Schwärme von Farbigen hergeholt zum Arbeiten. Drum waren die Weißen im Süden sauer, weil die Neger weg sind; und die weißen Habenichtse im Norden, weil sie gekommen sind.

Ich hab schon einiges gesehen in meinem Leben. In Virginia. Zwei von meinen Stiefbrüdern. Schlimm verletzt. Schlimm. Hätte auch Mrs. Rhoda fast umgebracht. Und ein Mädchen. Die hat ihre Leute oben bei Crossland besucht. Ein kleines Mädchen. Jedenfalls, wenn dir hier oben der Kragen platzt, dann geht's gleich hundert anderen genauso.

Ich hab ein paar kleine Jungs über die Straße rennen sehen. Einer ist hingefallen und nicht gleich wieder aufgestanden, also bin ich zu ihm rüber. Das war's schon. Der Aufstand ist dann ohne mich weitergegangen, während ich und Violet meinen Kopf gepflegt haben. Aber ich hab's überlebt, und vielleicht hat das dann bewirkt, daß ich mich zum siebtenmal verwandelt hab, zwei Jahre später, 1919, wie ich den ganzen Weg, jeden einzelnen gottverdammten Schritt, mit der Kompanie Dreisechsneun gezogen bin. Kann mich nicht erinnern, daß ich je auf der Straße getanzt hätt, außer dem einen Mal, als alle es getan haben. Ich dachte, das wär die letzte Verwandlung, und es war auf jeden Fall die beste, weil der Krieg gekommen und gegangen war, und die farbigen Truppen von der Dreisechsneun, die ihn mitgekämpft hatten, haben mich so stolz gemacht, daß es mir glatt das Herz zerriß. Gistan hat mir eine Stelle in einem andern Hotel besorgt, wo das Trinkgeld öfter Papiergeld als Münzgeld war. Ich hatte es geschafft. 1925 hatten wir es alle geschafft. Dann hat Violet angefangen, mit einer Puppe im Arm zu schlafen. Zu spät. Ich hab es irgendwie verstanden. Irgendwie.

Versteht mich nicht falsch. Die ganze Sache war nicht Violets Schuld. Alles nur meine. Alles. Ich werd nie verwinden, was ich dem Mädel angetan hab. Nie. Ich hab mich einmal zu oft verwandelt. Einmal zu oft erneuert. Man könnte sagen, ich bin mein Leben lang ein Neuer Neger gewesen. Aber alles, was ich erlebt hab, alles, was ich gesehen hab, und keine von diesen Verwandlungen hat mich auf sie vorbereitet. Auf Dorcas. Man hätte meinen können, ich wär zwanzig, unten in Palestine, und würd das erste Mal unter einem Walnußbaum mein Verlangen stillen.

Alle waren erstaunt, als wir weg sind, ich und Violet. Sie haben gesagt, die Stadt macht einen einsam, aber ich bin ja beim besten Waldkenner aller Zeiten in die Lehre gegangen, da konnte Einsamkeit mich nicht schrecken. Denkste. Einmal vom Land, immer vom Land. Wie sollte ich denn wissen, was ein achtzehnjähriges Mädel in einem ausgewachsenen Mann auslösen kann, dessen Frau mit einer Puppe schläft? Mir eine Einsamkeit zeigen, die ich mir in einem Wald mit keiner Menschenseele auf fünfzehn Meilen oder an einem Flußufer mit keiner lebendigen Gesellschaft außer dem Köder nie hätte vorstellen können. Mich überzeugen, daß ich von nichts die süße Seite gekannt hab, bis ich ihren Honig schmeckte. Es heißt, Schlangen werden eine Weile blind, bevor sie sich zum letztenmal häuten.

Sie hatte langes Haar und schlechte Haut. Ein Viertel Wasser zweimal am Tag hätte sie rein gemacht, die Haut, aber ich hab nie was gesagt, weil es mir so gefallen hat. Kleine Halbmonde zuhauf unter ihren Wangenknochen, wie schwache Hufabdrücke. Dort und auf der Stirn. Ich hab ihr das Zeug gekauft, das sie mir gesagt hat, war aber froh, daß nichts wirkte. Mir meine kleinen Hufabdrücke wegnehmen? Mir keine Spuren hinterlassen? Die Fährte finden und dranbleiben ist das Beste, das einzige auf dieser Welt. Ich bin meiner Mutter in Virginia nachgegangen und direkt zu ihr geführt worden, und ich bin Dorcas von einem Stadtteil zum anderen nach. Ich hab mich nicht mal anstrengen müssen. Hab nicht mal nachdenken müssen. Da übernimmt was andres, wenn die Fährte anfängt, zu dir zu sprechen, ihre Zeichen hinterläßt, so deutlich, daß du kaum mehr gucken mußt. Wenn die Fährte nicht zu dir spricht, dann kannst du von deinem Stuhl aufstehen und zwei oder drei Zigaretten kaufen gehen, den Nickel in der Tasche und einfach losgehen, dann rennen und schließlich irgendwo in Staten Island landen, alles was recht ist, oder Long Island vielleicht und die Geißen anstarren. Aber wenn die Fährte spricht, dann findest du dich, egal, was im Weg steht, in einem überfüllten Zimmer und zielst mit einer Waffe auf ihr Herz, selbst wenn es das Herz ist, ohne das du nicht leben kannst.

Ich wär am liebsten dort geblieben. Gleich, nachdem das Schießeisen bah! machte und keiner da drin es hörte außer mir, und drum sind die Menschen auch nicht auseinandergestoben wie die Schar Rotamseln, denen sie ähnlich gesehen haben, sondern alle dichtgedrängt stehengeblieben, wie zusammengeschmolzen von der klebrigen Hitze von Tanz und Musik, die sie nicht losgelassen hat. Ich wär am liebsten dort geblieben. Hätte sie aufgefangen, bevor sie hinfiel und sich weh tat.

Ich hab die Fährte gar nicht gesucht. Sie hat mich gesucht, und als sie zu sprechen anfing, da hab ich es erst nicht gehört. Ich bin rumgeirrt, einfach nur durch die Stadt. Ich hatte die Waffe, aber nicht mit der Waffe – mit der Hand hab ich dich berühren wollen. Fünf Tage rumirren. Zuerst im High Fashion in der 131st Street, weil ich dachte, du hättest am Dienstag einen Friseurtermin. War immer am ersten Dienstag im Monat. Aber du warst nicht da. Ein paar Frauen kamen rein mit Fischgerichten von der Salem Baptist Church, und die blinden Zwillinge haben im Laden Gitarre gespielt, und es ist genau so, wie du gesagt hast – nur einer von ihnen ist blind; der andre macht einfach das Programm mit. Wahrscheinlich nicht mal Brüder, geschweige denn Zwillinge. Hat bestimmt ihre Mama ausgeheckt, damit ein paar Münzen mehr reinkommen. Sie haben was Schlüpfriges gespielt, nicht Gospel wie sonst, und die Frauen, die die Fischgerichte verkauft haben, haben die Stirn gerunzelt und schlecht über ihre Mutter geredet, aber zu den Zwillingen selbst haben sie kein Wort gesagt, und ich hab gemerkt, daß ihnen das Zuhören Spaß gemacht hat, weil eine von den Lautesten kaum Luft durch die Zähne hat saugen können, so fest hat sie mit dem Fuß den Takt mitgeklopft. Mich haben sie glatt übersehen. Hat eine Weile gebraucht, bis sie mir gesagt haben, daß du für den Tag nicht ins Buch eingetragen warst. Minnie hat gesagt, du hättest am Samstag nachentkrausen lassen und daß sie Nachentkrausen für gar nicht gut hält, nicht nur weil das Ganze nur fünfzig Cent statt eineinviertel Dollar kostet, sondern weil es dem Haar nicht guttut, Hitze auf Schmutz, sagte sie, das würde dem Haar mehr schaden als alles, was sie sonst kennt. Außer natürlich überhaupt keine Hitze. Wofür hast du dir das Haar nachentkrausen lassen? Das hab ich mir zuerst überlegt. Letzten Samstag? Du hast mir erzählt, du würdest mit dem Chor nach Brooklyn fahren und in der Shiloh Church singen und daß du um neun Uhr morgens weg müßtest und erst abends wiederkämst, und drum. Und daß du beim letztenmal geschwänzt hättest, und deine Tante hat es rausgekriegt, und deshalb müßtest du diesmal hin, und drum. Also hab ich nicht gewartet, bis Violet weg war, um Malvonnes Wohnung aufzuschließen. War ja nicht nötig. Aber wie konntest du dir am Samstag davor das Haar nachentkrausen lassen und dann um neun Uhr früh am Bahnhof sein, wo Minnie doch samstags nie vor Mittag aufmacht, weil sie ja bis Mitternacht geöffnet hat, um alle für den Sonntag feinzumachen. Und nur dann hättest du den üblichen Termin am Dienstag nicht gebraucht, oder? Ich hab die bösen Gedanken verscheucht, weil ich nicht sicher sagen konnte, ob nicht die schlüpfrige Musik, die die Zwillinge spielten, der Grund war. Die kann so was mit einem machen, diese bestimmte Art, Gitarre zu spielen. Nicht wie die Klarinetten, aber fast so. Wenn das Lied von einer Klarinette gekommen wär, hätt ich es gleich gewußt. Aber die Gitarren – die haben mich irregemacht, haben mich an mir zweifeln lassen, und da hab ich die Fährte verloren. Bin heimgegangen und hab sie erst am nächsten Tag wiederaufgenommen, als Malvonne mich angeschaut und sich die Hand vor den Mund gehalten hat. Die Augen hat sie aber nicht zuhalten können; da ist das Lachen herausgeflogen gekommen.

Ich weiß, daß du das nicht so gemeint hast, was du zu mir gesagt hast. Nachdem ich dich gefunden und dazu gebracht hatte, noch ein letztes Mal mit in unser Zimmer zu kommen. Was du da gesagt hast, ich weiß, das hast du nicht so gemeint. Weh getan hat es trotzdem, und am nächsten Tag bin ich frierend auf der Eingangstreppe gestanden und hab mich halb krank gegrämt deswegen. War keiner zu sehen außer Malvonne, die Asche auf vereiste Stellen streute. Drüben auf der andern Straßenseite, an das Eisengeländer gelehnt, hab ich drei von den Charmeuren gesehen. Unter Null, noch nicht mal zehn Uhr morgens, und die glänzten schon wie Lack. Glatt. Konnten nicht älter als zwanzig, einundzwanzig sein. Jung. Das hier ist die Stadt für euch. Einer hatte Gamaschen an und einer ein Taschentuch in der Tasche stecken, von der gleichen Farbe wie sein Schlips. Hatte sich den Mantel um die Schultern gelegt. Die sind einfach nur so dagestanden, haben gelacht und so, und dann haben sie angefangen zu summen, sich zueinander gebeugt, Köpfe zusammen, mit den Fingern geschnippt.

Stadtmänner, weißt schon, was ich meine. Ganz unter sich, die weisen jungen Gockel. Brauchten gar nichts tun – nur auf die Küken warten, die vorbeigingen und sie fanden. Jacken mit Gürteln und Einstecktüchlein von der gleichen Farbe wie der Schlips. Glaubst du wohl, Malvonne hätte sich vor denen auf den Mund geschlagen? Oder sich von diesen Gockeln im voraus die Benutzung ihrer Wohnung am Donnerstag bezahlen lassen? Hätte gar nicht passieren können, weil die Gockel nämlich keine Malvonne brauchen. Die Küken finden die Gockel und auch die Wohnung, und wenn's da Fährten zu verfolgen gibt, dann tun sie's. Die gucken; die schätzen ab. Gockel warten, weil sie nämlich erwartet werden. Die brauchen keiner hinterherschnüffeln, in einem Friseurladen unschuldig gucken, wenn sie nach einem Mädel fragen vor lauter Frauen, die es kaum abwarten können, bis ich wieder geh, damit sie weiter zu der schlüpfrigen Musik den Takt klopfen können und drüber reden, was zum Teufel ich von einem Mädel will, das noch nicht aus der High-School ist, und ob ich nicht mit der verrückten alten Violet verheiratet wär. Bloß alte Gockel wie ich, die müssen von den Stufen aufstehen, müssen Malvonne mitten im Satz unterbrechen und versuchen, den Weg nach Inwood langsam zu gehen, nicht dahin zu rennen, wo wir das erste Mal gesessen sind und du die Beine übergeschlagen hast, damit ich die grünen Schuhe seh, die du in einer Papiertüte aus dem Haus getragen hast, damit die Tante nicht erfährt, daß du in denen die Lenox runter und die Eighth rauftänzelst statt in den Schnürschuhen, in denen du aus dem Haus bist. Während du mit dem Fuß gewippt und die Knöchel gedreht hast, daß man die Absätze bewundern kann, hab ich deine Knie angeschaut, aber nicht angefaßt. Ich hab dir noch mal gesagt, daß du der Grund gewesen bist, aus dem Adam den Apfel mitsamt dem Kernhaus gegessen hat. Und daß er, als er aus dem Garten Eden weg ist, als reicher Mann weg ist. Er hat nicht nur die Eva gehabt, sondern sein Leben lang den Geschmack des allerersten Apfels der Welt auf der Zunge. Der erste, der gewußt hat, wie es war. Abbeißen, runterkauen. Das Knacken hören und sich von der roten Schale das Herz brechen lassen.

Da hast du mich angeschaut, als wenn du mich schon kennst, und ich hab gedacht, das ist das wahre Eden, und ich konnte mir deine Augen gar nicht zu Gemüte führen, weil ich die Hufabdrücke auf deinen Wangen so sehr mochte.

Ich bin also noch mal da hochgegangen, an denselben Fleck. Alter Schnee hat den Himmel weich und die Baumrinde schwarz gemacht. Hundespuren und auch welche von Hasen, säuberlich wie das Muster auf einem Sonntagsschlips über den Schnee verteilt. Einer von den Hunden hat bestimmt achtzig Pfund gewogen; die andern waren kleiner, einer hat gehinkt. Meine Fußspuren haben alles kaputtgemacht. Und als ich zurückgeschaut hab, dahin, wo ich hergekommen war, mich dastehen sah in Straßenschuhen und ohne Galoschen, naß bis an die Knöchel, da hab ich es gewußt. Ich hab die Kälte gar nicht gespürt, weil ich daran hab denken müssen, wie es zu unserer Zeit war. Der warme Oktober, weißt du noch? Das Johanniskraut war noch schwer von Blüten. Fliederbüsche, Kiefern. Der Tulpenbaum, wo die Indianer sich versammelt haben, hat ausgesehen wie ein König. Das erste Mal, als wir uns dort getroffen haben, war ich vor dir da. Zwei Weißenmänner sind auf einem Stein gesessen. Ich hab mich direkt neben sie auf den Boden gesetzt, bis sie empört aufgestanden und weg sind. Man hat arbeiten müssen oder jedenfalls so aussehen, wenn man sich irgendwo dort aufhalten wollte. Drum hab ich meinen Musterkoffer mitgebracht. Damit ich aussehe, als wenn ich was Wichtiges abliefere. Ja, verboten war das schon, aber damals hat keiner uns zur Rede gestellt. Und es hat der Sache noch zusätzlichen Reiz gegeben, dort zu sein, eine Gefahr, die mehr war, als daß du und ich zusammen waren. Ich hab unsere

Anfangsbuchstaben in den Stein geritzt, von dem die beiden Männer aufgestanden waren. D. und J. Später, als wir dann einen Ort und eine Regelmäßigkeit hatten, da hab ich dir Geschenke mitgebracht und mir jedesmal den Kopf zerbrochen, was mitbringen, damit du lächelst und das nächste Mal wiederkommst. Wie viele Grammophonplatten? Wie viele Paar Seidenstrümpfe? Das kleine Werkzeug, um die Laufmaschen aufzunehmen, weißt du noch? Die lila Blechdose mit Blumen obendrauf, voll mit Schrafft-Pralinen. Kölnischwasser in einer blauen Flasche, das nach Hure roch. Einmal Blumen, aber über das Geschenk warst du enttäuscht, drum hab ich dir noch einen Dollar geschenkt, damit du dir davon kaufen kannst, was du willst. Lohn für einen ganzen Tag Arbeit daheim, als ich jung war. Nur für dich. Alles nur für dich. Um kräftig abzubeißen, den Apfelbutzen aufzukauen und den Geschmack von roter Apfelschale zu haben, ihn den Rest meines Lebens mit mir rumzutragen. Im Zimmer von Malvonnes Neffen mit dem Eiszeichen im Fenster. Dein erstes Mal. Und meins auch, irgendwie. Wofür ich, und ich will es noch mal sagen, stracks aus dem Garten Eden rausmarschieren würde, marsch!, solange du an meiner Hand wärst, Mädel. Dorcas, Mädel, dein erstes Mal und meins. Ich hab dich erwählt. Keiner hat dich mir gegeben. Keiner hat gesagt, die ist für dich. Ich hab dich ausgesucht. Falsche Zeit, stimmt, und nicht recht meiner Frau gegenüber. Aber das Raussuchen, das Wählen. Glaub nur ja nie, daß ich dir verfallen oder über deine Liebe gestürzt bin. Sie hat mich aufgerichtet. Ich hab dich gesehen und mich entschlossen. Aufgeschlossen. Und ich hab mich entschlossen, dir zu folgen. Das ist was, das kann ich noch von früher. Vielleicht hab ich dir das nie erzählt. Meine Begabung in den Wäldern, die sogar er beachtlich fand, und er war der Beste, den es je gab. Jemals. Die alten Leute damals, die wußten alles. Ich rede hier vom Siebenmalneuwerden, bevor ich dir begegnet bin, aber damals, dort, wenn du farbig warst oder jemand das behauptete, da mußtest du jeden Tag, den die Sonne aufging, und jeden Abend, den sie unterging, neu sein und doch derselbe bleiben. Und das sag ich dir, Baby, in den Tagen damals war das mehr als eine Frage des Gemütszustands.»

KOMMT MIR riskant vor, den Gemütszustand eines Menschen verstehen zu wollen. Scheint aber der Mühe wert, wenn jemand ist wie ich – neugierig, einfallsreich und gut informiert. Joe tut zwar so, als ob er genau weiß, wie die Alten sich über die Runden geholfen haben, aber über True Belle zum Beispiel kann er nicht viel gewußt haben, weil ich nämlich bezweifle, daß Violet ihm je von ihrer Großmutter erzählt hat – und ganz bestimmt nicht von ihrer Mutter. Also wußte er nichts. Und ich auch nicht, obwohl ich mir leicht vorstellen kann, wie es gewesen sein muß.

Ihr Gemütszustand, als sie von Baltimore zurück ins Vesper County zog, muß eine Betrachtung wert gewesen sein. Sie hatte die Kreishauptstadt Wordsworth als Sklavin verlassen und kam 1888 als freie Frau zurück. Ihre Tochter und ihre Enkel wohnten in einem muffigen Kaff namens Rome, zwölf Meilen nördlich der Stadt, aus der sie fortgegangen war. Die Enkel waren zwischen vier und vierzehn, und eine davon, Violet, war zwölf, als True Belle ankam. Das war, nachdem die Männer das Vieh, die Töpfe und den Stuhl, auf dem ihre Tochter Rose saß, weggeholt hatten. Als sie eintraf, war, abgesehen von ein paar geborgten Pritschen und den Kleidern, die sie auf dem Leib trugen, nur noch das von Roses Mann unterschriebene Schriftstück übrig, auf dem stand, daß die Männer das durften – daß sie das Recht dazu hatten und wohl sogar die Pflicht, wenn der Regen nicht regnen wollte oder statt dessen Steine aus Eis vom Himmel fielen und das Korn bis auf den Halm abschlugen. Auf dem Papier stand nichts davon, daß der Mann einer Partei beigetreten war, die für das Wahlrecht von Niggern eintrat. Von Haus und Land vertrieben, wohnte die traurige kleine Familie, die True Belle vorfand, versteckt in einer verlassenen, von Nachbarn ausfindig gemachten Hütte und aß, was diese Nachbarn abgeben und die Mädchen anderweitig ergattern konnten. Viel Okra und getrocknete Bohnen und, da September war, Beeren jeder Art. Zweimal hatte ihnen der Pfarrerssohn ein junges Eichhörnchen als Festschmaus gebracht. Rose erzählte den Leuten, ihr Mann, von der Nutzlosigkeit seines Rückens und seiner Hände überfordert und erledigt, der gebratenen grünen Tomaten mit Grütze überdrüssig, unglaublich hungrig auf den Geschmack von richtigem Fleisch und nicht nur dem von Haut, wütend über den Kaffeepreis und die Form der Beine seiner Ältesten, sei vor kurzem weggegangen. Sei einfach auf und davon. Woandershin, wo er sitzen und darüber nachdenken oder sitzen und nicht darüber nachdenken konnte. Es war besser, sich eine Geschichte auszudenken, als preiszugeben, was sie wußte. Vielleicht würden sie sonst das nächste Mal sie holen kommen und nicht nur ihre Töpfe, ihre Pfannen und ihr Haus. Glücklicherweise war True Belle todkrank und willens, im Vesper County zu sterben, nachdem sie ihre ganze Gesundheit Miss Vera Louise in Baltimore geopfert hatte.

True Belles Sterben dauerte elf Jahre, lang genug, um Rose zu retten, zu begraben und den Mann viermal zurückkommen zu sehen, lang genug, um sechs Patchworkdecken und dreizehn Kleider zu nähen und Violet den Kopf mit Geschichten über ihre Weißendame zu füllen und über das Licht in ihrer beider Leben – einen wunderschönen jungen Mann, der aus offensichtlichen Gründen Golden Gray hieß. Gray, weil das Vera Louises Nachname war (viel, viel später wurde es auch seine Augenfarbe – Grau), und Golden, weil sein Körper, nachdem die rosa Geburtshaut zusammen mit dem Flaum auf seinem Kopf verschwunden war, strahlend golden aussah und weiche flachsblonde Locken seinen Kopf und seine Ohrläppchen bedeckten. Das Haar war lange nicht so blond wie einst das von Vera Louise, aber seine Sonnenlichtfarbe, seine entschiedene Lockigkeit brachten ihm ihre Zuneigung ein. Nicht sofort. Es dauerte eine Weile. True Belle dagegen lachte laut heraus, als sie ihn zum erstenmal erblickte, und danach jeden Tag achtzehn Jahre lang.

Als die drei in einem prächtigen Sandsteinhaus in der Edison Street in Baltimore wohnten, weit fort vom Vesper County, wo sowohl Vera Louise als auch True Belle geboren waren, da traf zum Teil zu, was die Weißendame ihren Nachbarn und Freunden erzählte: daß sie das Engstirnige, Kleingeistige ihres Heimatcountys nicht hatte ertragen können. Und daß sie mit ihrer Dienerin und einem Waisenkind, an dem sie Gefallen fand, nach Baltimore gekommen war, um eine weltläufigere Lebensart kennenzulernen.

Es war das Verhalten einer Renegatin, fast einer Suffragette, und die Nachbarn und möglichen Freundinnen umgaben Vera Louise mit der höflichsten Distanz, die ihnen zu Gebote stand. Wenn sie glaubten, das würde sie dazu zwingen, ihr Verhalten zu ändern und einzusehen, daß sie nach einem Ehemann Ausschau halten müsse, dann hatten sie sich getäuscht. Die reiche und eigenwillige Zugezogene gab sich lieber mit einem Luxusleben und noch weniger Geselligkeit zufrieden. Überdies schien sie vollständig vom Bücherlesen, Pamphleteschreiben und von der hingebungsvollen Liebe zu dem Waisenknaben in Anspruch genommen.

Von Beginn an war er wie eine Lampe in dem stillen, abgedunkelten Haus. Jeden Morgen aufs neue von seinem Anblick überrascht, wetteiferten beide um das Licht, das er auf sie warf. Vera Louise verwöhnte ihn aufs betulichste, und True Belle ließ ihm jegliche Nachsicht zuteil werden. Sie fütterte ihn lachend, lachend mit Probeküchlein und pulte jeden einzelnen Kern aus der Melone, bevor sie ihn davon essen ließ. Vera Louise kleidete ihn wie den Prinzen von Wales und las ihm aufregende Geschichten vor.

True Belle mußte natürlich von Anfang an alles gewußt haben, weil man zum einen in Wordsworth nicht viel geheimhalten konnte und zum anderen in den Herrenhäusern der dortigen Grundbesitzer schon gar nichts verborgen blieb. Gewiß kam keiner umhin zu vermerken, wie viele Male in der Woche ein Negerknabe aus der Gegend von Vienna gerufen wurde, um mit Miss Vera auszureiten, und in welchen Teil des Waldes sie am liebsten ritt. True Belle wußte, was alle Sklaven wußten, und noch mehr, weil nämlich ihre einzige Aufgabe darin bestand, sich dem zu widmen, was Miss Vera Louise wünschte oder brauchte, eingeschlossen das Waschen ihrer Wäsche, wovon ein Teil einmal im Monat über Nacht in Essig eingeweicht werden mußte. Und als das dann nicht erforderlich war, als die persönliche Wäsche zusammen mit der anderen gewaschen werden konnte, wußte True Belle warum, und Vera Louise wußte, daß sie es wußte. Es war nie erforderlich, darüber zu sprechen. Die einzigen, die nichts wußten, waren die Väter. Der werdende Vater – der schwarze Knabe – erfuhr es nie, soweit True Belle informiert war, weil Vera Louise seinen Namen nie wieder erwähnte und nie mehr mit ihm zusammenkam. Der langjährige Vater, Colonel Wordsworth Gray, wußte gar nichts. Überhaupt nichts.

Seine Frau mußte es ihm wohl schließlich gesagt haben. Obwohl sie nie mit ihrer Tochter ein Wort darüber wechselte und, nachdem sie es erfahren hatte, gar nicht mehr mit ihr sprach, muß sie es dem Colonel doch wohl mitgeteilt haben, und als er es dann endlich erfuhr, stand er auf und setzte sich wieder und stand erneut auf. Seine linke Hand tastete in der Luft herum, als suchte sie etwas: einen Schluck Whiskey, seine Pfeife, eine Peitsche, ein Gewehr, das Programm der Demokratischen Partei, sein Herz – Vera Louise erfuhr nie, was. Ein paar Sekunden lang sah er zutiefst verletzt aus. Dann strömte seine Wut in den Raum, ließ das Kristall beschlagen und weichte das gestärkte Tischtuch auf. Die Vorstellung des Schrecklichen, das seiner Tochter geschehen war, brachte ihn ins Schwitzen, denn auf seinem Land gab es sieben Mulattenkinder. Schweiß troff von seinen Schläfen und sammelte sich unter seinem Kinn, durchweichte seine Achseln und seinen Hemdrücken, während seine Wut wie eine Flut im Raum anschwoll. Der Efeu auf dem Tisch hatte sich aufgerichtet, und das Silber war glitschig geworden, als er sich schließlich die Stirn abwischte und dazu aufraffte, etwas Angemessenes zu tun, nämlich Vera Louise gegen den Serviertisch zu prügeln.

Ihrer Mutter dagegen versetzte das den endgültigen Schlag: ihre Augenbrauen blieben vollkommen ruhig, aber der Blick, den sie Vera Louise zuwarf, als das Mädchen sich vom Boden aufrappelte, war so ekelerfüllt, daß die Tochter den sauren Speichel, der sich unter der Zunge ihrer Mutter sammelte und ihre Backentaschen füllte, regelrecht schmecken konnte. Lediglich ihre Manieren, ihre ausgezeichneten Manieren, verboten ihr auszuspucken. Kein Wort wechselten sie mehr, weder jetzt noch nachher. Und das Wäschekästchen voller Geld, das am folgenden Mittwoch auf Veras Kopfkissen lag, wog, so großzügig es war, schwer von Verachtung. Es enthielt mehr Geld, als irgendwer auf der Welt für runde sieben Monate fort von zu Hause brauchte. Soviel Geld, daß die Botschaft unstrittig war: stirb oder leb, wenn du willst, woanders.

True Belle war diejenige, die sie mitnehmen wollte und mitnahm. Ich weiß nicht, wie schwer es für eine Sklavin war, von einem Mann fortzugehen, den viel zu sehen Arbeit und Entfernung sie ohnehin hinderten, und zwei Töchter unter der Aufsicht einer alten Tante zurückzulassen. Rose Dear und May waren damals acht und zehn Jahre alt. Gute Hilfen in diesem zarten Alter für den, der sie besaß, aber keinerlei Hilfe für eine Mutter, die meilenweit von ihrem Ehemann entfernt in Wordsworth im Haus eines reichen Mannes wohnte und Tag und Nacht für seine Tochter sorgte. Aber vielleicht war es gar nicht so schlimm, eine ältere Schwester zu bitten, sich um den Mann und die Mädchen zu kümmern, weil sie eine Weile lang mit Miss Vera Louise nach Baltimore ging. True Belle war siebenundzwanzig, und wie sollte sie sonst je eine so große Stadt zu sehen bekommen?

Und noch wichtiger: Miss Vera Louise würde ihr vielleicht helfen, die ganze Familie mit Papiergeld freizukaufen, denn sie hatte wahrhaftig eine Menge davon bekommen. Aber andererseits, vielleicht auch nicht. Vielleicht zog True Belle die Stirn kraus, als sie im Gepäckwagen saß und mit den Schachteln und Koffern dahinschaukelte, ohne das Land sehen zu können, durch das sie reiste. Vielleicht hatte sie ein schlechtes Gewissen. Ihr blieb ohnehin keine Wahl, und drum ging sie eben und ließ Mann, Schwester, Rose Dear und May zurück, und wenn sie sich Sorgen machte, half das blonde Baby, sie wieder zu beruhigen, und es hielt sie achtzehn Jahre lang bei Laune, bis der Junge von zu Hause wegging.

Im Jahre 1888, mit zweiundzwanzig Jahren des Lohns, den Miss Vera ihr, sobald der Krieg vorbei war, zu zahlen begonnen hatte (aber in Verwahrung behielt, damit ihr Dienstmädchen nicht auf dumme Gedanken kam), überzeugte True Belle sich und ihre Herrin davon, daß sie todkrank sei, bekam das Geld – zehn Silberdollar – ausgehändigt und konnte so Rose Dears Bitten nachkommen, indem sie mit Geschichten aus Baltimore für Enkelkinder, die sie noch nie gesehen hatte, ins Vesper County zurückkehrte. Sie mietete ein kleines Haus, kaufte einen Kochherd dafür und entzückte die Mädchen mit Beschreibungen des Lebens mit dem herrlichen Golden Gray. Wie sie ihn dreimal täglich gebadet hatten, und von dem G, das mit blauem Faden in seine Unterwäsche gestickt war. Von der Form der Badewanne, und was sie ins Wasser getan hatten, damit er manchmal nach Jelängerjelieber duftete und manchmal nach Lavendel. Wie gescheit er war, und was für ein vollkommener kleiner Herr. Die erheiternden Erwachsenensprüche, die er als Kind von sich gab, und den ritterlichen Mut, den er bewies, als er ein junger Mann war und auszog, seinen Vater zu suchen und, falls ihm das Glück hold war, zu töten.

True Belle hatte ihn, nachdem er fortgeritten war, nie wiedergesehen und wußte nicht, ob Vera Louise besser dran war. Die Erinnerungen an den Knaben waren ihr mehr als genug.

Ich habe viel über ihn nachgedacht und mich gefragt, ob True Belles und auch Violets Liebe wirklich ihm galt. Oder vielleicht viel eher dem eitlen und gezierten Getue um seinen Mantel und die Elfenbeinknöpfe an seiner Weste? Die von so weit her kamen und nicht nur seinen Vater, sondern seine ganze Rasse beleidigten.

Schönes Haar kann gar nicht lang genug sein, hatte Vera Louise einmal zu ihm gesagt, und da sie dergleichen zu wissen schien, glaubte er ihr. Fast alles andere, was sie sagte, war falsch, aber diese winzig kleine Auskunft behandelte er als eherne Wahrheit. Drum fielen die flachsblonden Locken über seinen Mantelkragen wie bei einem Bauern, obwohl der Bescheid von der Richtigkeit ihrer Länge im anspruchsvollen Baltimore von der Frau stammte, die ihn praktisch über alles belog, einschließlich der Frage, ob sie nun seine Besitzerin, seine Mutter oder eine freundliche Nachbarin war. Das andere, worüber sie ihn nicht belog (obwohl sie achtzehn Jahre dazu brauchte), war die Tatsache, daß sein Vater ein schwarzhäutiger Nigger war.

Ich sehe ihn vor mir in einem leichten zweisitzigen Phaeton. Sein Pferd ist prachtvoll – schwarz. Hinten auf den Wagen geschnallt ist sein Koffer: groß und vollgepackt mit hübschen Hemden, Leinen und gestickter Bettwäsche; einem Zigarrenetui und silbernen Toilettenartikeln. Ein langer Mantel, vanillefarben mit dunkelbraunen Aufschlägen und Kragen, liegt sorgfältig zusammengelegt neben ihm. Er ist weit fort von zu Hause, und es beginnt heftig zu regnen, aber da August ist, friert er nicht.

Das linke Rad streift einen Stein, und er hört einen Schlag, oder glaubt ihn zu hören, was bedeuten könnte, daß sein Koffer verrutscht ist. Er zügelt das Pferd und klettert hinunter, um zu sehen, ob seine Sachen Schaden genommen haben. Er stellt fest, daß der Koffer lose ist – das Seil ist herabgerutscht, und er hängt schräg. Er bindet alles los und sichert das Seil dann fester.

Zufrieden mit seinen Bemühungen, aber verärgert über den dichten Regen, weil der seine Kleidung verdirbt und sein Vorankommen beeinträchtigt, schaut er sich um. Zwischen den Bäumen zu seiner Linken sieht er eine tiefschwarze nackte Frau. Sie ist schlammverschmiert, und in ihrem Haar hängen Blätter. Ihre Augen sind groß und erschrocken. Sobald sie ihn sieht, fährt sie hoch und dann herum, um wegzulaufen, aber weil sie sich umdreht, bevor sie hinschaut, schlägt sie mit dem Kopf gegen den Baum, an den sie gelehnt stand. Ihr Entsetzen war so groß, daß ihr Körper floh, bevor ihre Augen bereit waren, den Fluchtweg zu finden. Der Schlag raubt ihr das Bewußtsein und wirft sie zu Boden.

Er schaut zu ihr hinüber und macht sich, den Rand seines Huts festhaltend, rasch daran, wieder in den Wagen einzusteigen. Er will nichts zu tun haben mit dem, was er gesehen hat –

er ist sich sogar sicher, daß das, wovor er da davonläuft, keine richtige Frau, sondern eine «Vision» ist. Als er die Zügel wieder aufnimmt, drängt sich ihm unweigerlich der Gedanke auf, daß auch seine Stute schwarz ist, nackt und naßglänzend, und gegenüber dem Pferd empfindet er Schutzbedürfnis und Zuneigung. Ihm geht auf, daß daran etwas Merkwürdiges ist: der Stolz, mit dem ihn sein Pferd erfüllt; die Übelkeit, die die Frau in ihm ausgelöst hat. Er ist ein bißchen beschämt und beschließt, sich zu vergewissern, daß es keine Vision war, daß da keine nackte schwarze Frau im Unkraut liegt.

Er bindet sein Pferd an einen jungen Baum und schlappt im dichten Regen dorthin zurück, wo die Frau hingefallen ist. Sie liegt noch dort. Mund und Beine weit offen. An ihrem Kopf wächst eine Beule. Ihr Bauch ist dick und stramm. Er beugt sich hinunter, hält gegen Ansteckung oder Gestank oder sonstwas den Atem an. Gegen etwas, das ihn berühren oder durchbohren könnte. Sie sieht wie tot aus oder tief bewußtlos. Und sie ist jung. Er kann nichts für sie tun, und das erleichtert ihn. Dann bemerkt er eine kräuselnde Bewegung auf ihrem Bauch. Etwas darin bewegt sich.

Er stellt sich nicht vor, daß er sie berühren könnte; das Bild in seiner Vorstellung zeigt vielmehr, wie er ein zweites Mal von ihr weggeht, in seinen Wagen steigt und sie zum zweitenmal verläßt. Ihm wird unbehaglich bei diesem Bild von sich, und er möchte in Zukunft keine Zeit damit verbringen müssen, sich daran zu erinnern. Außerdem ermutigt ihn etwas an dem Umstand, wo er herkommt und warum, und wo er hingeht und warum, zu einer beharrlichen, entschiedenen Verwegenheit. Die Szene wird zu einer Anekdote, zu einer Tat, die Vera Louise aus der Fassung bringen und seinen Vatermord rechtfertigen wird. Vielleicht.

Er faltet seinen langen Mantel auseinander, der auf dem Sitz neben ihm gelegen hat, und wirft ihn über die Frau. Dann hebt er sie hoch und trägt sie stolpernd – denn sie ist schwerer, als er angenommen hat – zum Wagen. Unter großen Schwierigkeiten setzt er sie hinein. Ihr Kopf neigt sich von ihm weg, und ihre Füße berühren einen seiner feinen, aber schmutzigen Stiefel. Er hofft, daß sie ihre Haltung beibehält, aber gegen ihre schmutzigen nackten Füße an seinem Stiefel kann er nichts tun, denn wenn er sie noch einmal verrückt, dann kippt sie vielleicht auf seine statt auf ihre Seite des Wagens. Als er das Pferd antreibt, tut er es sanft, aus Angst, die Furchen und die schlammige Straße könnten bewirken, daß sie nach vorn fällt oder ihn irgendwie streift.

Er ist auf dem Weg zu einem Haus, das ein wenig außerhalb eines Städtchens namens Vienna liegt. Es ist das Haus, in dem sein Vater wohnt. Und jetzt stellt er es sich reizvoll, ja komisch vor, diesem Nigger, den er noch nie gesehen hat (und der nie versucht hat, ihn zu sehen), mit einem Armvoll schwarzer, saftig praller Weiblichkeit gegenüberzutreten. Vorausgesetzt natürlich, daß sie nicht aufwacht und das Gekräusel auf ihrem Bauch leicht bleibt. Das macht ihm Sorgen – daß sie wieder zu Bewußtsein kommen und mehr werden könnte als seinen eigenen dunklen Zwecken dienlich.

Er hat sie schon einige Zeit nicht angesehen. Jetzt tut er es und bemerkt, daß Blut über ihren Unterkiefer auf den Hals sickert. Die Beule, die sich gebildet hat, als sie gegen den Baum rannte, ist nicht die Ursache ihrer Ohnmacht; sie muß beim Fallen mit dem Kopf auf einen Stein oder etwas Ähnliches geschlagen sein. Aber sie atmet noch. Jetzt hofft er, daß sie nicht stirbt – noch nicht, nicht bevor er das Haus erreicht, das ihm von True Belle beschrieben und in klaren, kindlichen Bildern aufgezeichnet worden ist.

Der Regen scheint ihm zu folgen; immer, wenn er glaubt, daß er gleich aufhört, wird er ein paar Meter weiter wieder dichter. Er ist schon mindestens sechs Stunden unterwegs, und der Gastwirt hat ihm versichert, daß er das Reiseziel vor Einbruch der Dunkelheit erreichen wird. Jetzt ist er sich da nicht mehr so sicher. Er möchte nicht, daß ihn mit dieser Mitreisenden die Nacht überrascht. Er wird ruhiger, als sich das Tal vor ihm auftut, durch das er etwa eine Stunde lang fahren muß, bis er zu dem Haus eine oder zwei Meilen diesseits von Vienna gelangt. Ganz plötzlich hört der Regen auf. Es ist eine sehr lange Stunde, erfüllt von Erinnerungen an Luxus und Schmerz. Als er das Haus erreicht, fährt er in den Hof und findet hinten einen Schuppen mit zwei Boxen. Er führt seine Stute in die eine und reibt sie sorgfältig trocken. Dann wirft er ihr eine Decke über und sieht sich nach Wasser und Futter um. Er nimmt sich viel Zeit dafür. Es ist ihm wichtig, und er ist sich nicht sicher, ob jemand im Haus ihn dabei beobachtet. Er hofft es sogar; er hofft, daß der Nigger ihn mit offenem Mund durch einen Spalt in den Brettern, die als Wand dienen, beobachtet.

Aber keiner kommt heraus, um ihn anzusprechen, also ist vielleicht keiner da. Nachdem das Pferd versorgt ist (und er bemerkt hat, daß ein Huf neu beschlagen werden muß), kehrt er zum Wagen zurück, um seinen Koffer zu holen. Er bindet ihn los und wuchtet ihn auf die Schulter. Seine Weste und sein Seidenhemd werden noch schmutziger, als er den Koffer ins Haus trägt. Auf der engen Eingangsveranda macht er keinen Versuch anzuklopfen, und die Tür ist geschlossen, aber nicht verriegelt. Er tritt ein und schaut sich nach einem passenden Platz für seinen Koffer um. Er stellt ihn auf dem Lehmboden ab und untersucht das Haus. Es hat zwei Zimmer: ein Bett in beiden, Tisch, Stuhl, Kamin, Herd im einen. Bescheiden, bewohnt, männlich, aber sonst kein Hinweis auf die Persönlichkeit seines Besitzers. Der Herd ist kalt, im Kamin liegt ein Häuflein Asche, aber keine Glut mehr. Der Bewohner ist vielleicht einen Tag fort, vielleicht auch länger.

Nachdem er seinen Koffer verstaut hat, geht er zurück zum

Wagen, um die Frau zu holen. Das Abbinden des Koffers hat die Gewichtsverhältnisse verändert, und der Wagen steht jetzt ein wenig schräg. Er greift durch die Tür nach drinnen und hievt sie heraus. Ihre Haut ist fast zu heiß zum Anfassen. Der lange Mantel schleift durch den Schlamm, als er sie ins Haus trägt. Er legt sie auf ein Bett und verflucht sich dann dafür, daß er nicht zuerst die Bettdecke aufgedeckt hat. Nun liegt sie obendrauf, und außer dem Mantel scheint es nichts zum Zudecken zu geben. Damit ist er vielleicht endgültig verdorben. Golden Gray geht in das zweite Zimmer und findet beim Durchsuchen einer Holzkiste ein Frauenkleid. Mit spitzen Fingern nimmt er seinen Mantel weg und deckt die Frau mit dem merkwürdig riechenden Kleid zu. Jetzt öffnet er seinen Koffer und sucht sich ein weißes Baumwollhemd und eine Flanellweste heraus. Er hängt das frische Hemd über den einzigen Stuhl, um nicht zu riskieren, daß es an einem in die Wand geschlagenen Nagel zerreißt. Sorgfältig untersucht er die trockenen Sachen. Dann widmet er sich dem Versuch, Feuer zu machen. Holz ist in der Holzkiste und im Kamin, und in der dunkelsten Ecke des Zimmers eine Kanne Kerosin, das er auf das Holz träufelt. Aber keine Streichhölzer. Lange sucht er nach Streichhölzern und findet schließlich welche in einer Dose, in ein Stückchen Drillich eingewickelt. Fünf Streichhölzer, um genau zu sein. Das Kerosin auf dem Holz ist schon verdunstet, als er die Streichhölzer gefunden hat. Er ist nicht geschickt in solchen Dingen. In seinem Leben haben immer andere die Feuer angezündet. Aber er gibt nicht auf und hat endlich eine schöne zischende Flamme. Jetzt kann er sich setzen, eine Zigarre rauchen und sich auf die Rückkehr des Mannes vorbereiten, der hier lebt. Ein Mann, der, wie er annimmt, Henry LesTroy heißt, obwohl er nach der Art, wie True Belle es ausgesprochen hat, auch anders heißen könnte. Ein Mann ohne Bedeutung, außer daß er einen gewissen Ruf als Spurensucher hat, beruhend auf ein oder zwei Ereignissen, die sein Expertentum im Lesen von Fährten signalisiert haben. Vor langer Zeit, True Belle zufolge, die ihm alle Einzelheiten erzählte – weil Vera Louise sich jedesmal ins Schlafzimmer einschloß oder den Kopf abwandte, wenn er versuchte, ihr Auskünfte zu entlocken. Henry Lestory oder LesTroy oder so ähnlich, aber wen kümmert es schon, wie der Nigger heißt. Außer die Frau, die bereute, ihn je kennengelernt zu haben, und lieber ihre Tür zuschloß, als das laut zu sagen. Und die auch das Baby bereut hätte, das er ihr gemacht hat, und es weggegeben, nur daß es golden war und sie diese Farbe noch nirgends gesehen hatte, außer am Morgenhimmel und in Champagnerflaschen. True Belle erzählte ihm, Vera Louise hätte gelächelt und gesagt: «Aber er ist ja golden. Ganz und gar golden!» Also nannten sie ihn auch so und brachten ihn nicht zum Katholischen Findlingsheim, vor dem Weißenmädchen ihre Demütigungen ablegten.

Das alles weiß er seit sieben Tagen, jetzt acht. Und kennt den Namen seines Vaters und den Standort des Hauses, in dem er einmal gewohnt hat, seit zwei. Alles Auskünfte von der Frau, die für Vera Louise kochte und putzte; die jede Woche Körbe voller eingemachter Pflaumen, Schinken und Brotlaibe schickte, solange er im Internat war; die seine verschlissenen Hemden lieber dem Lumpensammler gab, als sie ihn weiter anziehen zu lassen; die Frau, die jedesmal lächelte und den Kopf schüttelte, wenn sie ihn ansah. Schon als er noch ein winziges Kerlchen mit einem Kopf voller champagnerfarbener Locken war und die Kuchenstückchen aß, die sie ihm hinhielt, war ihr Lächeln eher amüsiert als erfreut gewesen. Wenn die beiden, die Weißenfrau und die Köchin, ihn badeten, warfen sie manchmal ängstliche Blicke auf seine Handflächen, die Beschaffenheit seines trocknenden Haars. Vielmehr, Vera Louise war ängstlich; True Belle lächelte nur, und jetzt wußte er, worüber sie lächelte, über den Nigger. Aber er auch. Er hatte immer gedacht, es gäbe nur eine Sorte – True Belles Sorte. Schwarz und sonst nichts. Wie Henry LesTroy. Wie die schmutzige Frau, die auf dem Bett schnarchte. Aber es gab noch eine andere Art – solche wie ihn.

Der Regen hat offenbar endgültig aufgehört. Er schaut sich nach etwas Eßbarem um, das man nicht kochen muß – etwas Fertigem. Er hat nichts als eine Flasche Schnaps gefunden. Er fährt fort, davon zu probieren, und setzt sich wieder vors Feuer.

In der Stille, die der aufhörende Regen hinterlassen hat, hört er Hufschläge. Draußen vor der Tür sieht er einen Reiter seinen Wagen anstarren. Er geht hin. Hallo. Sind Sie vielleicht verwandt mit Lestory? Henry LesTroy oder wie er gleich heißt?

Der Reiter verzieht keine Miene.

«Nein, Sir. Vienna. Direkt aufem Rückweg.»

Er versteht kein Wort. Und nun ist er ohnehin betrunken. Glücklich. Vielleicht kann er jetzt schlafen. Aber das sollte er nicht. Der Hausbesitzer könnte zurückkommen, oder die saftig pralle schwarze Frau könnte aufwachen oder sterben oder gebären oder . . .

Als er den Wagen anhielt und ausstieg, um das Pferd anzubinden und durch den Regen zurückzugehen, mochte der Grund gewesen sein, daß das gräßlich aussehende, im nassen Unkraut liegende Ding all das verkörperte, was er nicht war, und außerdem Beruhigung bot und einen angemessenen Schutz vor dem, wofür er seinen Vater und drum (falls das zusammenfaßbar, benennbar war) auch sich selbst hielt. Oder war die Gestalt, die Vision, als die er sie sah, eine Sache, die ihn schon vor ihrem Sturz berührt hatte? Eine Sache, die er in den abgewandten Blicken der Diener in seiner Internatsschule sah; des Schuhputzers, der für einen Penny steppte. Eine Vision, die in dem Augenblick, als seine Furcht am schärfsten war, auch wie eine Heimat aussah, einladend genug, um darin zu schwelgen? So mochte es sein. Aber wer konnte in solchem Blätterhaar leben? In solch unermeßlicher Haut? Aber er hatte ja schon darin und damit gelebt: True Belle war seine erste und wichtigste Liebe gewesen, und vielleicht war deshalb zwei Galoppschritte an diesem Haar, an dieser Haut vorbei ihre Abwesenheit nicht mehr denkbar gewesen. Und wenn ihn dabei schauderte, daß sie sich womöglich an ihn lehnen, ein wenig nach links rutschen und dort verweilen und an seiner Schulter schlafen könnte, so ist doch auch wahr, daß er diesen Schauder überwand. Schluckte, vielleicht, und schnalzend das Pferd antrieb.

Gern denke ich ihn mir so. Aufrecht im Wagen sitzend. Der Regen strähnt das Haar über seinem Kragen und bildet eine kleine Pfütze im Zwischenraum zwischen seinen Stiefeln. Seine zusammengekniffenen grauen Augen, als er versucht, durch die Wände aus Wasser zu sehen. Wie dann ohne Vorwarnung, als die Straße in ein Tal führt, der Regen aufhört und der weiße Fettfleck einer dort oben am Himmel kochenden Sonne auftaucht. Jetzt kann er außer sich auch anderes hören. Tropfnasse Blätter, die sich voneinander lösen. Das Plopp von Nüssen und das Geflatter von Rebhühnern, die ihre Schnäbel von ihren Herzen heben. Eichhörnchen, die auf Baumspitzen geflitzt sind, sitzen aufrecht dort, um Gefahren einzuschätzen. Das Pferd wirft den Kopf zurück, um eine surrende Wolke von Mücken zu verscheuchen. So aufmerksam lauscht er, daß er den Meilenstein mit dem von oben nach unten eingehauenen VIENNA nicht sieht. Er fährt daran vorbei und sieht dann das Dach einer Hütte, keine fünf Steinwürfe entfernt. Sie könnte jedem gehören, jedem x-beliebigen. Aber vielleicht beherbergt sie samt dem mitleiderregenden Zaun, der einen Lehmhof mit einem umgefallenen Schaukelstuhl ohne Arme darin umschließt, und samt der mit einem Stück Strick als Schloß zugebundenen und trotzdem in den Angeln klaffenden Tür, vielleicht beherbergt sie ja seinen Vater.

Golden Gray zügelt sein Pferd. Das ist etwas, was er gut kann. Das andere ist Klavier spielen. Als er ausgestiegen ist, führt er das Pferd dicht genug heran, um schauen zu können. Irgendwo sind Tiere; er riecht sie, aber das kleine Haus sieht leer, wenn nicht gar verlassen aus. Jedenfalls hat der Besitzer sicher niemals Pferd und Wagen erwartet – das Gartentor ist breit genug für eine füllige Frau, nicht breiter. Er zäumt das Pferd ab und führt es ein Stück nach rechts und entdeckt hinter der Hütte und unter einem Baum, dessen Bezeichnung er nicht kennt, zwei offene Boxen, eine voller Gerümpel. Als er das Pferd hinführt, hört er hinter sich ein Stöhnen von der Frau, bleibt aber nicht stehen, um nachzusehen, ob sie aufwacht oder stirbt oder vom Sitz fällt. Als er dicht bei den Boxen ist, sieht er, daß das Gerümpel aus Wannen, Säcken, Bauholz, Rädern, einem kaputten Pflug, einer Butterpresse und einem Metallkoffer besteht. Auch ein Pfosten ist da, und er bindet das Pferd daran fest. Wasser, denkt er. Wasser für das Pferd. Was er aus der Ferne für eine Pumpe hält, ist der Griff einer Axt, die noch in einem Hackklotz steckt. Aber es hat ja den Wolkenbruch gegeben, und eine ganze Menge Wasser hat sich in einem Waschfaß in der Nähe des Hackklotzes gesammelt. So kann er seinem Pferd zu trinken geben, aber wo sind die anderen Tiere, die er riecht, aber weder sieht noch hört? Das von der Deichsel weggeführte Pferd trinkt gierig, und der Wagen steht da mit der Last seines Koffers und der Frau. Golden Gray untersucht zuerst die Kofferbefestigung, bevor er zu der mit Strick verschlossenen Tür des kleinen Hauses geht.

Und das gibt mir zu denken. Daß er zuerst an seine Kleider denkt und nicht an die Frau. Daß er die Seile überprüft, nicht aber ihren Atem. Es ist schwer für mich, das zu schlucken, aber dann kratzt er sich den Schlamm von seinen Baltimoresohlen, bevor er eine Hütte mit Lehmboden betritt, und da hasse ich ihn nicht mehr so sehr.

Drinnen fällt das Licht langsam ein und liegt, nachdem es sich den Weg durch das vor ein Fenster in der Rückwand genagelte Ölpapier gebahnt hat, müde auf dem Lehmboden, unfähig, höher zu steigen als bis zu Golden Grays Taille. Das Eindrucksvollste in dem Raum ist der Kamin. Sauber, für ein frisches Feuer vorbereitet, umgeben von geschrubbten Steinen mit zwei Metallarmen zum Halten des Kessels. Und der Rest: ein Bett aus Holz, eine rostfarbene Wolldecke, die ordentlich über eine dünne bucklige Matratze gebreitet ist. Nicht mit Maiskolben, ganz bestimmt nicht mit Federn oder Blättern gefüllt. Sondern mit Lumpen. Fetzen todsicher nicht mehr zu gebrauchenden Stoffs, in einen Drillichsack gestopft. Es erinnert Golden Gray an das Kissen, das True Belle für King gemacht hat, damit sie zu ihren Füßen schlafen konnte. Sie trug den Namen eines mächtigen Rüden, war aber eine Katze ohne Persönlichkeit, weshalb True Belle sie mochte und sie gern dicht bei sich hatte. Zwei Betten und ein Stuhl, wie sich herausstellt. Der Mensch, der hier wohnt, sitzt allein zu Tisch, hat aber zwei Betten: eines in einem zweiten Raum, den man durch eine Tür betritt, die stärker und sorgfältiger gemacht ist als die zum Haus selbst. Und in dem Zimmer, dem zweiten, steht eine Kiste, und oben auf dem Inhalt liegt ein zusammengelegtes grünes Frauenkleid. Er schaut, nur ganz beiläufig. Hebt den Deckel und sieht das Kleid und würde tiefer graben, aber das Kleid erinnert ihn an etwas, was ganz vorn in seinem Bewußtsein hätte sein sollen: die Frau, die im anderen Zimmer mit offenem Mund atmet. Glaubt er, daß sie aufwachen und weglaufen wird und ihm die Entscheidung erspart, wenn er sie nicht beachtet? Oder daß sie stirbt, was aufs gleiche hinausläuft.

Er meidet sie, das weiß ich. Nachdem er die große Tat, das

Schwierige vollbracht hat, zurückzugehen und das Mädchen aus dem Unkraut aufzuheben, das an seinen Hosen klebte, nicht hinzuschauen, um möglichst viel von ihrem Geschlecht zu sehen, den Schock zu erfahren, daß das Haar dort, einmal getrocknet, so dick ist, daß man es mit dem Fingernagel spalten kann. Er hat auch versucht, das Haar auf ihrem Kopf nicht anzusehen, und auch ihr Gesicht nicht, das den Grasspreiten zugewandt dalag. Er hatte die Rehaugen bereits gesehen, die sich durch den Regen auf ihn hefteten, während sie zurückwich, sich auf ihn hefteten, während ihr Körper anfing, sich zur Flucht zu wenden. Dumm, daß sie nicht das Gespür eines Rehs hatte und früh genug in die einzuschlagende Richtung schaute, um den riesigen Ahorn rechtzeitig zu sehen. Rechtzeitig. Als er zurückging, um sie zu holen, wußte er nicht, ob sie noch da war – sie hätte ja aufgestanden und fortgelaufen sein können –, aber er glaubte, hoffte, daß die Rehaugen geschlossen wären. Plötzlich war er sich seiner nicht mehr sicher. Sie konnten ja offen sein. Seine Dankbarkeit dafür, daß sie es nicht waren, gab ihm die Kraft, die er brauchte, um sie hochzuheben.

Nachdem er an seinem Koffer herumgenestelt hat, tritt er in den Hof. Das Sonnenlicht verschließt ihm selbst jäh die Augen, und er hält die Hand darüber und linst durch die Finger, bis er sich daran gewöhnt hat. Der Seufzer, den er ausstößt, ist tief, ein hungriges Luftholen nach der Stärke und dem Stehvermögen, die alles Leben, aber besonders seines, erfordert. Siehst du die Felder da drüben, knisternd und im Wind trocknend? Den messerscharfen Flug der Amseln, die aus dem Nichts steigen, drohend, und dann verschwunden sind? Riechst du den Geruch der unsichtbaren Tiere, der in der Hitze noch strenger wird und sich jetzt mit dem von außer Rand und Band geratener Minze und etwas Überreifem, Fruchtigem mischt? Keiner schaut ihm zu, aber er benimmt sich so, als ob jemand schauen würde. So macht man das. Benimm dich immer so, als ob du unaufhörlich vor dem prüfenden Blick eines für Eindrücke empfänglichen, aber flüchtigen Bekannten bestehen müßtest.

Sie ist noch da. Kaum unterscheidbar vom Schatten des Dachs, unter dem sie schläft. Alles an ihr ist gewalttätig oder scheint so, aber das kommt davon, weil sie unter diesem Kleid entblößt ist, und nichts hindert Golden Gray daran, zu glauben, daß eine entblößte Frau in seinen Armen explodieren wird oder, schlimmer, er in ihren. Man sollte sie in den Drillich stecken, zu den Lumpenfetzen, und ihn zunähen, um ihre sichtbaren Schwellungen und biegsamen Glieder zu verstekken. Aber sie ist da, und er schaut in den Schatten, um ihr Gesicht zu finden und auch ihre Rehaugen, wenn er muß. Die Rehaugen sind geschlossen und werden sich Gott sei Dank nicht so leicht öffnen, weil sie mit Blut versiegelt sind. Ein Stück Haut hängt ihr von der Stirn, und das Blut davon ist über ihre Augen, ihre Nase und eine Wange gelaufen, bevor es getrocknet ist. Dunkler als das Blut sind jedoch ihre Lippen, dick genug zum Lachen und um ihm das Herz zu brechen.

Ich weiß, daß er ein Heuchler ist; daß er sich eine Geschichte zurechtlegt, um sie jemand, natürlich seinem Vater, zu erzählen. Wie er dahinfuhr und dieses wilde schwarze Mädchen sah und rettete: ohne Bedenken. Ich hatte keinerlei Bedenken. Schau doch her, wie sie mir den Mantel verdorben und ein Hemd völlig versaut hat, desgleichen du nie wieder sehen wirst. Ich besitze Handschuhe aus der Haut eines jungen Kalbs, aber ich habe sie nicht angezogen, um sie hochzuheben, sie zu tragen. Ich habe sie mit bloßen Händen angefaßt. Aus dem Unkraut zur Kutsche; aus der Kutsche in diese Hütte, die jedem hätte gehören können. Jedem x-beliebigen. Ich habe sie als erstes auf das Holzbett gelegt, weil sie schwerer war, als sie aussah, und in der Eile vergessen, zuerst die Decke zurückzuschlagen, um sie damit zuzudecken. Ich habe an das Blut gedacht, glaube ich, das die Matratze beschmutzen würde. Aber wer weiß, ob sie nicht schon schmutzig war? Ich wollte sie nicht noch einmal hochheben, deshalb bin ich in das andere Zimmer gegangen und habe das Kleid geholt, das ich da fand, und es so gut ich konnte über sie gebreitet. Sie sah nackter aus als vorher, aber ich konnte nichts anderes tun.

Er lügt, der Heuchler. Er hätte seinen dicken fetten Koffer aufmachen können, eines seiner beiden handbestickten Bettlaken oder gar seinen Morgenrock herausholen und das Mädchen zudecken können. Er ist jung. So jung. Er glaubt, daß seine Geschichte großartig ist, und daß sie, falls richtig vorgetragen, seinem Vater beeindrucken wird mit seiner Bereitwilligkeit, seiner Ehrenhaftigkeit. Aber ich weiß es besser. Er will mit seinem Erlebnis prahlen, wie ein fahrender Ritter mit der Furchtlosigkeit prahlt, mit der er die Lanze aus dem Herzen des Ungeheuers zog und wieder Leben in die feurigen Nüstern blies. Nur ist dieses Ungeheuer ohne Schuppen und Flammenhauch hier gefährlicher, denn es ist ein blutgesichtiges Mädchen mit biegsamen Gliedern, leuchtenden Augen und Lippen, die dir das Herz brechen.

Warum wischt er ihr nicht das Gesicht ab, frage ich mich. Vielleicht ist sie so wilder. Ihre Rettung anschaulicher. Sollte sie jetzt aufstehen und ihm das Gesicht zerkratzen, so würde ihn das noch mehr befriedigen und True Belles lehrreiche Geschichte von dem Mann bestätigen, der die Klapperschlange rettete, gesund pflegte und fütterte, nur um dann zu entdekken, daß das letzte, was er auf Erden erfuhr, die Erkenntnis von der unwandelbaren Natur der Klapperschlange war. Aber ach was, er ist jung, jung und schmerzerfüllt, drum vergebe ich ihm seine Selbsttäuschung und seine großspurigen falschen Gesten, und wenn ich ihm da so zuschaue, wie er zu schnell den gefundenen Zuckerrohrschnaps trinkt und sich Sorgen um seinen Mantel macht, statt das Mädchen zu versorgen, dann hasse ich ihn trotzdem nicht. Er hat eine Pistole im Koffer und ein silbernes Zigarrenetui, aber er ist trotzdem noch ein Junge, und er sitzt auf dem einzigen Stuhl am Tisch und überlegt, ob er sich frische Kleider anziehen soll, denn die, die er anhat, noch naß an den Nähten und Manschetten, starren vor Schweiß, Blut und Dreck. Ob er den kaputten Schaukelstuhl aus dem Hof holen soll? Gehen und nach dem Pferd sehen? Darüber denkt er nach, darüber, was er als nächstes tun wird, als er langsame, gedämpfte Hufschläge hört. Nach einem Blick auf das Mädchen, um sicherzugehen, daß das Kleid und das Blut in Ordnung sind, macht er die Tür auf und schaut in den Hof. Parallel zum Zaun schwebt ein seitlich auf einem Maultier sitzender schwarzer Junge auf ihn zu.

Er hätte «Morgen» gesagt, obwohl es nicht Morgen war, aber er dachte, der Mann, der da die Stufen heruntergeschlendert kam, wäre weiß und dürfte nicht ohne Erlaubnis angesprochen werden. Und betrunken, dachte er, denn seine Kleider sahen aus wie die eines Herrn, der nach einem großen Gelage in seinem eigenen Hof schläft anstatt im Bett seiner Frau und davon aufwacht, daß die Hunde kommen und ihm das Gesicht ablekken. Er dachte, dieser Weißenmann, dieser betrunkene Herr, würde Mr. Henry suchen, würde auf ihn warten, weil er die wilden Truthähne brauchte, jetzt, auf der Stelle zum Teufel – oder die Felle oder was immer Mr. Henry ihm versprochen oder verkauft hatte oder schuldete.

«Tag», sagte der betrunkene Herr, und wenn der schwarze Junge einen Augenblick gezweifelt hatte, ob er weiß war, so überzeugte ihn jetzt das Lächeln ohne zu lächeln, das mit dem Gruß kam.

«Sir.»

«Wohnst du in der Gegend?»

«Nein, Sir.»

«Nein? Wo denn?»

«Draußen vor Vienna.»

«Ach ja? Und wo willst du hin?»

Meist war es besser, wenn sie Fragen stellten. Wenn sie was geradeheraus sagten, dann in der Regel etwas, was keiner hören wollte. Der Junge zupfte an dem Sackrupfen. «Nach dem Vieh schauen. Mr. Henry sagt, ich soll mich drum kümmern.»

Siehst du? Das Lächeln war fort. «Henry?» fragte der Mann. Sein Gesicht hatte jetzt eine andere Farbe. Mehr Blut darin. «Hast du gesagt Henry?»

«Ja, Sir.»

«Wo ist er? Ist er in der Nähe?»

«Weiß nicht, Sir. Weggegangen.»

«Wo wohnt er. In welchem Haus?»

Oh, dachte der Junge, er kennt Mr. Henry nicht, aber trotzdem sucht er ihn. «In dem hier.»

«Was?»

«Das Haus hier gehört ihm.»

«Das hier? Das gehört ihm? Hier wohnt er?»

Das Blut wich aus seinem Gesicht und ließ seine Augen besser erkennen. «Ja, Sir, wenn er daheim ist. Jetzt ist er nicht daheim.»

Golden Gray runzelte die Stirn. Er hatte sich gedacht, daß er es gleich wissen würde, ohne daß es ihm einer sagte, und jetzt drehte er sich, erstaunt darüber, daß es tatsächlich so war, um und sah das Haus an. «Sicher? Bist du sicher, daß er hier wohnt? Henry LesTroy?»

«Ja, Sir.»

«Wann kommt er zurück?»

«Kann bald sein.»

Golden Gray strich sich mit dem Daumen über die Unterlippe. Sein Blick wanderte vom Gesicht des Jungen hinaus über die Felder, die immer noch im Wind raschelten. «Was hast du gesagt, wieso du vorbeikommst?»

«Mich um sein Vieh kümmern.»

«Was für Vieh? Hier ist nichts, nur mein Pferd.»

«Hinten draußen.» Er deutete mit den Augen und einer Geste die Richtung an. «Manchmal streunen sie. Mr. Henry hat gesagt, ich soll gehen, sie zurücktreiben, wenn sie ausbrechen.»

Golden Gray hörte den Stolz in der Stimme des Jungen gar nicht – «Mr. Henry hat gesagt, *ich* soll...» –, weil er so erschrak, daß er lachen mußte.

Das war er also. Der Ort, an den er hatte kommen wollen, und bald konnte der schwärzeste Mann der Welt ebenfalls hier sein. «Na gut. Dann mach schon.»

Der Junge trieb mit einem Zischlaut sein Maultier an – offenbar umsonst, weil er es erst mit cremefarbenen Fersen in die Seiten treten mußte, bevor das Tier gehorchte.

«He!» Golden Gray hielt die Hand hoch. «Wenn du fertig bist, komm hierher zurück. Du mußt mir bei etwas helfen. Hörst du?»

«Ja, Sir. Ich komm gleich.»

Golden Gray ging in das zweite Zimmer, um sich umzuziehen – diesmal wählte er etwas Förmliches, Elegantes aus. Es war der richtige Zeitpunkt dafür. Ein ganz feines Hemd auszusuchen; die dunkelblaue, gut sitzende Hose auseinanderzufalten. Der richtige Zeitpunkt, und das einzige Mal, denn solange irgendwer in Vienna ihn erlebte, trug er die Kleider, die er in diesem Augenblick anzog. Als er sie herausgenommen und sorgfältig aufs Bett gelegt hatte – das gelbe Hemd, die Hose mit den beinernen Knöpfen am Schlitz, die butterfarbene Weste –, sah die auf dem Bett liegende Zusammenstellung aus wie ein leerer Mann mit einem untergeschlagenen Arm. Er setzte sich auf die rauhe Matratze in die Nähe der Hosenaufschläge, und als sich auf dem Tuch dunkle Flecken bildeten, merkte er, daß er weinte.

Erst jetzt, dachte er, jetzt, da ich weiß, daß ich einen Vater habe, spüre ich seine Abwesenheit: den Ort, an dem er hätte sein sollen und nicht war. Vorher dachte ich, alle seien einarmig wie ich. Jetzt spüre ich die Amputation. Das Krachen des Knochens, wenn er durchtrennt wird, das durchschnittene Fleisch und die gekappten Blutbahnen, die den Kreislauf lähmen und die Nerven schrecken. Sie hängen herab und krümmen sich. Singender Schmerz. Der mich mit seinem Klang weckt, ein so tiefes Getrommel in meinem Schlaf, daß es mir die Träume abwürgt. Es gibt kein anderes Mittel dagegen, als von dort wegzugehen, wo er nicht ist, dorthin, wo er einmal war und vielleicht noch ist. Laß das Herabhängende, sich Krümmende sehen, was ihm fehlt; laß den Schmerz es der Erde singen, auf die er trat, dort, wo er war und vielleicht noch ist. Ich werde nicht geheilt werden und auch den Arm nicht finden, der mir abgenommen wurde. Ich werde den Schmerz auffrischen, scharf werden lassen, damit wir beide wissen, wozu er gut ist.

Und nein, ich bin nicht wütend. Ich brauche den Arm nicht. Aber ich muß wissen, wie es hätte sein können, ihn gehabt zu haben. Er ist ein Phantom, das ich festhalten und das mich festhalten muß, ganz gleich, in welchen Ritzen, unter welchem Zweig es sich verbirgt. Vielleicht schleicht es auch an baumlos weiten, von einer öligen Sonne beleuchteten Orten herum. Dieser Teil von mir, der mich nicht kennt, mich nie berührt, nie an meiner Seite verweilt hat. Diese entschwundene Hand, die mir nie über den Zauntritt half oder mich an den Drachen vorbeiführte, mich aus dem Graben zog, in den ich stolperte. Mir übers Haar strich, mir zu essen gab; das schwere Ende der Ladung nahm, um mir die Last zu erleichtern. Dieser Arm, der sich nie ausstreckte, von meinem Körper hinausreckte, um mir das Gleichgewicht halten zu helfen, wenn ich auf schmalen Stangen oder Balken ging, rund und glitschig von Gefahr.

Wenn ich ihn finde, wird er mir zuwinken? Mir ein Zeichen geben, mir winken, mitzukommen? Oder wird er überhaupt wissen, wer oder was ich bin? Es spielt keine Rolle. Ich werde ihn aufspüren, damit der abgetrennte Teil sich an den Riß, den Schnitt bei seiner Verstümmelung erinnern kann. Vielleicht wird dann der Arm kein Phantom mehr sein, sondern Form annehmen, sich Muskeln und Knochen wachsen lassen, und sein Blut wird strömen im Takt des lauten Gesangs, der den Zweck seiner Serenade gefunden hat. Amen.

Wer wird für mich Partei ergreifen? Meine Schande abseifen? Sie mit Seifenlauge schrubben, bis sie abfällt, Schmutz zu meinen Füßen, aus dem ich heraustreten kann? Er? Wird er mich zurücknehmen wie einen Pfandschein, der auf dem Marktplatz wenig wert ist, aber unbezahlbar, wenn man den wahren Gegenwert zurückbekommen will? Was kümmert mich seine Hautfarbe und was seine Verbindung zu meiner Mutter? Wenn ich ihn sehe, oder das, was von ihm übrig ist, werde ich ihm alles über meinen fehlenden Körperteil erzählen und auf seine jammervolle Scham horchen. Dann werde ich mit ihm tauschen; ihm meine Schande überlassen und seine Scham annehmen, und beide werden wir frei sein, Arm in Arm und heil.

Er war erschüttert gewesen, als er hörte, wer und was sein Vater war. Aufgelöst, verloren. Zunächst hatte er ein paar Kleider seiner Mutter befingert, dann hatte er sie zerrissen und schließlich im Gras gesessen und betrachtet, was da auf dem Rasen und in seinen Gedanken verstreut lag. Kleine, wie Würmer zuckende Lichter tobten vor seinen Augen, und der Hauch der Verzweiflung hatte einen häßlichen Geruch. True Belle half ihm vom Gras auf, seifte ihm das wirre Haar ein und sagte ihm, was er tun sollte.

«Los», sagte sie. «Ich sag dir, wie du ihn findest oder das, was noch von ihm übrig ist. Es spielt keine Rolle, ob du ihn findest oder nicht; das Losgehen zählt.»

So suchte er zusammen, was sie ihn zusammensuchen hieß, packte es ein und machte sich auf. Während der Reise machte er sich viele Gedanken darüber, wie er aussah, auf welches Rüstzeug er zurückgreifen konnte. Er hatte nichts außer seinem Koffer und den zusammengebissenen Zähnen. Aber er war bereit, bereit, den wilden schwarzen Mann zu treffen, der ihn plagte und seinen Arm mißbrauchte.

Statt dessen traf er, stieß er auf ein wildes schwarzes Mädchen, das sich vor Angst ein Loch in den Kopf schlug und jetzt im anderen Zimmer lag, während draußen ein schwarzer Junge Vieh zusammentrieb. Er dachte, sie würde sein Schutz und Schild sein; jetzt würde er sich beides selbst sein müssen. Mit dem aufdämmernden Grau seiner eigenen Augen in die Rehaugen schauen müssen. Dazu braucht er Mut, aber er hat ihn. Er hat den Mut, das zu tun, was die Duchess of Marlborough immerfort tut: es aufgeben, eine vielbewunderte, die Zukunft bergende Knospe zu sein, und es wagen, sich weit zu öffnen, die Blütenblätterschichten flach werden zu lassen und die Staubgefäßtrauben genau in der Mitte allen zu zeigen.

Woran habe ich nur gedacht? Wie konnte ich ihn mir nur so armselig vorstellen? Den Schmerz nicht bemerken, der nicht mit seiner Hautfarbe noch mit dem Blut zu tun hatte, das darunter pulste. Sondern mit etwas anderem, das sich nach Echtheit sehnte, nach einem Recht, an diesem Ort zu sein, mühelos, ohne Falsch im Gesicht, verzerrtes Grinsen oder anmaßende Haltung. Ich war nachlässig und dumm, und es macht mich wütend, (wieder einmal) zu merken, wie unzuverlässig ich bin. Sogar Golden Grays Pferd hatte begriffen und ihn mit nur ein oder zwei kleinen Peitschenstupsern dorthin gezogen. Gleichmäßig war es dahingezuckelt, durch Täler ohne Weg, durch Flüsse ohne Brücken oder Fähren zum Übersetzen. Den Blick knapp über der Straße, ungerührt von den kleinen Lebewesen, die auf seine Hufe zukrabbelten, die stolze Brust vorgereckt, im

Schritt gehend, um sich seine Kraft einzuteilen und mehr davon zu sammeln. Es wußte nicht, wo es hinging, und es wußte nicht den Weg, aber es kannte die Beschaffenheit seiner Aufgabe. Hinkommen, sagten seine Hufe. Wenn wir nur hinkommen.

Jetzt muß ich mir das noch mal sorgfältig überlegen, obwohl weitere Mißverständnisse vielleicht unvermeidlich sind. Ich muß es tun und darf nicht nachlassen. Ihn nicht zu hassen ist nicht genug; ihn zu mögen, zu lieben ist nicht nützlich. Ich muß etwas daran ändern. Ich muß ein Schatten sein, der ihm wohlwill, wie das Lächeln der Toten, das ihnen vom Leben geblieben ist. Ich will einen schönen Traum für ihn träumen und einen weiteren von ihm. Mich neben ihn legen, eine Falte im Leintuch, und seinen Schmerz betrachten und ihn dadurch lindern, verringern. Ich will die Sprache sein, die ihm Gutes wünscht, seinen Namen ausspricht, ihn weckt, wenn seine Augen offen sein müssen. Ich will, daß er neben einem Brunnen steht, weit weg von Bäumen gegraben, damit kein Ästchen und kein Blatt ins tiefe Wasser fällt, und während er dort im ebenmäßigen Licht steht, die Fingerspitzen auf dem Rand aus Stein, den Blick ins Nichts gerichtet, sein Gemüt durchtränkt und aufgeschwemmt vom Kummer, oder verhärtet und spröde von jener Hoffnungslosigkeit, die von zu geringem Wissen und zu großer Empfindsamkeit kommt (so spröde, so trocken, daß ihm das Gegenteil droht: nichts zu empfinden und alles zu wissen). Dort also, nichts zur Auswahl als Kummer und Hoffnungslosigkeit, nicht einmal mit Blick auf den Brunnen, seines moosigen unangenehmen Geruchs nicht gewahr noch der kleinen Lebewesen an seinem Rand – während er dort neben dem Brunnen steht, regt sich da unten drin, wohin das Licht nicht reicht, eine Schar übriggebliebener Lächeln, eine kurze wohlwollende Liebe steigt aus der Dunkelheit, und für ihn ist nichts zu sehen oder zu hören, und es gibt keinen Grund zu bleiben, aber er bleibt. Um der Sicherheit willen zunächst, dann um der Gesellschaft willen. Schließlich um seiner selbst willen – mit einer Art zuversichtlicher, befähigender, heiterer Kraft, die aufblitzt wie ein Rasiermesser und sich dann verbirgt. Aber jetzt hat er sie gespürt, und vielleicht kommt sie wieder. Zweifellos wird auch viel anderes wiederkommen: Zweifel werden kommen, und dann und wann mögen die Dinge unklar erscheinen. Aber wenn das Rasiermesser einmal aufgeblitzt ist, wird er sich daran erinnern, und wenn er sich daran erinnert, kann er es sich ins Gedächtnis zurückrufen. Will sagen, es steht ihm zur Verfügung.

Der Junge war dreizehn und hatte schon genug über einem Pflug zusammengebrochene oder im Kindbett verstorbene Menschen und genug ertrunkene Kinder gesehen, um den Unterschied zwischen Lebenden und Toten zu kennen. Was er da auf dem Bett unter dem glänzenden grünen Kleid liegen sah, das hielt er für lebendig. Er hob nicht ein einziges Mal den Blick vom Gesicht des Mädchens (außer als Golden Gray sagte: «Ich habe das Kleid da drin gefunden und sie damit zugedeckt»). Er schaute hinüber zum anderen Zimmer und zurück zu dem Mann, den er für weiß hielt. Er hob den Ärmel des Kleids und betupfte damit die klaffende Wunde auf der Stirn des Mädchens. Ihr Gesicht war brennend heiß. Das Blut war trocken wie Haut.

«Wasser», sagte er und ging aus der Hütte.

Golden Gray wollte ihm folgen, stand dann aber auf der Türschwelle, unfähig, einen Schritt vor oder zurück zu tun. Der Junge kam mit einem Eimer Brunnenwasser und einem leeren Rupfensack zurück. Er tauchte eine Tasse ins Wasser und träufelte ihr etwas in den Mund. Sie schluckte weder, noch rührte sie sich.

«Wie lang ist sie schon weg?»

«Noch keine Stunde», sagte Golden Gray.

Der Junge kniete sich hin, um ihr das Gesicht zu säubern, und hob langsam ganze Placken Blut von ihrer Wange, ihrer Nase, erst dem einen Auge, dann dem anderen. Golden Gray sah zu und fand, nun sei er bereit dafür, daß diese Rehaugen sich öffneten.

DAS KONNTE allerdings Schaden anrichten. Dreizehn Jahre nachdem Golden Gray genug Kraft gesammelt hatte, das Mädchen anzusehen, war der Schaden, den sie anrichten konnte, noch immer zu spüren. Schwangere Mädchen waren am empfänglichsten dafür, aber auch die Großväter. Alles Betörende kann an einem Neugeborenen Spuren hinterlassen: Melonen, Kaninchen, Glyzinien, ein Seil, und eine wilde Frau ist noch schlimmer als abgeworfene Schlangenhaut. Die den Mädchen erteilten Warnungen gehörten also zu einer ganzen Reihe von Dingen, auf die zu achten war, damit das Baby nicht mit einem Verlangen nach dem zur Welt kam, was die Mutter betört hatte. Wer aber hätte gedacht, daß auch alte Männer ermahnt werden mußten; belehrt und davor gewarnt, sie zu sehen, zu riechen oder auch nur zu hören?

Sie wohnte ganz in der Nähe, hieß es, nicht weit weg in den Wäldern oder gar unten im Flußbett, sondern irgendwo im Zuckerrohrfeld – am Rand, sagten manche, aber vielleicht zog sie auch darin herum. Ganz in der Nähe. Das Zuckerrohrschneiden konnte manchmal hektisch werden, wenn junge Männer das Gefühl hatten, sie säße gleich da drüben im Versteck und schaute ihnen höchstwahrscheinlich zu. Dann konnte ihr ein Schwung der Sense den Kopf abschneiden, wenn sie frech wurde oder zu nah kam, und sie wäre selbst schuld daran gewesen. Wenn dem so war, schnitten sie meist schlecht – dann flogen ihnen die Rohrstengel ins Gesicht, oder die Hippe rutschte aus und verletzte einen Arbeiter in der Nähe. Allein der Gedanke daran, ob sie in der Nähe war oder nicht, konnte die Arbeit eines ganzen Morgens verpfuschen.

Die Großväter, längst unfähig zu schneiden, aber noch immer kräftig genug, das Rohr zu bündeln oder die Zuckerfässer zu füllen, hatte man immer für ungefährdet gehalten. Allerdings nur, bis dem Mann, den die Großväter Jäger der Jäger nannten, Fingerspitzen auf die Schulter tippten, die niemand anderem als ihr gehören konnten. Als der Mann hochfuhr, sah er das Zuckerrohr zittern, hörte es aber nicht ein einziges Mal knacken. Da er mehr an die Wesen des Waldes als an zahme gewöhnt war, wußte er, wann sich Augen, die ihn beobachteten, oben in einem Baum befanden, hinter einer Hügelkuppe oder, wie hier, auf Bodenhöhe. Kein Wunder, daß er verwirrt war: die Fingerspitzen an seiner Schulter, die Augen zu seinen Füßen. Und sogleich kam ihm die Frau in den Sinn, der er selbst vor etwa dreizehn Jahren den Namen gegeben hatte, weil ihm dieses Wort eingefallen war, als er sie pflegte: die Wilde. Er war sich zuerst sicher gewesen, ein liebes, aber mißbrauchtes junges Mädchen zu versorgen, aber als sie ihn dann biß, sagte er: Oh, die ist aber wild. Und dachte dabei: Manches ist eben so. Es bringt nichts, da tiefer zu loten.

Er erinnerte sich aber auch an ihr Lachen und daran, wie friedlich sie die ersten paar Tage nach dem Biß gewesen war, und drum erschreckte ihn die Berührung ihrer Fingerspitzen nicht, sondern machte ihn traurig. Zu traurig, um den anderen Arbeitern davon zu berichten, alten Männern wie ihm, die nicht mehr imstande waren, den ganzen Tag lang zu schneiden. Drum blieben sie ungewarnt und waren nicht darauf vorbereitet, wie sich ihr Blut anfühlte, wenn sie einen Blick auf sie erhaschten, oder wie zittrig ihnen die Knie wurden, wenn sie das Kleinmädchenlachen hörten. Die schwangeren Mädchen gaben den Reiz ihren Kindern weiter oder auch nicht, aber die Großväter bekamen ohne Warnung eine weiche Birne, liefen einfach aus dem Siruphaus, standen mitten in der Nacht auf, näßten sich ein oder vergaßen die Namen ihrer erwachsenen Kinder und wo sie ihren Streichriemen hingelegt hatten.

Als der Mann, den sie Jäger der Jäger nannten, sie gekannt – gepflegt – hatte, war sie empfindlich gewesen. Hätte er es richtig angestellt, dann wäre sie vielleicht im Haus geblieben, hätte ihr Kind gestillt und gelernt, sich richtig anzuziehen und mit Menschen zu sprechen. Gelegentlich, wenn er an sie dachte, war er überzeugt davon, daß sie tot war. Wenn monatelang kein Zeichen oder Laut von ihr kam, seufzte er und durchlebte noch einmal die Zeit, als in seinem Haus die Mütterlichkeit fehlte – und die Wilde den Hauptanteil daran hatte. Die Leute am Ort erzählten ihre Geschichte als Warnung für Kinder und schwangere Mädchen, und es stimmte ihn traurig zu erfahren, daß sie immer noch hungrig war, anstatt endlich Ruhe zu geben. Wonach es sie verlangte, konnte er allerdings auch nicht sagen, wenn nicht nach Haar von der Farbe, die ein junger Mann im Namen trug. Die beiden nebeneinander zu sehen hatte ihm einen regelrechten Schlag versetzt: der Kopf des jungen Mannes mit dem flachsblonden Haar, lang wie ein Hundeschwanz neben ihrem Pelzchen schwarzer Wolle.

Er berichtete also nichts, aber die Kunde verbreitete sich doch: dies war keine Es-war-einmal-Geschichte von einem verrückten Mädchen, dessen Hals die Zuckerrohrschnitter sich gern unter dem Schneidblatt vorstellten, und auch keine schnellwirkende Abschreckung für eigensinnige Kinder. Die Wilde befand sich immer noch dort draußen – war Wirklichkeit. Jemand sah den Mann, den sie Jäger der Jäger nannten, hochfahren, sich an die Schulter greifen und bei einem schweifenden Blick über das Zuckerrohrfeld laut und vernehmlich genug murmeln: «Die Wilde. Verdammt will ich sein, wenn das nicht die Wilde ist.» Die schwangeren Mädchen seufzten nur bei der Neuigkeit und fegten und besprenkelten weiter die Lehmhöfe, und die jungen Männer schliffen ihre Schneideblätter, daß es nur so pfiff. Die alten Männer aber begannen zu träumen. Sie erinnerten sich daran, wie sie gekommen war, wie sie ausgesehen hatte, warum sie geblieben war, und an den seltsamen Jungen, den sie so ins Herz geschlossen hatte.

Nicht viele Leute hatten den Jungen gesehen. Und der Jäger der Jäger war auch nicht der erste gewesen, sondern unterwegs, um genügend Füchse zum Verkauf aufzutreiben. Der erste war Pattys Sohn Honor. Er sah auf Mr. Henrys Grundstück nach dem Rechten, während der fort war, und als er eines Tages vorbeischaute – um vielleicht ein bißchen Unkraut zu jäten und nachzusehen, ob die Schweine und Hühner noch lebten –, hatte es den ganzen Morgen geregnet. Regenschleier bildeten überall Nachmittagsregenbogen. Später erzählte er seiner Mutter, daß die ganze Hütte von Regenbogen eingehüllt war, und als der Mann zur Tür herauskam und Honor sein nasses flachsblondes Haar und die helle Haut sah, dachte er, ein Geist hätte sich des Hauses bemächtigt. Dann merkte er, daß er einen Weißenmann vor sich hatte, und dem Glauben blieb er treu, obwohl er später Mr. Henrys Gesicht sah, als der Weißenmann ihm sagte, er wäre sein Sohn.

Als Henry Lestory, der Mann, der sich in den Wäldern so gut auskannte, daß er der Jäger der Jäger geworden war (und auch so genannt wurde, wenn man von und mit ihm sprach), bei seiner Rückkehr den Einspänner und das schöne Pferd neben dem Stall angebunden sah, war er sogleich hellwach. Keiner, den er kannte, fuhr einen solchen Wagen; keinem Pferd im County wurde die Mähne so geschnitten und gekämmt. Dann sah er das Maultier von Pattys Sohn und beruhigte sich ein wenig. Er stand auf seiner eigenen Schwelle und begriff nur schwer, was er da vor sich sah. Pattys Sohn Honor kniete neben dem Bett, auf dem ein schwangeres Mädchen lag, und über den beiden ragte ein Mann mit goldenem Haar auf. Noch nie war ein Weißenmann in seinem Haus gewesen. Der Jäger der Jäger schluckte: all seine Mühen vergebens.

Als der blonde Mann sich zu ihm umwandte, weiteten sich die grauen Augen, dann schlossen sie sich, und schließlich glitt der Blick des Mannes langsam wie eine Zunge von des Jägers Stiefeln zu seinen Knien, hinauf zu Brust und Kopf. Endlich waren die grauen Augen gleichauf mit seinen, und der Jäger mußte sich zusammennehmen, um sich nicht – im eigenen Haus – gefangen zu fühlen. Nicht einmal das Stöhnen vom Bett löste die Umklammerung durch den Blick des Fremden. Alles an ihm war jung und weich – nur seine Augenfarbe nicht.

Honor sah vom einen zum anderen. «Bin froh, daß Sie wieder da sind, Mr. Henry.»

«Wer sind die da?»

«Waren beide vor mir hier.»

«Wer sind sie?»

«Kann's nicht sagen, Sir. Die Frau ist schlimm dran, aber scheint's übern Berg.»

Der goldhaarige Mann trug keine Waffe, soviel der Jäger sah, und seine dünnen Stiefel waren nie auf Landstraßen gegangen. Seine Kleider hätten einen Priester aufseufzen lassen, und an den damenhaften Händen erkannte der Jäger, daß der Fremde nie eine Faust hart genug geballt hatte, um eine Melone zu zerschlagen. Er ging zum Tisch und legte seinen Sack darauf. Schwungvoll warf er ein paar Waldschnepfen in die Ecke. Aber das Gewehr behielt er in der Armbeuge. Und den Hut auf dem Kopf. Die grauen Augen folgten jeder seiner Bewegungen.

«Die Frau muß schlimm gefallen sein, soviel ich seh. Der

Herr hier, der hat sie hergebracht. Ich hab das Blut weggewischt, so gut wie ich hab können.»

Der Jäger bemerkte das grüne Kleid, mit dem die Frau zugedeckt war, die blutschwarzen Flecken am Ärmel.

«Ich hab das Geflügel drinnen und fast alle Schweine. Außer Bubba. Der ist jung, aber langsam wird er groß, Mr. Henry. Groß und bös...»

Die Rohrschnapsflasche stand offen auf dem Tisch, ein Blechbecher daneben. Der Jäger prüfte den Inhalt, drehte den Korken hinein und fragte sich, aus welchem Land wohl dieser merkwürdige Mann kam, der so wenig über die Gesetze der Gastfreundschaft wußte. Waldbewohnern, ob weiß oder schwarz, überhaupt allen Leuten vom Lande stand es frei, eine Hütte oder Jagdhütte zu betreten. Zu nehmen, was sie brauchten, und dazulassen, was sie konnten. Es waren Wegstationen, und jeder, wirklich jeder konnte einmal Schutz brauchen. Aber keiner, keiner trank einem anderen im eigenen Haus den Schnaps weg, es sei denn, sie kannten sich verdammt gut.

«Kennen wir uns?» Der Jäger vernahm sein weggelassenes «Sir» laut wie einen Schuß. Doch der Mann hörte es gar nicht, weil ihm selbst der Kopf dröhnte.

«Nein. Vater. Wir kennen uns nicht.»

Er konnte nicht behaupten, daß es nicht möglich war. Daß er eine Hebamme oder ein Medaillon gebraucht hätte, um sich überzeugen zu lassen. Aber der Schreck war trotzdem heftig.

«Ich hab nicht gewußt, daß du auf der Welt bist», sagte er schließlich, aber was der blonde Mann zu sagen hatte, zu erwidern plante, mußte warten, denn in diesem Augenblick schrie die Frau auf und stützte sich auf die Ellbogen, um zwischen ihre aufgestellten Beine zu blicken.

Der Städter sah schwach aus, aber Honor und der Jäger waren nicht nur Zeuge der gewöhnlichen und erwarteten Geburten gewesen, die Bauern so erleben, sondern hatten auch selbst schon neues Leben aus allen möglichen Geburtskanälen gezogen und gewunden. Dieses Baby machte es ihnen nicht leicht. Es klammerte sich an die Wände der schaumigen Höhle, und die Mutter war auch keine große Hilfe. Als das Baby schließlich kam, wurde das Problem sofort klar: Die Frau wollte es weder in den Arm nehmen noch ansehen. Der Jäger schickte den Jungen heim.

«Sag deiner Ma, sie soll eine von den Frauen herschicken. Sie soll rauskommen und es mitnehmen. Sonst überlebt es den Tag nicht.»

«Ja, Sir!»

«Und bring Rohrschnaps mit, wenn's welchen gibt.»

«Ja, Sir!»

Dann beugte sich der Jäger hinunter, um die Mutter zu betrachten, die seit dem Schrei keinen Laut mehr von sich gegeben hatte. Schweiß bedeckte ihr Gesicht, und sie leckte sich schweratmend die Perlen von der Oberlippe. Er beugte sich weiter herab. Unter dem Schmutz, der ihre kohlschwarze Haut verbrämte, lagen Spuren von schlimmen Dingen wie Tabaksaft, Salzlake und derben Handwerkerhänden. Als er den Kopf wandte, um ihr die Decke zurechtzuziehen, bäumte sie sich auf und biß ihn in die Wange. Er zuckte zurück, faßte sich ans verletzte Gesicht und lachte in sich hinein. «Eine Wilde, was?» Er wandte sich dem blassen, jungenhaften Mann zu, der ihn «Vater» genannt hatte.

«Wo hast du die wilde Frau her?»

«Aus dem Wald. Wo die wilden Frauen wachsen.»

«Hat sie gesagt, wer sie ist?»

Der Mann schüttelte den Kopf. «Ich hab sie erschreckt. Sie hat sich den Kopf an einem Stein aufgeschlagen. Ich konnte sie nicht einfach da liegenlassen.»

«Denk ich mir. Wer hat dich zu mir geschickt?»

«True Belle.»

«Ahhhh.» Der Jäger lächelte. «Wo ist sie? Ich hab nie erfahren, wo sie hin ist.»

«Und mit wem?»

«Sie ist mit der Tochter vom Colonel weg. Colonel Wordsworth Gray. Das haben doch alle gewußt. Und schnell sind sie fort.»

«Rat mal, warum.»

«Brauch ich jetzt nicht mehr raten. Ich hab nicht gewußt, daß du auf der Welt bist.»

«Hast du an sie gedacht? Überlegt, wo sie wohl ist?»

«True Belle?»

«Nein! Vera. Vera Louise.»

«Ach, Mann. Seh ich aus wie einer, der sich Gedanken macht, wo ein Weißenmädchen hin ist?»

«Meine Mutter!»

«Und wenn ich's getan hätt? Was wär der nächste Schritt gewesen? Zum Colonel gehen? Sagen, Schaun Sie, Colonel Gray, ich hab mich gefragt, wo Ihre Tochter hin ist. Wir sind eine ganze Weile nicht mehr ausgeritten. Ich sag Ihnen was. Sagen Sie ihr, ich warte auf sie, und sie soll rauskommen. Sie weiß ja, wo wir uns immer getroffen haben. Und sagen Sie ihr, sie soll das grüne Kleid anziehen. Das, wo es so schwer ist, sie im Gras zu sehen.» Der Jäger fuhr sich mit der Hand übers Kinn. «Du hast noch nicht gesagt, wo sie sind. Wo du herkommst.»

«Baltimore. Ich heiße Golden Gray.»

«Kann nicht behaupten, daß es nicht paßt.»

«Würde es dir passen, wenn es Golden Lestory wäre?»

«Nicht hier in der Gegend.» Der Jäger schob die Hand unter die Decke des Babys, um zu fühlen, ob sein Herz schlug. «Der Kleine ist schwach. Braucht bald jemand zum Stillen.»

«Wie rührend.»

«Schau her. Was willst du? Ich meine, jetzt. Was willst du

jetzt? Willst du hier bleiben? Herzlich gern. Willst du mich bestrafen? Schlag dir das aus dem Sinn. Ich nehm keine Widerworte hin. Du kommst hier rein, trinkst meinen Schnaps, kramst in meinen Sachen und glaubst, du kannst mir Widerworte geben, nur weil du mich Vater nennst? Wenn sie dir erzählt hat, daß ich dein Vater bin, dann hat sie dir mehr erzählt als mir. Reiß dich zusammen. Ein Sohn ist nicht, was eine Frau sagt. Ein Sohn ist, was ein Mann tut. Willst du so handeln, wie wenn du meiner bist, dann tu's, wenn nicht, dann scher dich zum Teufel!»

«Ich bin nicht hier heruntergekommen, um dir um den Bart zu gehen und Anerkennung bei dir zu finden.»

«Ich weiß, wieso du gekommen bist. Um zu sehen, wie schwarz ich bin. Du hast gedacht, du bist weiß, stimmt's? Wahrscheinlich hat sie dich in dem Glauben gelassen. Hat gehofft, du würdest es glauben. Und ich schwör dir, ich würd es auch glauben.»

«Sie hat mich beschützt! Wenn sie ausposaunt hätte, daß ich ein Nigger bin, hätte ich ein Sklave werden können!»

«Gibt ja auch freie Nigger. Die haben immer auch freie Nigger gehabt. Du hättest einer sein können.»

«Ich will kein freier Nigger sein, sondern ein freier Mann.»

«Wer will das nicht? Schau her. Sei, was du willst – weiß oder schwarz. Such's dir aus. Aber wenn du Schwarz wählst, mußt du handeln wie ein Schwarzer, das heißt, reiß dich am Riemen, und zwar schleunigst, und komm mir nicht mit rotzigem Weißenstuß.»

Golden Gray war jetzt nüchtern, und sein erster nüchterner Gedanke war, dem Mann eine Kugel in den Kopf zu jagen. Gleich morgen.

Es muß das Mädchen gewesen sein, das ihm den Sinn änderte.

Mädchen können das. Einen Mann vor dem Tod retten oder ihn geradewegs hineintreiben. Dich aus dem Schlaf reißen, und du wachst auf dem Boden unter einem Baum auf, den du nie wiederfinden wirst, weil du nicht weißt, wo du bist. Oder wenn du ihn wiederfindest, ist es nicht mehr derselbe. Vielleicht ist er von innen gesplittert, von Krabbelwesen durchbohrt, die auch ihren Willen haben mußten und einfach losgekrochen sind und sich zusammengetan und genagt und gegraben haben, bis der ganze Baum zermürbt war von dem Dienst, den er anderen geleistet hat. Vielleicht haben sie ihn auch gefällt, bevor er umgestürzt ist. Haben ihn zu Holzscheiten für ein Feuer in einem großen Herd gemacht, in das die Kinder schauen können.

Vielleicht weiß Victory es noch. Er war mehr als Joes auserwählter Bruder, er war sein bester Freund, und sie haben fast überall im Vesper County gejagt und gearbeitet. Nicht einmal in einer Sheriffskarte wäre der Walnußbaum eingezeichnet, aus dem Joe gefallen ist, aber Victory würde sich daran erinnern. Vielleicht stand er noch, im Hof von jemand, und die Baumwollfelder und die farbige Nachbarschaft drum herum waren umgegraben und untergepflügt worden.

Eine Woche lang Gerüchte, zwei Tage Packen, und neunhundert Neger, von Gewehren und dem Henkersseil angespornt, verließen Vienna, fuhren auf Wagen aus der Stadt oder gingen zu Fuß wer weiß (und wen schert es) wohin. Bei zwei Tagen Frist? Wie kann man da planen, wohin, und selbst wenn man einen Ort kennt, wo man voraussichtlich willkommen ist, wo ist das Geld, dort auch anzukommen?

Sie standen am Lagerhaus, kampierten in Grüppchen auf Feldern am Straßenrand, bis sie verscheucht wurden, weil sie den ihnen auferlegten Fluch selbst verkörperten – weil sie wie ein stilles Wasser die Verzweiflung widerspiegelten, die sie gewiß verspürten, und weil sie andere an den Lohn erinnerten, den die Sünde ihren Knechten zahlt.

Das Zuckerrohrfeld, in dem die Wilde sich versteckte, zuschaute, laut auflachte oder stillehielt, brannte monatelang. Der Zuckergeruch hielt sich im Rauch, machte ihn schwer. Ob sie begreifen würde, fragte er sich. Ob sie verstand, daß Feuer kein auf sie zukommendes Licht und keine Blume war oder fliegendes goldenes Haar? Daß es dir beim Versuch, es zu berühren oder zu küssen, den Atem verschlagen würde?

Die kleinen Friedhöfe mit handgezimmerten Kreuzen und manchmal einem Stein, der in sorgfältigen Blockbuchstaben inständig um Erinnerung bat, hatten keine Chance.

Der Jäger weigerte sich fortzugehen; er hielt sich ohnehin mehr im Wald auf als in seiner Hütte und schien sich darauf zu freuen, seine letzten Tage an den Orten zu verbringen, an denen er sich am wohlsten fühlte. Er wuchtete also weder seine Jagdausrüstung auf einen Wagen. Noch marschierte er die Straße entlang nach Bear, dann Crossland, dann Goshen und schließlich Palestine, auf der Suche nach Arbeit wie Victory und Joe. Nach einem Bauernhof, wo man zwei dreizehnjährigen schwarzen Jungen für das Roden von Buschland einen Schlafplatz und zu essen geben würde. Oder nach einer Mühle, in der es eine Schlafbaracke gab. Joe und Victory zogen eine Weile mit den anderen die Straße entlang, dann machten sie sich selbständig. Sie wußten, daß sie Crossland weit hinter sich gelassen hatten, als sie an dem Walnußbaum vorbeikamen, in dem sie, weit von zu Hause fort auf der Jagd, nachts geschlafen und hoch in den Ästen kühle Luft gefunden hatten. Und als sie über die Straße zurückblickten, sahen sie aus den Resten von Viennas Feldern und Zuckerrohr noch immer Rauch aufsteigen. Für kurze Zeit fanden sie Beschäftigung in einer Sägemühle in Bear, dann einen Nachmittag Baumstümpfe ausgraben in Crossland und schließlich eine regelmäßige Arbeit in Goshen. Dann brachen eines schönen Frühlings im südlichen Drittel des Countys dicke weiße Baumwollkugeln hervor, und Joe ließ Victory als

Gehilfen des Schmieds in Goshen zurück, um des einträglichen Baumwollpflückens willen, das außerhalb von Palestine, so etwa fünfzehn Meilen entfernt, stattfand. Aber erst, erst mußte er herausfinden, ob die Frau, die er für seine Mutter hielt, noch da war – oder hatte sie Feuer mit Haar verwechselt und ihr war dabei die Puste ausgegangen?

Alles in allem unternahm er drei einsame Reisen, um sie zu finden. In Vienna hatte er zuerst mit der Angst vor ihr gelebt, dann mit den Witzen über sie und schließlich mit der Besessenheit von ihr, gefolgt von ihrer Zurückweisung. Keiner hatte Joe gesagt, daß sie seine Mutter war. Jedenfalls nicht direkt; aber der Jäger der Jäger hatte ihm eines Abends in die Augen gesehen und gesagt: «Sie hat ihre Gründe. Auch wenn sie spinnt. Spinnerte Leute haben ihre Gründe.»

Sie waren am Aufräumen, nachdem sie einen Teil ihrer Jagdbeute verzehrt hatten. Joe glaubte später, es wäre ein Vogel gewesen, aber vielleicht war es auch ein Pelztier. Victory würde es noch wissen. Victory säuberte den Rostspieß mit Blättern, während Joe die Glut erstickte.

«Ich hab euch beiden beigebracht, tötet nie Schwaches und Weibliches, wenn ihr's vermeiden könnt. Ich hab gedacht, über Menschen bräuchte ich euch nichts beibringen. Jetzt lernt folgendes: Sie ist keine Beute. Den Unterschied müßt ihr kennen.»

Victory und Joe hatten nämlich Witze gemacht und sich ausgedacht, wie man es wohl anfangen müßte, die Wilde zu töten, wenn sie auf sie träfen. Wenn die Fährte, die sie manchmal alle drei sahen und verfolgten, direkt zu ihrem Unterschlupf führen würde. Und da hatte der Jäger das gesagt. Daß auch Spinnerte ihre Gründe haben. Danach schaute er Joe (nicht Victory) direkt in die Augen. Das niedrige Feuer ließ seinen unverwandten Blick funkeln. «Die Frau ist die Mutter von jemand, weißt du, und da sollte man vorsichtig sein.»

Victory und Joe wechselten Blicke, aber Joe (nicht Victory) überlief es kalt, und seine Kehle versuchte vergeblich, zu schlucken.

Von da an schlug er sich mit der Vorstellung herum, eine wilde Frau zur Mutter zu haben. Manchmal kamen ihm die Tränen vor Scham. Andere Male trübte ihm sein Ärger das Zielvermögen, und er schoß wild in die Gegend oder traf die Beute an unguten, wirkungslosen Stellen. Viel Zeit verbrachte er damit, den Gedanken von sich zu weisen und sich einzureden, daß er des Jägers Worte und vor allem seinen Blick falsch gedeutet hätte. Und trotzdem ging ihm die Wilde immer im Kopf herum, und er wollte nicht nach Palestine aufbrechen, ohne noch ein einziges Mal versucht zu haben, sie zu finden.

Sie war nicht immer im Zuckerrohr. Oder in den entfernteren Waldungen auf der Farm eines Weißenmannes. Er, der Jäger und Victory hatten in diesen Wäldern Spuren von ihr gesehen: ausgenommene Bienenwaben, Stücke und Abfälle von gestohlenem Gemüse und viele Male das Zeichen, auf das der Jäger sich am liebsten verließ – Rotschwingen, diese blauschwarzen Vögel mit dem blitzenden Rot auf dem Flügel. Irgend etwas an ihr gefiel ihnen, sagte der Jäger, und wenn man drei oder vier sah, bedeutete das immer, daß sie in der Nähe war. Der Jäger hatte dort zweimal mit ihr gesprochen, sagte er, aber Joe wußte, daß diese Wälder nicht ihr Lieblingsort waren. Als er das erste Mal nach ihr gesucht hatte, war es eine halbherzige Suche nach ein paar Stunden sensationellen Angelns gewesen. Auf der anderen Flußseite, hinter der Stelle, wo es so viele Forellen und Hechte gab und bevor der Fluß auf dem Weg zur Mühle unterirdisch weiterfloß, verlief das Flußufer um einen Abhang. Obendrauf, so etwa fünfzehn Fuß über dem Fluß, lag ein schützender Steinhaufen, dessen Zugang von Hecken alter Hibiskusbüsche zugewachsen war. Einmal, nachdem er in der ersten Stunde der Morgendämmerung zehn

Forellen gefangen hatte, war Joe an dieser Stelle vorbeigegangen und hatte etwas gehört, was er zuerst für eine Mischung aus fließendem Wasser und Wind in hohen Bäumen hielt. Die Musik der Erde, Fischern und Schäfern vertraut und auch Waldbewohnern bekannt. Sie hypnotisiert die Säugetiere. Böcke heben den Kopf, und Ziesel erstarren. Aufmerksame Waldbewohner lächeln und schließen die Augen.

Joe dachte, das sei es, und hörte einfach mit Vergnügen zu, bis sich ein oder zwei Worte in den Klang zu mischen schienen. Da er wußte, daß die Musik der Erde keine Worte hat, stand er stockstill und suchte die Umgebung ab. Ein Silberstreif lag über dem anderen Ufer, die Sonne, die sich in den letzten Rest des nächtlichen Königsblaus hineinschnitt. Darüber und zu seiner Linken Hibiskus, dick, wild und alt. Die Blüten waren geschlossen und warteten auf den Tag. Der Liedfetzen kam aus einer Frauenkehle, und Joe hieb und schlug sich einen Weg den Hang hinauf und durch die Hecke, ein Gewirr aus Muskatellerranken, wildem Wein und uraltem Hibiskus. Er fand die Öffnung in dem Felsgebilde, konnte sie aber aus diesem Winkel nicht betreten. Er würde hinaufsteigen und dann in das Loch hinuntergleiten müssen. Das Licht war so schwach, daß er kaum seine Beine sehen konnte. Aber er sah Spuren genug, um zu wissen, daß sie da war.

Er rief: «Ist jemand da?»

Das Lied hörte auf, und ein Knacken wie von brechenden Zweigen trat an seine Stelle.

«He! Bist du da drin?»

Nichts rührte sich, aber er konnte sich nicht einreden, daß der Duft, der über ihn hinwegstreifte, keine Mischung aus Honig und Kot war. Dann ging er weg, angewidert und nicht wenig verängstigt.

Das zweite Mal suchte er sie nach der Vertreibung. Nachdem er den Rauch gesehen und die zuckergesättigte Luft auf der

Zunge geschmeckt hatte, verschob er seine Reise nach Palestine, um einen Abstecher zurück nach Vienna zu machen. Sich am Rand des verbrannten Bodens und der schwarzhalmigen Felder haltend und den Blick von den Hütten abgewandt, die jetzt nur noch heiße Ziegelsteine waren, wo einmal ein Waschzuber gestanden hatte, hielt er auf den Fluß zu und die tiefe Stelle darin, wo die Forellen sich wie Fliegen vermehrten. Als er die Stelle erreichte, wo der Fluß den Bogen macht, zog er das auf den Rücken geschnallte Gewehr zurecht und ging in die Hocke.

Langsam, leise durch den Mund atmend, kroch er auf die Felsen zu, die hinter dem in Sonne und Licht rücksichtslos gewucherten Gestrüpp verborgen lagen. Doch da war kein Lebenszeichen von ihr, nichts, was er erkannte. Es gelang ihm, über die Öffnung zu klettern, aber als er hineinglitt und den Felsenort betrat, sah er nichts, was eine Frau gebrauchen konnte, und die Überreste menschlichen Wohnens waren kalt. Ob sie davongelaufen, geflohen war? Oder hatten Rauch, Feuer, Panik und Hilflosigkeit sie überwältigt? Joe wartete, bis ihn das Lauschen schläfrig machte und er für ein Stündchen oder länger einschlief. Als er aufwachte, war der Tag fortgeschritten, und der Hibiskus blühte groß wie seine Hand. Er schwang sich den Abhang hinunter, und als er sich zum Gehen wandte, schossen vier Rotschwingen aus den niederen Ästen einer Weißeiche auf. Riesig, allein, wuchs sie auf ganz ungeeignetem Boden, umschlungen von den eigenen Wurzeln. Sofort ließ Joe sich auf alle viere nieder und flüsterte: «Bist du's? Sag's. Sag irgendwas.» Jemand in seiner Nähe atmete. Er wandte sich um und untersuchte den Ort, den er gerade verlassen hatte. Jede Bewegung und jedes sich verschiebende Blatt schien sie zu sein. «Dann gib mir ein Zeichen. Brauchst gar nichts zu sagen. Laß mich deine Hand sehen. Streck sie einfach wo raus, und ich geh; ich verspreche es. Ein Zeichen.» Er bettelte und flehte um ihre Hand, bis das Licht noch schwächer wurde. «Bist du meine Mutter?» Ja. Nein. Eins von beiden. Irgendwas. Aber nicht dieses Nichts.

Während er in die Hibiskuszweige hineinflüsterte und auf den Atem hörte, sah er sich plötzlich nach einer nicht nur verrückten, sondern auch schmutzigen Frau im Dreck scharren, die zufällig seine heimliche Mutter war und die der Jäger einmal gekannt hatte, die ihr Kind aber lieber eine Waise werden ließ, als es zu stillen und zu päppeln und bei ihm im Haus zu bleiben. Eine Frau, die Kinder erschreckte, Männer die Messer schleifen ließ und der die Bräute draußen Essen hinstellten (auch recht, sonst stahl sie es eben). Die im ganzen County Spuren von ihrem schlampigen unhäuslichen Leben hinterließ. Die ihn vor allen beschämte, außer vor Victory, der weder lachte noch ihn scheel ansah, als Joe ihm erzählte, was der Jäger seiner Meinung nach mit diesen Worten und ganz besonders diesem Blick gemeint hatte. «Die muß zäh sein», war Victorys Antwort. «So draußen leben das ganze Jahr über, die muß zäh sein.»

Schon möglich, aber im Augenblick kam Joe sich wie ein fusselköpfiger Idiot vor, verrückter als sie und genauso wild, wie er da im Matsch herumrutschte, über schwarze Wurzeln stolperte, durch von Termiten wimmelnde Erdhaufen schlurfte. Er liebte den Wald, weil der Jäger ihm das beigebracht hatte. Aber jetzt war der Wald zu erfüllt von ihr, dieser einfältigen Frau, die zu blöde war, sich ihren Lebensunterhalt zu erbetteln. Zu hirnverschroben, um zu tun, was die gemeinste Sau schaffte: ihren Wurf zu säugen. Die kleinen Kinder hielten sie für eine Hexe, aber sie täuschten sich. Diese Kreatur hatte nicht einmal Grips genug für eine Hexe. Sie war machtlos, unsichtbar, ausnehmend dämlich. Überall und nirgends.

Es gibt Jungen, die haben Huren als Mütter und kommen nicht drüber weg. Es gibt Jungen, deren Mütter gehen schwankend durch die Straßen der Stadt, wenn das Bumslokal die Türe zuschlägt. Mütter, die ihre Kinder aussetzen oder sie für Papiergeld verkaufen. Jede von diesen Müttern hätte er lieber gehabt als diese unanständige, sprachlos lauernde Wahnsinnige. Der Schuß, den er auf die Äste der Weißeiche abgab, zerstörte nichts, denn die Munition steckte in seiner Tasche. Der Abzug klickte harmlos. Brüllend, rutschend, fallend raste er den Abhang hinunter und folgte dem Flußufer fort von dort.

Von da an schuftete er wie ein Rasender. Auf dem Weg nach Palestine nahm er jede Arbeit an, die ihm angeboten wurde oder von der er hörte. Fällte Bäume; schnitt Zuckerrohr; pflügte, bis er kaum mehr die Arme heben konnte; rupfte Hühner und Baumwolle; schleppte Bauholz, Korn, Bruchsteine und Vieh. Manche dachten, er wäre geldgierig, aber andere vermuteten, daß Joe einfach nicht stillsitzen oder als faul betrachtet werden wollte. Manchmal arbeitete er so lang und so spät, daß er gar nicht mehr zu seinem Nachtlager zurückkehrte. Dann schlief er draußen und hatte manchmal das Glück, in der Nähe des Walnußbaums zu sein; schaukelte dann in der Plane, die sie dort ließen für den Fall, daß sie sie brauchten. Nachdem in Palestine die Baumwolle eingebracht, in Ballen gepackt und versteigert war, heiratete Joe und arbeitete noch mehr.

Ob der Jäger nach dem Feuer in der Nähe von Vienna geblieben war? Oder war er zurück nach Wordsworth gegangen? Hatte er sich – wie angekündigt – weiter nördlich eine Bleibe gesucht und sich auf seine Weise durch die Welt geschlagen? Im Jahre 1926, weit entfernt von all diesen Orten, glaubte Joe, vielleicht sei der Jäger doch nach Wordsworth gezogen, und wenn er Victory fragen könnte, dann würde der sich bestimmt ganz genau erinnern (vorausgesetzt, er war noch am Leben und nicht völlig gebrochen vom Knast), denn Victory erinnerte sich an alles und konnte Dinge glasklar im Kopf behalten. Zum Beispiel, wie oft Pfauenweibchen ein bestimmtes Nest benützt hatten. Zum Beispiel, wo ein Hennateppich aus Kiefernnadeln knöcheltief war. Zum Beispiel, ob ein bestimmter Baum – der, dessen Wurzeln an seinem Stamm hinaufwuchsen – vor zwei Tagen in Knospen stand oder vor einer Woche und wo genau das war.

Über all das denkt Joe an einem eisigen Tag im Januar nach. Er ist weit fort von Virginia und noch weiter von Eden. Während er den Mantel anzieht und die Mütze aufsetzt, spürt er Victory regelrecht an seiner Seite, als er sich – bewaffnet – aufmacht, um Dorcas zu finden. Er hat nicht vor, ihr etwas anzutun oder, wovor der Jäger gewarnt hatte, etwas Schwaches zu töten. Sie ist weiblich. Und sie ist keine Beute. Also hat er das gar nicht vor. Aber er jagt nach ihr, und auf der Jagd ist die Waffe ein ebenso natürlicher Begleiter wie Victory.

Er pirscht durch die Stadt, und die erhebt keinen Einwand und greift nicht ein. Es ist der erste Tag des Jahres. Die meisten Menschen sind müde von der vergangenen Nacht. Farbige allerdings feiern auch noch den Tag durch, mit einem Festessen, das sich bis in die Nacht hinziehen kann. Die Straßen sind glatt. Die Stadt sieht so unbewohnt aus wie ein Dorf.

«Ich will sie nur sehen. Ihr sagen, daß ich weiß, sie hat das nicht so gemeint. Sie ist jung. Junge Leute schlagen über die Stränge. Platzen einfach los, ohne sich was dabei zu denken. Wie ich, als ich damals mit einem ungeladenen Gewehr in die Blätter geschossen hab. Wie ich, als ich damals gesagt hab: ‹Einverstanden, Violet, ich heirate dich›, nur weil ich nicht gesehen hab, ob eine wilde Frau die Hand ausstreckt oder nicht.»

Die Straßen, durch die er geht, sind glänzend feucht und schwarz. In seiner Manteltasche ist die Fünfundvierziger, für die er sein Gewehr versetzt hat. Er hatte gelacht, als er sie in die Hand nahm, eine dicke Babywaffe, wahrscheinlich laut wie eine Kanone. Nichts Kompliziertes; man müßte sich schon selbst ein Bein stellen, um danebenzuschießen, aber er wird nicht danebenschießen, weil er gar nicht zielen wird. Nicht auf diese kaputte Haut. Nie. Verletze nie die Jungen: Nesteier, Fischlaich, halbflügge Vögel, Rogen ...

Ein Wind steigt aus dem Treppenaufgang der U-Bahn und bläst ihm die Mütze vom Kopf. Er läuft und hebt sie aus der Gosse auf, in die sie geflogen ist. Er sieht nicht die Papierbinde von einer White-Owl-Zigarre, die oben auf der Mütze klebt. Als er in der Bahn sitzt, schwitzt er stark und zieht den Mantel aus. Die Papiertüte fällt dumpf zu Boden. Joe schaut auf die Finger eines Mitfahrenden hinunter, der die Tüte aufhebt und ihm zurückgibt. Joe nickt ein Danke und schiebt die Tüte zurück in die Manteltasche. Eine Negerin schüttelt den Kopf über ihn. Über die Papiertüte? Ihren Inhalt? Nein, über sein tropfendes Gesicht. Sie hält ihm ein frisches Taschentuch hin, damit er sich das Gesicht abwischen kann. Er lehnt ab, zieht den Mantel wieder an und schiebt sich zur Tür, um in die vorbeirauschende Dunkelheit zu starren.

Der Zug hält plötzlich an und wirft die Fahrgäste nach vorn. Als würde er sich gerade noch daran erinnern, daß dies die Haltestelle ist, wo Joe aussteigen muß, wenn er sie finden will.

Drei Mädchen drängen aus dem Zug und klacken die eisigen Stufen hinunter. Drei wartende Männer begrüßen sie, und sie ordnen sich zu Paaren. Es ist beißend kalt. Die Mädchen haben rote Lippen, und ihre Beine flüstern durch Seidenstrümpfe miteinander. Die roten Lippen und die Seide strahlen Macht aus. Eine Macht, die sie gegen das Recht eintauschen werden, sich überwältigen, durchbohren zu lassen. Die Männer an ihrer Seite lieben das, denn am Ende werden sie hineingreifen, sie weiten, sich genußvoll dieser Macht versichern, sie packen und sie still halten.

Als Joe sie das dritte Mal zu finden versuchte (da war er schon ein verheirateter Mann), hatte er an dem Hügel nach dem

Baum gesucht – nach dem, dessen Wurzeln rückwärts wuchsen, als kehrten sie, nachdem sie gehorsam in die Erde getaucht waren und sie für unfruchtbar befunden hatten, zum Stamm zurück, um sich zu holen, was sie brauchten. Trotzig und aller Logik zuwider kletterten diese Wurzeln nach oben. Auf Blätter, Licht und Wind zu. Unterhalb des Baumes war der Fluß, den die Weißen Treason – Verrat – nannten, wo die Fische nur so an die Angel sprangen und das Schwimmen zwischen ihnen gelassen oder ausgelassen sein konnte. Aber um dort hinzukommen, riskierte man den Verrat durch den Boden, auf dem man ging. Die Hänge und niedrigen, sanft zum Fluß abfallenden Hügel erschienen nur einladend; unter Kletterpflanzen, Teppichgras, wildem Wein, Hibiskus und Waldsauerampfer war der Boden durchlässig wie ein Sieb. Ein Schritt konnte deinen Fuß oder gar dich ganz mit Haut und Haar verschlingen.

«Was will sie denn bloß mit so einem Gockel? Der an der Ecke herumkräht und zuschaut, wie die Küken sich um ihn zanken. Haben doch nichts, was ich nicht besser hab. Und ich weiß, wie man mit Frauen umgeht. Ich hab nie eine schlecht behandelt und würd's auch nie machen. Würde nie eine Frau wie einen Hund in einer Höhle wohnen lassen. Die Gockel dagegen schon. Das hat sie selbst gesagt. Daß die jungen Leute an keinen als sich selbst denken können; daß auf dem Sportplatz oder im Tanzsaal die Jungen immer nur an sich selbst dachten. Wenn ich sie finde, dann weiß ich – da wett ich mein Leben –, daß sie sich nicht mit einem von denen zusammengetan hat. Daß seine Kleider nicht ganz mit ihren verwurstelt sind. Sie nicht. Nicht Dorcas. Allein wird sie sein. Eigensinnig. Von mir aus wild. Aber allein.»

Auf der anderen Seite des Baumes, hinter dem Hibiskus, lag ein Findling. Dahinter eine Öffnung, so schlecht getarnt, daß sie nur Menschenwerk sein konnte. Kein Fuchs, kein jungendes Reh wäre so nachlässig. Hatte sie sich dort versteckt? War sie so klein? Er hockte sich hin, um genauer nach Zeichen von ihr zu suchen, ohne jedoch welche zu erkennen. Schließlich steckte er den Kopf hinein. Pechschwarz. Kein Gestank von Kot oder Pelz. Ein eher häuslicher Geruch – nach Öl, Asche – zog ihn weiter. Krabbelnd, sich durch einen Tunnel zwängend, der so niedrig war, daß er sein Haar streifte. Gerade als er beschloß zurückzukriechen, wurde der Lehm unter seinen Händen zu Stein, und Licht traf seine Augen so plötzlich, daß er zurückzuckte. Er war durch ein paar Körperlängen Dunkelheit gekrochen und schaute jetzt zur Südseite des Felsgebildes nach draußen. Ein natürlicher Gang. Der nirgends hinführte. Der sich von einer Seite des Abhangs zur anderen wand. Unten glitzerte der Verräterfluß. Unfähig, sich drinnen umzudrehen, wand er sich zunächst ganz heraus, um dann mit dem Kopf zuerst wieder hineinzukriechen. Sobald er im Freien war, verstärkte sich der häusliche Geruch. Speiseöl roch unter sengendem Sonnenlicht. Dann sah er die Felsspalte. Er rutschte auf dem Hintern hinein, bis ein Boden seine Rutschtour aufhielt. Es war, als fiele er in die Sonne. Mittagslicht folgte ihm wie Lava in einen Raum aus Stein, in dem jemand etwas in Öl kochte.

«Sie muß mir nichts erklären. Sie braucht kein Wort sagen. Ich weiß, wie es ist. Mag sie denken, es ist Eifersucht; aber ich bin ein sanfter Mann. Nicht, daß ich Sachen nicht spüre. Ich hab schon allerhand Schweres durchgemacht. Und bin durchgekommen. Ich spür Sachen genau wie jeder andere.

Sie wird allein sein.

Sie wird sich zu mir umdrehen.

Sie wird die Hand ausstrecken und in häßlichen Schuhen auf mich zukommen, aber ihr Gesicht ist rein, und ich bin stolz auf sie. Ihre zu fest geflochtenen Zöpfe plagen sie, deshalb löst sie

sie, als sie auf mich zukommt. Sie ist so froh, daß ich sie gefunden habe. Wölbt sich mir entgegen, ist weich, will, daß ich es tue, bittet mich. Nur mich. Keinen andern als mich.»

Anfangs verspürte er Frieden und eine Art Vorsicht, als ob da etwas wartete. Ein Gefühl wie vor der Mahlzeit, wenn jemand aufs Essen wartet. Obwohl es ein privater Ort war, mit einer der Außenwelt verschlossenen Öffnung, konnte man, einmal hineingelangt, tun, was man wollte: herumstöbern, Dinge zerschlagen, anfassen und woandershin legen. Alles so verändern, wie es nie gedacht gewesen war. Die Farbe der Steinwände hatte von Gold zu einem Fischkiemenblau gewechselt, als er ging. Er hatte gesehen, was zu sehen war. Ein grünes Kleid. Einen Schaukelstuhl ohne Armlehne. Einen Ring aus Steinen zum Kochen. Gläser, Körbe, Töpfe; eine Puppe, eine Spindel, Ohrringe, ein Photo, einen Stapel Stöcke, ein Set silberner Bürsten und ein silbernes Zigarrenetui. Und. Und ein Paar Männerhosen mit beinernen Knöpfen. Sorgfältig zusammengelegt ein Seidenhemd, blaß verschossen und vergilbt, bis auf die Nähte. Dort waren sowohl Faden als auch Stoff frisch und sonnengelb.

Aber wo ist *sie*?

DA IST SIE. Keine tanzenden Brüder sind in dieser Wohnung, keine atemlosen Mädchen warten darauf, daß die weiße Glühbirne gegen die blaue ausgetauscht wird. Dies ist ein Erwachsenenfest – was sich hier abspielt, spielt sich in hellem Licht ab. Um den Schwarzbrand wird kein Geheimnis gemacht, und was geheim ist, ist nicht verboten. Du zahlst einen oder zwei Dollar Eintritt, und schon ist alles, was du sagst, gescheiter und witziger als daheim in deiner Küche. Dein Witz schäumt über wie zum Glasrand aufsteigender Schaum. Das Gelächter ist wie Geläut von Glocken, die keine Hand zum Ziehen des Seils brauchen; es klingelt fort und fort, bis dir ganz schwach davon ist. Du kannst gefahrlos Gin trinken oder beim Bier bleiben, aber beides brauchst du nicht, denn eine Berührung am Knie, zufällig oder beabsichtigt, peitscht das Blut auf wie ein Schuß Bourbon von vor der Prohibition oder zwei Finger, die deine Brustwarze kneten. Deine Lebensgeister steigen zur Decke, schweben ein wenig dort und betrachten vergnügt die herausgeputzte Nacktheit da unten. Du weißt, daß in einem Zimmer mit geschlossener Tür etwas Verruchtes vor sich geht. Aber hier, wo sich Partner unter der Inbrunst eines herzzerreißenden Gesangs aneinanderdrängen oder zum nächsten wechseln, ist schon Blenderei und Frechheit genug.

Dorcas ist zufrieden, erfüllt. Zwei Arme umfangen sie, und sie kann die Wange auf die eigene Schulter legen, während ihre Handgelenke sich hinter seinem Hals kreuzen. Es ist gut, daß sie zum Tanzen nicht viel Platz brauchen, denn viel Platz gibt es nicht. Im Zimmer herrscht Gedränge. Männer stöhnen vor Befriedigung; Frauen säuseln vor Erwartung. Die Musik verneigt sich, fällt auf die Knie, um alle zu umarmen, sie alle zu ermutigen, ein wenig zu leben, nun los doch, denn schließlich ist dies hier, was ihr alle sucht.

Dorcas' Partner flüstert ihr nichts ins Ohr. Seine Versprechen offenbaren sich schon durch das Kinn, das er ihr ins Haar drückt, und die Fingerspitzen, die bleiben. Sie reckt sich, um seinen Hals zu umschließen. Er beugt sich hinunter, um es ihr leichter zu machen. Sie sind sich einig über alles oberhalb der Gürtellinie und darunter: Muskel, Sehne, Gelenk und Mark arbeiten zusammen. Und wenn die Tänzer zögern, einen Augenblick lang zweifeln, dann löst und beseitigt die Musik jedes Problem.

Dorcas ist glücklich. Glücklicher als je zuvor. Keine weißen Strähnen durchziehen den Schnurrbart ihres Partners. Er ist auf dem aufsteigenden Ast, im Kommen. Habichtsaugen, unermüdlich und ein wenig grausam. Er hat ihr noch nie ein Geschenk gemacht oder auch nur daran gedacht. Manchmal ist er am verabredeten Ort, manchmal nicht. Andere Frauen wollen ihn – um jeden Preis –, und er ist wählerisch. Was sie wollen und der Preis, den er zu vergeben vermag, ist nur sein raffiniertes Selbst. Was ist schon ein Paar Seidenstrümpfe im Vergleich zu ihm? Kein Vergleich. Dorcas hat Glück. Und weiß es. Und ist so glücklich wie noch nie zuvor.

«Er kommt mich suchen. Ich weiß es, weil ich weiß, wie ausdruckslos seine Augen wurden, als ich zu ihm gesagt habe, er soll nicht. Und wie sie danach gezuckt haben. Ich hab es nicht nett gesagt, obwohl ich das vorhatte. Ich hab die Argumente eingeübt; vor dem Spiegel bin ich sie einzeln durchgegangen: das Heimlichtun und seine Frau und alles. Ich hab kein Wort von unserem Altersunterschied und von Acton gesagt. Kein Wort von Acton. Aber er hat mir widersprochen, drum hab ich gesagt: Laß mich in Ruhe. Laß mich doch in Ruhe. Geh weg. Bring mir noch *eine* Flasche Kölnischwasser, und ich trink es aus und sterbe, wenn du mich nicht in Ruhe läßt.

Er hat gesagt: Von Kölnischwasser stirbt man nicht.

Ich hab gesagt: Du verstehst mich schon.

Er hat gesagt: Willst du, daß ich meine Frau verlasse?

Ich hab gesagt: Nein! Ich will, daß du *mich* verläßt! Ich will dich nicht in mir. Ich will dich nicht neben mir. Ich hasse dieses Zimmer. Ich will hier nicht sein, und komm mich bloß nicht suchen.

Er hat gesagt: Warum nicht?

Ich hab gesagt: Darum. Darum. Darum.

Er hat gesagt: Warum darum?

Ich hab gesagt: Weil mir schlecht von dir wird.

Schlecht? Dir wird schlecht von mir?

Von mir wird mir schlecht und von dir.

Das hab ich nicht so gemeint... das mit dem Schlechtwerden. Das hat nicht gestimmt. Daß mir von ihm schlecht wird, mein ich. Ich wollte ihm nur begreiflich machen, daß ich Aussichten hatte, Acton zu kriegen, und das wollte ich, und ich wollte meinen Freundinnen davon erzählen können. Wo wir hingegangen sind und was er getan hat. Die ganzen Sachen. Das ganze Zeug halt. Was nützen denn Geheimnisse, wenn man keinem davon erzählen kann? Ich hab Felice was von Joe und mir angedeutet, und sie hat gelacht, und dann hat sie mich angestarrt und die Stirn gerunzelt.

Das hab ich ihm aber nicht erzählen können, weil ich ja die andern Argumente eingeübt hatte und dann durcheinandergekommen bin.

Aber er kommt mich suchen. Das weiß ich. Er hat überall nach mir geschaut. Vielleicht findet er mich morgen. Vielleicht schon heut abend. Hier draußen. Hier ganz weit draußen.

Wie wir aus der Bahn ausgestiegen sind, ich, Acton und Felice, da hab ich gedacht, er steht in der Einfahrt neben dem Bonbongeschäft, aber er war es nicht. Noch nicht. Überall denk ich, daß ich ihn sehe. Ich weiß, daß er am Suchen ist, und jetzt weiß ich auch, daß er kommt.

Ihm war sogar egal, wie ich aussah. Ich konnte alles tun und lassen – und er hat sich drüber gefreut. Etwas daran hat mich rasend gemacht. Ich weiß nicht.

Acton hier, der sagt mir, wenn ihm meine Frisur nicht gefällt. Und dann frisier ich mich so, wie er es mag. Ich setz nie eine Brille auf, wenn er dabei ist, und ich hab mein Lachen verändert, so daß es ihm besser gefällt. Glaub ich jedenfalls. Ich weiß, daß es ihm vorher nicht gefallen hat. Und jetzt spiel ich mit meinem Essen rum. Joe hat es gern gehabt, wenn ich alles aufaß und mehr wollte. Acton guckt mich nur still an, wenn ich nachhaben will. Acton macht sich derartige Gedanken um mich. Joe hat das nie getan. Joe hat sich nicht drum gekümmert, was für eine Frau ich bin. Hätte er aber sollen. Mir war es wichtig. Ich wollte was darstellen, und mit Acton bin ich was. Ich hab jetzt Stil. Was die bleistiftdünnen Augenbrauen aus meinem Gesicht machen, ist ein Traum. Meine ganzen Armreifen sitzen dicht am Ellbogen. Manchmal knote ich mir die Strümpfe unterm Knie statt drüber. Ich hab drei Riemchen überm Spann, und daheim hab ich Schuhe aus gestanztem Leder, so daß es wie Spitze aussieht.

Er kommt mich suchen. Vielleicht heut abend. Vielleicht hierher.

Wenn er kommt, dann wird er schauen und sehen, wie eng Acton und ich tanzen. Wie ich den Kopf auf den Arm lege, mit dem ich mich an ihm festhalte. Hinten schwingt mein Rocksaum runter und tanzt auf meinen Waden, während wir uns erst vor und zurück, dann von links nach rechts wiegen. Vorn berühren sich unsere Körper überall. Nichts kann zwischen uns kommen, so eng sind wir. Viele Mädchen hier würden gern so mit ihm sein. Das seh ich, wenn ich die Augen aufmache und an seinem Hals vorbeiguck. Ich reib mit dem Daumennagel über seinen Nacken, damit die Mädchen wissen, ich weiß, daß sie ihn wollen. Er mag das nicht und dreht den Kopf, damit ich aufhör, ihn so am Hals zu berühren. Und ich hör auf.

Joe wär das egal. Bei dem könnte ich überall reiben. Der hat mich Lippenstiftbilder an Körperteile malen lassen, für die er einen Spiegel zum Angucken gebraucht hat.»

Was auch immer nach dem Ende dieses Fests geschehen wird, es ist nichts. Alles findet jetzt statt. Es ist wie im Krieg. Jeder ist schön, jeder strahlt und denkt nur an das Blut der anderen. Als wäre der rote Strom, der anderen Adern als ihren eigenen entflieht, eine wegen ihres Glanzes patentierte Gesichtsschminke. Beseelend. Bezaubernd. Danach wird es ein wenig Gerede, Wiedergekäue des Vorgefallenen geben; aber eben nichts im Vergleich mit dem, was hier läuft, und dem Rhythmus, der das Herz schlagen läßt. Im Krieg oder auf einem Fest ist jedermann verschlagen, ein Ränkeschmied; Ziele werden gesetzt und verändert; Allianzen neu formiert. Partner und Rivalen vernichtet; neue Paarungen triumphieren. Die umwerfenden Möglichkeiten werfen Dorcas um, denn hier – im Erwachsenenleben wie im Krieg – geht es den Leuten ums Überleben.

«Er kommt mich suchen. Und wenn er das tut, wird er sehen, daß ich nicht mehr ihm gehör. Ich gehör Acton, und nur dem will ich gefallen. Er erwartet das. Bei Joe hab ich getan, was mir gefiel, weil er mich dazu ermutigt hat. Bei Joe hab ich die Weltachse gedreht, das Heft in der Hand gehabt.»

O dieses Zimmer – die Musik – die Leute, die in den Türrahmen lehnen. Silhouetten küssen sich hinter Vorhängen; spielerische Finger erforschen und liebkosen. Dies ist der Ort, wo es hoch hergeht. Dies ist der Markt, wo Gesten alles sind: das blitzschnelle Lecken einer Zunge; ein Daumennagel, der die geschlitzten Wangen einer lila Pflaume entlangfährt. Jeder abgelegte Liebhaber in nassen, nicht zugebundenen Schuhen und einem hochgeknöpften Pullover unter dem Mantel ist hier ein Fremder. Dies ist nicht der Ort für alte Männer; dies ist der Ort für Romanzen.

«Er ist hier. O schau doch. Gott. Er weint. Falle ich? Warum falle ich nur? Acton hält mich fest, und trotzdem falle ich. Köpfe drehen sich, um zu sehen, wo ich hinfalle. Es ist dunkel, und jetzt ist es hell. Ich liege auf einem Bett. Jemand wischt mir den Schweiß von der Stirn, aber ich friere, ich friere so sehr. Ich sehe Münder sich bewegen; sie alle sagen mir was, was ich nicht hören kann. Weit weg, am Fußende des Bettes, sehe ich Acton. Blut ist an seiner Jacke, und er tupft mit einem weißen Taschentuch daran herum. Jetzt zieht ihm eine Frau die Jacke von den Schultern. Er ist böse wegen dem Blut. Es wird wohl mein Blut sein, und es hat durch die Jacke hindurch sein Hemd befleckt. Die Gastgeberin schreit. Ihr Fest ist ruiniert. Acton sieht wütend aus; die Frau bringt seine Jacke zurück, und sie ist nicht sauber, so wie vorher und wie er sie gern hat.

Jetzt höre ich sie.

‹Wer? Wer war das?›

Ich bin müde. Schläfrig. Ich sollte eigentlich hellwach sein, weil grad was Wichtiges passiert.

‹Wer hat das getan, Mädchen? Wer hat dir das angetan?›

Sie wollen, daß ich seinen Namen sag. Ihn endlich vor allen aussprech.

Acton hat sein Hemd ausgezogen. Leute versperren die Tür;

hinter ihnen recken sich welche, um besser zu sehen. Mit der Grammophonmusik ist es vorbei. Jemand, auf den sie gewartet haben, spielt jetzt Klavier. Und dazu singt eine Frau. Die Musik ist leise, aber den Text kenn ich auswendig.

Felice beugt sich dicht herunter. Ihre Hand hält meine zu fest. Ich versuche, ihr mit dem Mund zu bedeuten, sie soll näher kommen. Ihre Augen sind größer als die Lampen an der Decke. Sie fragt, ob er es war.

Sie wollen unbedingt, daß ich seinen Namen sag, damit sie ihn verfolgen können. Ihm seinen Musterkoffer mit Rochelle und Bernadine und Faye drin wegnehmen. Ich kenn seinen Namen, aber: ‹Mama won't tell.› Die Welt hat sich unter meiner Hand um ihre Achse gedreht, Felice. Dort in dem Zimmer mit dem Eiszeichen im Fenster.

Felice legt ihr Ohr an meine Lippen, und ich schrei es ihr zu. Denk ich zumindest.

Leute gehen.

Jetzt ist es klar. Durch die Tür seh ich den Tisch. Darauf steht eine braune Holzschale, flach, niedrig wie ein Tablett, bis an den Rand gefüllt mit Orangen. Ich will schlafen, aber jetzt ist es klar. So klar, die dunkle Schüssel, der Berg Orangen. Einfach nur Orangen. Leuchtend. Hör zu. Ich weiß nicht, wer die Frau ist, die da singt, aber den Text kenn ich auswendig.»

HERZBLATT. So wurde das Wetter genannt. Herzblattwetter, der schönste Tag des Jahres. Und da hat es angefangen. An einem Tag so rein und beständig, daß die Bäume sich herausputzten. In der Mitte eines Stücks Beton, um ihr Leben besorgt, putzten sie sich das Gefieder. Albern, ja, aber so ein Tag war es. Ich konnte richtig sehen, wie die Lenox breiter wurde und die Männer aus ihren Läden kamen, um zuzuschauen, wie sie dastanden mit den Händen unter der Schürze oder in den Gesäßtaschen und sich einfach nur auf der Straße umschauten, die breiter und breiter wurde, um den Tag aufnehmen zu können. Kriegsversehrte Veteranen halb in Uniform und halb in Zivil hörten auf, Arbeitern griesgrämig zuzuschauen; statt dessen gingen sie zu Father Divines Speisung, und nach dem Essen drehten sie sich Zigaretten und ließen sich am Rinnstein nieder wie auf einem Sofa von Duncan Phyfe. Und die mit den Absätzen auf dem Pflaster klappernden Frauen stolperten gelegentlich an den Gehwegfugen, weil sie zu den Bäumen hinaufblickten, um zu sehen, wo dieses reine, weiche, aber beständige Licht herkam. Das Rumpeln des M 11ers und M 2ers war fern, weit fort, und auch das der Packards. Sogar die lauten Fords fuhren ruhiger, und keiner hatte Lust zu hupen oder sich aus dem Fahrerfenster zu lehnen und jemanden anzuschnauzen, der zu lang zum Überqueren der Straße brauchte. Die Süße des Tages kitzelte sie und ließ sie einer Frau, die in glänzenden schwarzen Stöckelschuhen über die Ritzen stolperte, laut zurufen: «He, Süße, wie wär's mit uns zwei? Komm doch mit zu mir!»

Junge Männer auf den Dächern wechselten die Tonlage; spuckten aus und machten eine Weile mit dem Mundstück herum, und wenn sie es wieder einsetzten und die Backen aufbliesen, dann klang es genau wie das Licht jenes Tages, rein und stetig und irgendwie freundlich. Man hätte glauben können, alles wäre vergeben und vergessen, so spielten sie. Die Klarinetten hatten es schwer, weil das Blech so zierlich spielte, nicht gemein tief, wie sie es sonst so lieben, sondern hoch und schön wie ein junges Mädchen, das an einem Bachufer singt, zum puren Zeitvertreib, die Knöchel im kalten Wasser. Die jungen Männer mit dem Blech hatten vermutlich weder so ein Mädchen noch so einen Bach je gesehen, aber sie erfanden sie an diesem Tag. Auf den Dächern. Ein paar auf der 254, wo es kein schützendes Geländer gibt; ein anderer auf der 131, der mit dem apfelgrünen Wassertank; und jemand direkt daneben, auf der 133, wo in Schmalzfässern Tomaten wachsen und eine Pritsche zum Nachts-drauf-Schlafen steht. Um Kühlung zu finden und den Mücken zu entkommen, die nicht in der Lage sind, so weit hinaufzufliegen, oder nicht gewillt, das zarte Nackenfleisch in der Nähe der Straßenlaternen zu verlassen. Drum konnte ich von der Lenox bis zur St. Nicholas und quer über die 135th Street und die Lexington, von der Convent bis zur Eighth die Männer ihre Ahornsirupherzen frei hinausspielen hören, und sie zapften dabei vierhundert Jahre alte Bäume an und ließen einfach alles den Stamm hinunterfließen und vergeudeten es, weil sie keinen Eimer zum Auffangen hatten und auch keinen wollten. Sie wollten es an diesem Tag einfach nur laufen lassen, langsam, wenn es wollte, oder schnell, aber jedenfalls ungehemmt an Bäumen hinunter, die platzten vor Begierde, es hinzugeben.

So klangen die jungen Männer mit dem Blech an diesem Tag. Selbstgewiß und sicher, daß sie Heilige waren, so standen sie dort oben auf den Dächern, zunächst einander zugewandt, aber als klar war, daß sie die Klarinetten ausgestochen hatten, kehrten sie ihnen den Rücken zu, hoben ihre Hörner steil empor und gesellten sich zum Licht, genauso rein und stetig und irgendwie freundlich.

Kein Tag, um ein Leben kaputtzumachen, das schon zersplittert ist wie eine billige Fensterscheibe, aber Violet, tja, Violet mußte man eben kennen. Die dachte, sie brauchte nur Malzmilch mit Dr. Dee's Nerven- und Nährextrakt zu trinken, Schweinefleisch zu essen und würde dann schon genug zunehmen, daß ihr Kleid hinten ausgefüllt wäre. Meistens trug sie an warmen Tagen wie diesem einen Mantel, damit die Männer am Bordstein nicht mitleidig den Kopf schüttelten, wenn sie vorüberging. Aber an diesem Tag, diesem freundlichen, schönen Tag, machte sie sich keine Gedanken um ihren fehlenden Hintern, denn sie kam aus der Tür und stand auf der Eingangstreppe, die Ellbogen in der Hand und die Strümpfe bis an die Knöchel heruntergerollt. Sie hatte zugehört, wie die Musik Joes Schluchzer übertönte, die jetzt leiser geworden waren. Wohl, weil sie Alice Manfred Dorcas' Photo zurückgebracht hatte. Aber die Stelle, an der das Photo gestanden hatte, war mit Händen zu greifen. Vielleicht glaubte sie deshalb, als sie dort auf der Eingangstreppe stand und nicht auf ihren Hintern achtete, so bereitwillig, die Treppen herauf und auf sie zu käme eine zweite, lebensechte Dorcas, mitsamt den vier Wasserwellen.

Sie trug eine Okeh-Platte unter dem Arm und ein halbes Pfund in rosa Fleischerpapier gewickeltes Siedfleisch in der Hand, obwohl die Sonne zu heiß ist, um mit Fleisch auf der

Straße rumzutrödeln. Wenn sie sich nicht beeilt, wird es hinüber sein – zu kochen beginnen, noch bevor sie es auf den Herd bringt.

Säumiges Mädchen. Sie hat die Arme voll, aber nicht viel im Kopf.

Sie macht mich kribbelig.

Wegen ihr gerate ich jetzt ins Zweifeln, ob dieses schöne Wetter wohl länger als einen Tag anhält. Mich beunruhigt schon die Asche, die aus der blauen Ferne auf diese Straßen fällt. Ein Rußfilm legt sich auf die Simse, bedeckt die Fensterscheiben. Und nun beunruhigt auch sie mich noch, läßt mich an mir selber zweifeln, wenn ich nur zusehe, wie sie so durch die Sonnenspeere zuckelt. Die Treppe hinaufsteigt, direkt auf Violent zu.

«Meine Mutter und mein Vater haben beide in Tuxedo gewohnt. Ich hab sie kaum zu Gesicht bekommen. Ich hab bei meiner Großmutter gewohnt, und die hat gesagt: ‹Felice, sie wohnen nicht in Tuxedo; sie arbeiten da und wohnen bei uns.› Nichts als leere Worte: wohnen, arbeiten. Alle drei Wochen hab ich sie zweieinhalb Tage gesehen und dann an Weihnachten und Ostern einen ganzen Tag. Ich hab sie gezählt. Zweiundvierzig Tage, wenn man die halben mitzählt – aber das mach ich nicht, weil die fast mit Packen und zum Zuggehen draufgingen –, und zwei Feiertage, macht vierundvierzig, aber in Wirklichkeit nur vierunddreißig, weil die halben eigentlich nicht zählen. Vierunddreißig Tage im Jahr.

Wenn sie heimkamen, haben sie mir einen Kuß gegeben und mir was geschenkt, meinen Opalring zum Beispiel, aber eigentlich wollten sie ausgehen und irgendwo tanzen (meine Mutter) oder schlafen (mein Vater). Sonntags haben sie es sogar in die Kirche geschafft, aber meine Mutter ist heute noch traurig wegen all den Sachen, bei denen sie in der Kirche eigentlich mitmachen wollte – die Abendessen und Versammlungen, den Kellerraum für die Sonntagsschulfeste herrichten und die Empfänge nach den Beerdigungen –, zu denen sie aber wegen ihrer Arbeit in Tuxedo nein sagen mußte. Und am allerliebsten hat sie sich den Klatsch von den Frauen in der Circle-A-Society angehört, was so passiert ist; und sie hätte auch gern ein bißchen getanzt und Karten gespielt.

Mein Vater ist lieber im Bademantel geblieben und hat sich zur Abwechslung mal bedienen lassen und dabei die Zeitungsstapel durchgelesen, die ich und meine Großmutter für ihn aufgehoben haben. Die *Amsterdam, Age, The Crisis, The Messenger*, den *Worker*. Manche davon hat er mit nach Tuxedo genommen, weil er sie dort oben nicht gekriegt hat. Er mag sie gern ordentlich gefaltet, wenn es Zeitungen sind, und die Illustrierten ohne Fettflecke und Fingerabdrücke, drum les ich in denen nicht soviel. Meine Großmutter liest sie und paßt gut auf, daß sie nicht knittern oder schmutzig werden. Nichts macht ihn wütender als eine unordentlich gefaltete Zeitung aufschlagen. Er stöhnt und grunzt beim Lesen, und manchmal lacht er, aber er würde es nie seinlassen, obwohl das Lesen sein Blut in Wallung bringt, hat meine Großmutter gesagt. Das Tolle daran ist für ihn, alles zu lesen und dann mit meiner Mutter und Großmutter und den Freunden, mit denen sie Karten spielen, drüber zu streiten.

Einmal hab ich gedacht, wenn ich die aufgehobenen Zeitungen lese, dann könnt ich mit ihm diskutieren. Aber ich hab mir das Falsche rausgesucht. Ich hatte von den weißen Polizisten gelesen, die eingesperrt worden sind, weil sie ein paar Neger umgebracht hatten, und hab zu ihm gesagt, ich wär froh, daß sie eingesperrt worden wären und daß es auch an der Zeit war.

Er hat mich angeguckt und geschrien: ‹Die Geschichte ist nur reingekommen, weil es was Neues war, Mädel, was Neues!›

Ich hab nicht gewußt, was ich darauf sagen soll, und angefangen zu weinen, und da hat meine Großmutter gesagt: ‹Junge, geh, setz dich›, und meine Mutter hat gesagt: ‹Walter, laß sie in Frieden mit dem Zeug.›

Sie hat mir dann erklärt, was er gemeint hat: daß für den alltäglichen Mord an Negern durch die Bullen nie einer eingesperrt wird. Danach hat sie mich mitgenommen, ein paar Sachen besorgen, die ihre Herrschaft in Tuxedo wollte, und ich hab sie nicht gefragt, warum sie das an ihren freien Tagen einkaufen muß, weil sie mich sonst ja nicht mit zu Tiffany in der Thirty-seventh Street mitgenommen hätte, wo es leiser zugeht, als wenn der Pfarrer das stille Gebet ankündigt. Wenn er das macht, dann hör ich immer Füße scharren, und manche Leute schneuzen sich. Aber bei Tiffany schneuzt sich keiner, und der Teppich schluckt sämtliche Schuhgeräusche. Wie in Tuxedo.

Vor Jahren, als ich noch klein war, bevor ich in die Schule kam, haben meine Eltern mich mal dorthin mitgenommen. Ich mußte die ganze Zeit still sein. Zweimal haben sie mich mitgenommen, und ich bin die ganzen drei Wochen mit dortgeblieben. Das hat dann aber aufgehört. Meine Mutter und mein Vater haben davon gesprochen, daß sie kündigen wollen, aber sie haben's nicht gemacht. Sie haben meine Großmutter zu sich geholt, daß sie auf mich aufpaßt.

Vierunddreißig Tage. Ich bin jetzt siebzehn, und das macht im ganzen kaum sechshundert Tage. Kaum zwei Jahre von siebzehn. Dorcas hat gesagt, ich könnt mich glücklich schätzen, weil sie wenigstens dagewesen sind, irgendwo, und wenn ich Heimweh hatte, konnte ich sie anrufen oder in den Zug steigen und sie besuchen. Ihre Eltern sind beide auf ganz schlimme Art gestorben, und sie hat sie gesehen, nachdem sie gestorben waren und bevor die Leute vom Bestattungsinstitut sie zurechtgemacht hatten. Sie hatte ein Photo von ihnen unter einer gemalten Palme. Ihre Mutter stand und hatte eine Hand auf die Schulter von ihrem Vater gelegt. Er saß da und hielt ein Buch in der Hand. Auf mich haben sie traurig gewirkt. Ich fand, sie sahen traurig aus, aber Dorcas hat sich gar nicht beruhigen können, wie gut die beiden aussahen.

Sie hat immer davon geredet, wer gut aussieht und wer nicht. Wer schlechten Atem hat und wer schöne Kleider, wer tanzen kann und wer ein Stoffel ist.

Meine Großmutter hat es nicht gern gesehen, daß wir Freundinnen waren. Sie hat nie gesagt wieso, aber ich hab es irgendwie gewußt. Ich hab in der Schule nicht viele Freundinnen gehabt. Dort sind nicht die Jungs, aber immer die Mädchen nach Hautfarbe zusammen gegangen. Ich kann so was nicht leiden – und Dorcas auch nicht. Also waren wir in der Hinsicht schon mal anders. Wenn so ein Drecksmaul gerufen hat: ‹He, du Fliege, wo ist die Buttermilch?› oder ‹He, Kräuselinchen, wo ist Krisselig?›, dann haben wir die Zunge rausgestreckt und die Finger in die Nase gesteckt, daß sie still sind. Aber wenn das nicht gewirkt hat, dann haben wir ihnen aufgelauert. Bei manchen solchen Schlägereien sind meine Kleider oder Dorcas' Brille kaputtgegangen, aber es war gut, mit Dorcas gegen diese Mädchen zu kämpfen. Sie hat nie Angst gehabt, und es war immer schön. In jeder Schule, in die wir gegangen sind, und jeden Tag.

Es hat dann ein paar Monate aufgehört, das Schöne, als sie anfing, mit dem alten Mann zu gehen. Ich war gleich von Anfang an auf dem laufenden, aber das hat sie nicht gewußt. Ich hab sie im Glauben gelassen, daß es ein Geheimnis ist, weil sie wollte, daß es eins ist. Zuerst hab ich gedacht, sie schämt sich deswegen oder wegen ihm und es wär ihr nur um die Geschenke zu tun. Aber sie hat Heimlichkeiten gern gehabt. Überlegen und Hin-und-Herdenken, wie sie Mrs. Manfred hinters Licht führen kann. Bei mir daheim schlüpfrige Wäsche anziehen und dann damit rumlaufen. Sachen verstecken. Sie hat Geheimnisse wirklich gern gemocht. Und sie hat sich auch nicht wegen ihm geschämt.

Er ist alt. Richtig alt. Fünfzig. Aber er entsprach schon ihrer Vorstellung von gutem Aussehen. Das muß ich ihm lassen. Dorcas hätte eigentlich hübscher sein müssen, als sie war. Da hat was nicht richtig gestimmt. Sie hat eigentlich alles fürs Hübschsein gehabt. Langes Haar mit Wellen, halb gut, halb schlecht. Helle Haut. Hat nie Hautbleichmittel benützt. Hübsche Gesichtsform. Aber irgendwie hat es nicht richtig gestimmt. Wenn du alles einzeln angeguckt hast, dann hast du es bewundert – das Haar, die Farbe, die Figur. Aber es hat nicht zusammengepaßt. Burschen haben sie angeschaut, gepfiffen und ihr Frechheiten hinterhergerufen, wenn wir die Straße runtergegangen sind. In der Schule haben alle möglichen Jungen mit ihr reden wollen. Aber dann war Schluß, es hat sich nichts draus ergeben. Es kann eigentlich nichts mit ihrer Art zu tun gehabt haben, weil sie gut reden konnte und auch gern Späße gemacht und Leute geneckt hat. Sie hatte nichts Hochnäsiges. Ich weiß nicht, was es war. Außer vielleicht, wie sie die Leute angestachelt hat. Ich mein, es war, wie wenn sie immer wollte, daß sie was Gefährliches tun. Sachen stehlen oder zurück in den Laden gehen und einer weißen Verkäuferin eine runterhauen, weil sie sie nicht bedienen wollte, oder jemand beschimpfen, der sie vor den Kopf gestoßen hatte. Ich faß es nicht. Für sie war alles wie im Kino, und sie war immer die auf den Bahngleisen oder die, die im Zelt des Scheichs in der Falle saß, wenn es Feuer fing.

Ich glaub, deshalb hat sie auch anfangs den alten Mann so gern gehabt. Wegen dem Heimlichtun und weil er eine Frau hatte. Er muß wohl was Riskantes gemacht haben, als sie ihn kennengelernt hat, sonst hätt sie sich nie auf seine Schleichtouren eingelassen. Sie hat jedenfalls gedacht, sie geht auf

Schleichtouren. Aber zwei Friseusen haben sie mal in diesem Nachtclub mit ihm gesehen, dem Mexico. Ich hab zwei Stunden bei denen im Laden verbracht und zugehört, was sie über sie und ihn zu erzählen hatten und alle möglichen anderen heimlichen Liebespaare. Denen hat es vor allem Spaß gemacht, über Dorcas und ihn zu tratschen, weil sie seine Frau nicht leiden konnten. Die hat ihnen ja die Kundschaft weggenommen, drum haben sie kein gutes Wort von ihr gesprochen, außer daß sie, Wahnsinn hin, Wahnsinn her, gut Haare richten kann, und wenn sie nicht verrückt wär, hätt sie eine richtige Lizenz kriegen können, statt ihnen die Kundschaft wegzuschnappen.

Aber die täuschen sich in ihr. Ich bin nämlich hin, um nach meinem Ring zu schauen, und sie spinnt kein bißchen.

Ich weiß, daß meine Mutter den Ring gestohlen hat. Sie hat gesagt, ihre Herrschaft hätte ihn ihr geschenkt, aber ich weiß, daß er an dem Tag bei Tiffany lag. Ein silberner Ring mit einem glatten schwarzen Stein, der Opal heißt. Die Verkäuferin ist nach hinten gegangen, das Paket holen, das meine Mutter abholen sollte. Sie hat dem Mädchen den Zettel von ihrer Chefin gegeben, damit sie es ihr aushändigen (und ihn sogar an der Tür vorgezeigt, damit sie sie reinlassen). Wie die Verkäuferin fort war, haben wir uns das Samttablett mit den Ringen angeschaut. Haben ein paar in die Hand genommen und wollten sie anprobieren, aber da ist ein Mann in einem wunderschönen Anzug herübergekommen und hat den Kopf geschüttelt. Nur ganz leicht. ‹Ich warte auf ein Paket für Mrs. Nicolson›, hat meine Mutter gesagt.

Da hat der Mann gelächelt und gesagt: ‹Natürlich. Es ist nur eine Vorsichtsmaßnahme. Wir müssen aufpassen.› Als wir gingen, hat meine Mutter gesagt: ‹Wegen was? Wegen was muß er aufpassen? Sie stellen das Tablett doch hin, damit die Leute die Sachen anschauen können, oder? Wieso muß er dann aufpassen?›

Sie hat zornig dreingeschaut und sich aufgeregt, und wir haben lang auf ein Taxi gewartet, das uns heimfuhr, und sie hat es deswegen auf einen Krach mit meinem Vater ankommen lassen. Am nächsten Morgen haben sie gepackt und sich fertiggemacht für den Zug zurück nach Tuxedo Junction. Sie hat mich hergerufen und mir den Ring gegeben und gesagt, ihre Chefin hätt ihn ihr geschenkt. Vielleicht machen die ja viele von der Sorte, aber ich weiß einfach, daß meine Mutter ihn von dem Samttablett genommen hat. Aus Trotz wahrscheinlich, aber sie hat ihn mir geschenkt, und ich mag ihn sehr und hab ihn Dorcas nur geliehen, weil sie so drum gebettelt hat und das Silber wirklich gut zu den Armreifen an ihrem Ellbogen paßte.

Sie wollte bei Acton Eindruck machen. Gar nicht so einfach das, weil der doch an allem rumgekrittelt hat. Der hat ihr nie was geschenkt, so wie der alte Mann. Ich weiß, daß sie von ihm Sachen angenommen hat, weil Mrs. Manfred lieber gestorben wäre, als Dorcas schlüpfrige Unterwäsche oder Seidenstrümpfe zu kaufen. Sachen eben, die sie zu Haus und in die Kirche nicht hat anziehen können.

Nachdem Dorcas Acton kennengelernt hatte, haben wir einander zwar noch gesehen wie vorher, aber sie war anders. Sie hat Acton so behandelt wie der alte Mann sie – ihm kleine Geschenke gemacht von dem Geld, das sie dem alten Mann und Mrs. Manfred abgeschwatzt hat. Keiner hat Dorcas je hektisch nach Arbeit suchen sehen, aber sie hat wahrlich hart gearbeitet, um zu Geld zu kommen, damit sie Acton Geschenke machen konnte. Zeug, das ihm sowieso nicht gefiel, weil es billig war, und die häßliche Krawattennadel hat er nie getragen und auch das seidene Einstecktuch nicht, wegen der Farbe. Der alte Mann hat ihr wohl beigebracht, nett zu sein, und das hat sie dann an Acton verschwendet, der es einfach als gegeben hinnahm wie auch sie selbst und jedes andere Mädchen, das ihn gern hatte.

Ich weiß nicht, ob sie sich von dem alten Mann getrennt hat oder ob sie ihn mit Acton betrogen hat. Meine Großmutter sagt, sie hat es sich selbst zuzuschreiben. Alles hat seinen Preis, hat sie gesagt.

Ich muß mich jetzt auf den Heimweg machen. Wenn ich hier zu lang rumsitze, kommt noch irgendein Mann auf die Idee, daß ich vielleicht was erleben will. Nicht mehr. Nach dem, was Dorcas passiert ist, will ich bloß noch meinen Ring zurück. Um ihn wiederzukriegen und meiner Mutter zu zeigen, daß ich ihn noch hab. Sie fragt mich ab und zu danach. Sie ist krank und arbeitet nicht mehr in Tuxedo, und mein Vater hat Arbeit im Pullman-Zug. So glücklich hab ich ihn noch nie erlebt. Wenn er die Zeitungen und Illustrierten liest, dann grunzt er immer noch und regt sich über das Gedruckte auf, aber jetzt kriegt er sie als erster und frisch gefaltet, und sein Geschimpfe ist nicht mehr so laut. ‹Jetzt hab ich die Welt gesehen›, sagt er.

Er meint Tuxedo und die Bahnstationen in Pennsylvania, Ohio, Indiana und Illinois. ‹Und alle Sorten von Weißenleuten, die's gibt. Es sind bloß zwei›, sagt er. ‹Die einen, die Mitleid mit dir haben, und die, die keins haben. Und beides läuft aufs gleiche raus. Für Achtung ist da kein Platz dazwischen.›

Er ist immer noch so streitlustig wie eh und je, aber glücklicher, weil er beim Zugfahren Neger Baseball spielen sieht, ‹leibhaftig und an Ort und Stelle, Herrschaft noch mal›. Es belustigt ihn, daß Weißenleute Angst haben, sich offen und ehrlich mit Negern zu messen.

Meine Großmutter wird in letzter Zeit langsamer, und meine Mutter ist krank, drum koche meistens ich. Meine Mutter will, daß ich einen netten Mann zum Heiraten finde. Ich will zuerst eine gute Arbeit. Selbst mein Geld verdienen. Wie sie auch. Wie Mrs. Spur. Wie Mrs. Manfred früher, bevor Dorcas sich zu Tode gebracht hat.

Ich bin da vorbeigegangen, um zu sehen, ob er meinen Ring

hat, weil meine Mutter mich immer wieder danach fragt und ich ihn nicht gefunden hab, wie ich nach der Beerdigung in Mrs. Manfreds Haus rumgestöbert hab. Aber ich hatte noch einen anderen Grund. Die Friseuse hat gesagt, der alte Mann wär völlig fertig. Würde den ganzen Tag und die ganze Nacht weinen. Hätte seine Arbeit aufgegeben und wär zu nichts mehr zu gebrauchen. Ich nehm an, er vermißt Dorcas und denkt drüber nach, daß er ja ihr Mörder ist. Aber er kann nicht viel von ihr gewußt haben. Wie gern sie Leute, Männer angestachelt hat. Alle außer Acton, aber den hätte sie auch noch rumgeschubst, wenn sie lang genug gelebt hätte oder er lang genug bei ihr geblieben wär. Es ging ihr nur ums Auffallen oder die Spannung. Ich war ja bei dem Fest dabei, und mit mir hat sie auch auf dem Bett geredet.

Ich hab drei Monate lang darüber nachgedacht, und wie ich gehört hab, daß er immer noch dabei ist und weint und so, da hab ich mich entschlossen, ihm von ihr zu erzählen. Was sie mir gesagt hat. Drum bin ich auf dem Weg heim vom Markt bei Felton vorbeigegangen, die Platte kaufen, die meine Mutter wollte. Ich bin zu dem Haus in der Lenox gekommen, wo Dorcas ihn immer getroffen hat, und da stand auf der Eingangstreppe die Frau, die sie Violent nennen wegen dem, was sie bei Dorcas' Beerdigung getan haben soll.

Ich bin nicht zur Beerdigung gegangen. Ich hab sie wie eine Närrin sterben sehen und war zu sauer, um zu ihrer Beerdigung zu gehen. Ich bin auch nicht zur Aufbahrung, sie ansehen. Ich hab sie danach nicht mehr leiden können. Und so wär's jedem gegangen. Die hat sich vielleicht als eine Freundin rausgestellt.

Ich wollte nur meinen Ring und dem alten Mann erzählen, daß er aufhören kann, sich so zu haben. Ich hab keine Angst vor seiner Frau gehabt, weil Mrs. Manfred sie zu Besuch hat kommen lassen und sie scheint's gut miteinander ausgekommen sind. Wenn man weiß, wie streng Mrs. Manfred ist, und an all die Leute denkt, die ihr nie ins Haus gekommen wären und mit denen Dorcas nie reden sollte, da hab ich mir gedacht, wenn Violent gut genug ist, bei ihr reingelassen zu werden, dann ist sie auch gut genug, daß ich keine Angst vor ihr haben muß.

Ich versteh schon, warum Mrs. Manfred sie zu Besuch kommen läßt. Sie lügt nicht, die Mrs. Spur. Nichts, was sie sagt, ist gelogen, so wie sonst bei den meisten älteren Leuten. Fast das allererste, was sie über Dorcas gesagt hat, war: ‹Die war häßlich. Innen und außen.›

Dorcas war zwar meine Freundin, aber ich hab gewußt, daß sie auf eine Art recht hatte. Alles da fürs Hübschsein, und trotzdem hat's nicht hingehauen. Mrs. Spur, hab ich gedacht, ist bloß eifersüchtig. Sie selber ist sehr dunkel, schuhputzerschwarz, würden die Mädchen in der Schule sagen. Und ich hab gar nicht gedacht, daß sie hübsch wär, aber sie ist es. Du kannst gar nicht genug davon kriegen, ihr Gesicht anzuschauen. Sie ist das, was meine Großmutter stecknadeldünn nennen würde, und das Haar hat sie entkraust und glatt nach hinten geklatscht wie ein Mann, nur daß das ja grad ganz in Mode ist. Hübsch geschnitten über den Ohren und auch hinten im Nacken. Wird wohl ihr Mann ihr hinten das Haar geschnitten haben. Wer sonst? Sie hat nie einen Fuß in einen Friseurladen gesetzt, sagen jedenfalls die Friseusen. Ich könnt mir schon vorstellen, wie ihr Mann ihr hinten den Nacken geschnitten hat. Die Schere, vielleicht sogar ein Rasiermesser, und dann den Puder. Er war so nett, und ich glaub, ich weiß ein bißchen, was Dorcas gemeint hat, als sie bei dem Fest das ganze Bett von der Frau vollgeblutet hat.

Dorcas war eine Närrin, aber als ich den alten Mann kennengelernt hatte, da hab ich ein bißchen was verstanden. Er hat was. Und er sieht gut aus. Für einen alten Mann, mein ich. Nichts Wabbeliges an ihm. Gut geformter Kopf, hält sich, wie wenn er jemand wär. Wie mein Vater, wenn er der stolze Pullman-Schaffner ist, der die Welt sieht und Baseball, und nicht in Tuxedo Junction eingepfercht ist. Aber seine Augen sind nicht kalt wie die von meinem Vater. Mr. Spur guckt einen an. Er hat zwei verschiedene Augen. Jedes hat eine andere Farbe. Ein trauriges, das einen in ihn hineinsehen läßt, und ein klares, das in dich hineinsieht. Ich mag es, wenn er mich ansieht. Ich fühl mich, ich weiß nicht, interessant. Er sieht mich an, und ich fühl was Tiefes in mir – wie wenn die Sachen, die ich fühle und denke, wichtig und anders wären und ... interessant.

Ich glaub, er mag Frauen, und ich kenne keinen, der so ist. Ich meine nicht, daß er mit ihnen flirtet, ich meine, er mag sie ohne das, und ich glaub wirklich, und darüber wären die Friseusen bestimmt empört, aber ich glaub wirklich, daß er seine Frau gern hat.

Wie ich zum erstenmal reingekommen bin, da ist er neben dem Fenster gesessen und hat runter in die Häuserschlucht geguckt, ohne was zu sagen. Später hat Mrs. Spur ihm einen Teller voll Alte-Leute-Essen gebracht: Gemüsezeug mit Reis und Maisbrot einfach obendrauf. Er hat gesagt: ‹Danke, Schatz. Nimm dir die Hälfte.› Da war was an der Art, wie er das gesagt hat. Wie wenn er sich gefreut hätt. Wenn mein Vater danke sagt, dann ist das bloß ein Wort. Mr. Spur, bei dem war es so, wie wenn er es meint. Und wenn er aus dem Zimmer geht und an seiner Frau vorbei, dann faßt er sie an. Manchmal am Kopf, manchmal nur ein Klaps auf die Schulter.

Ich hab ihn jetzt zweimal lächeln und einmal laut rauslachen sehen. Da würde kein Mensch ahnen, wie alt er ist. Er ist wie ein Kind, wenn er lacht. Aber ich war schon drei- oder viermal bei ihnen, bevor ich ihn hab lächeln sehen. Und das war, als ich gesagt hab, daß Tiere im Zoo glücklicher sind als in Freiheit, weil sie da vor den Jägern sicher sind. Er hat nichts dazu gesagt;

er hat einfach bloß gelächelt, wie wenn das, was ich gesagt habe, neu oder wirklich witzig wär.

Drum bin ich auch wieder hingegangen. Das erste Mal war, weil ich sehen wollte, ob er meinen Ring hat oder weiß, wo er ist, und ihm sagen, er soll aufhören, sich wegen Dorcas so zu grämen, weil sie es vielleicht gar nicht wert war. Das nächste Mal, wie Mrs. Spur mich zum Abendessen eingeladen hat, war mehr, um zu sehen, wie's ihm ging, und um Mrs. Spur reden zu hören, wie sie eben so redet. Auf eine Art, die sie immer in Schwierigkeiten gebracht hat.

‹Ich hab mir mein Leben selber kaputtgemacht›, hat sie zu mir gesagt. ‹Bevor ich nach Norden gekommen bin, da hat es mit mir gestimmt und mit der Welt auch. Wir hatten nichts, aber wir haben auch nichts vermißt.›

Hat man so was schon mal gehört? In der Stadt leben ist doch das Beste auf der Welt. Was kann man denn draußen auf dem Land schon tun? Wie ich in Tuxedo war, damals als Kind, schon da hab ich mich gelangweilt. Wieviel Bäume kann man denn angucken? Das hab ich auch zu ihr gesagt: ‹Wieviel Bäume kann man denn angucken? Und wie lange, und was soll's?›

Sie hat gesagt, so wär das nicht, einen Haufen Bäume angukken. Sie hat gesagt, ich soll mal in die 143rd Street gehen, mir den großen an der Ecke angucken und sehen, ob er Mann, Frau oder Kind ist.

Ich hab gelacht, aber bevor ich den Friseusen zustimmen konnte, daß sie verrückt ist, hat sie gesagt: ‹Wofür ist die Welt denn da, wenn du sie dir nicht so machen kannst, wie du sie willst?›

‹Wie ich sie will?›

‹Genau. Wie du sie willst. Willst du nicht, daß sie ein bißchen mehr ist als in Wirklichkeit?›

‹Und was soll das? Ich kann sie doch nicht ändern.›

‹Genau das ist es. Wenn du sie nicht änderst, dann ändert sie dich, und das ist dann deine Schuld, weil du es zuläßt. Ich hab es zugelassen. Und mein Leben kaputtgemacht.›

‹Wie denn kaputtgemacht?›

‹Es vergessen.›

‹Vergessen?›

‹Vergessen, daß es mir gehört. Mein Leben. Ich bin einfach nur die Straßen rauf- und runtergelaufen und hab mir gewünscht, jemand anders zu sein.›

‹Und wer? Wer wollten Sie sein?›

‹Nicht so sehr wer, eher was. Weiß. Hell. Wieder jung.›

‹Und jetzt wollen Sie's nicht mehr?›

‹Jetzt will ich die Frau sein, die meine Mutter nicht mehr hat sehen können. Die. Die, die sie so gern gehabt hätte, und die, die ich früher auch gern gehabt habe... Meine Großmutter hat mich mit Geschichten über ein kleines blondes Kind gefüttert. Es war ein Junge, aber manchmal hab ich ihn mir als Mädchen vorgestellt, manchmal auch als Bruder, als Freund. Er hat in meinem Kopf gelebt. Still wie ein Maulwurf. Aber das hab ich erst gemerkt, als ich hierherkam. Wir beide. Mußte ihn loswerden.›

So hat sie geredet. Aber ich hab verstanden, was sie meint. Daß du drinnen ein anderes Du haben kannst, das nicht so ist wie du. Dorcas und ich haben uns oft Liebesszenen ausgedacht und sie einander beschrieben. Das hat Spaß gemacht und war ein bißchen unanständig. Irgendwas daran hat mir aber zu schaffen gemacht. Nicht das mit der Liebe, aber das Bild, das ich von mir hatte, wenn ich es getan hab. Das war gar nicht ich selbst. Ich hab mich gesehen als eine, die ich in einem Film oder in einer Illustrierten gesehen hatte. Dann hat es funktioniert. Sobald ich mir mich so vorgestellt hab, wie ich bin, kam es mir falsch vor.

‹Und wie sind Sie die andere losgeworden?›

‹Hab sie umgebracht. Dann hab ich das Ich umgebracht, was sie umgebracht hat.›

‹Und wer ist jetzt noch da?›

‹Ich.›

Ich hab nichts gesagt. Ich hab angefangen zu denken, vielleicht haben die Friseusen doch recht, weil sie so guckte, als sie ‹ich› sagte. Wie wenn sie das Wort zum erstenmal gehört hätt.

Da kam Mr. Spur wieder rein und hat gesagt, er würd sich eine Weile draußen hinsetzen. Sie hat gesagt: ‹Nein, Joe. Bleib bei uns. Sie beißt nicht.›

Sie hat mich gemeint und noch was, was ich nicht greifen konnte. Er hat genickt und sich ans Fenster gesetzt und gesagt: ‹Also, auf ein Weilchen.›

Mrs. Spur hat ihn angeschaut, aber ich hab gewußt, daß sie mit mir redet, als sie gesagt hat: ‹Deine häßliche kleine Freundin hat ihn verletzt, und du erinnerst ihn an sie.›

Ich konnte kaum was rausbringen. ‹Ich bin nicht wie die!›

So laut wollte ich es gar nicht sagen. Beide haben sich zu mir umgedreht und mich angesehen. Drum hab ich es gesagt, obwohl ich es gar nicht vorhatte. Ich hab es ihnen sogar noch gesagt, bevor ich nach dem Ring fragte. ‹Dorcas hat sich selbst zu Tode gebracht. Die Kugel ist ihr in die Schulter gegangen, da rein.› Ich deutete hin. ‹Sie hat nicht zugelassen, daß jemand sie wegbringt; sie hat gesagt, sie wollte schlafen und daß danach alles wieder in Ordnung wär. Hat gesagt, sie würde am nächsten Morgen ins Krankenhaus gehen. Laß nicht zu, daß sie jemand rufen, hat sie gesagt. Keinen Krankenwagen, keine Polizei, niemand. Ich hab gedacht, sie wollte nicht, daß ihre Tante Mrs. Manfred was erfährt. Wo sie war und alles. Und die Gastgeberin von dem Fest hat okay gesagt, weil sie Angst gehabt hat, die Polizei zu holen. Alle hatten Angst. Die Leute sind einfach nur rumgestanden und haben geredet und gewartet. Ein paar wollten sie runtertragen und mit einem Auto in die Ambulanz bringen. Dorcas hat nein gesagt. Sie hat gesagt, sie wär in Ordnung. Man soll sie doch bitte in Frieden und sich ausruhen lassen. Aber ich hab es getan. Ich hab den Krankenwagen gerufen, mein ich; aber er kam erst am Morgen, als ich schon zweimal angerufen hatte. Das Eis, haben sie gesagt, aber in Wirklichkeit, weil Farbige ihn gerufen hatten. Sie ist verblutet, durch das Bettzeug von dieser Frau durch bis in die Matratze, und ich kann Ihnen sagen, das hat der Frau überhaupt nicht gepaßt. Von nichts anderem hat sie geredet. Sie und der Freund von Dorcas. Das Blut. Was für eine Sauerei das wär. Nur davon haben sie geredet.›

Da hab ich aufhören müssen, weil ich außer Atem war und weinen mußte.

Es war mir fürchterlich, mich so auszuheulen.

Sie haben mich auch nicht davon abgehalten. Mr. Spur hat mir sein Taschentuch gegeben, und es war patschnaß, als ich fertig war.

‹Ist das das erste Mal?› hat er gefragt. ‹Das erste Mal, daß du wegen ihr weinst?›

Ich hatte nicht darüber nachgedacht, aber es stimmte.

Mrs. Spur hat gesagt: ‹Oh, Scheiße.›

Und die beiden, sie haben mich nur angeschaut. Ich dachte, sie würden nie wieder was sagen, bis Mrs. Spur dann gemeint hat: ‹Komm doch zum Essen, ja? Freitag abend. Magst du Katzenfisch?›

Ich habe gesagt, gern, aber ich hab es nicht wirklich vorgehabt. Zum Teufel mit dem Ring. Aber am Donnerstag vorher, da hab ich drüber nachgedacht, wie Mr. Spur mich angeguckt hat und seine Frau ‹ich› gesagt hat.

Wie sie es gesagt hat. Nicht wie wenn dieses Ich jemand ganz fürchterlich Starkes wär oder jemand, den sie nur zum Schein aufgebaut hätte. Sondern jemand, jemand, den sie gern hatte und auf den sie zählen konnte. Ein heimlicher Jemand, der einem nicht leid tun braucht und für den man nicht kämpfen muß. Jemand, der es nicht nötig hat, einen Ring zu stehlen, um sich an den Weißenleuten zu rächen, und dann zu lügen und zu sagen, es wär ein Geschenk von ihnen. Ich wollte den Ring wiederhaben, nicht nur weil meine Mutter mich immer fragt, ob ich ihn schon gefunden hab. Er ist nämlich wirklich schön. Aber obwohl er mir gehört, ist es nicht meiner. Ich mag ihn gern, aber da ist ein Haken dran, und mit dem müßte ich mich abfinden, um zu behaupten, daß es wirklich meiner ist. Erinnert mich an das vertrackte blonde Kind, das in Mrs. Spurs Kopf gewohnt hat. Ein Geschenk, den Weißenleuten weggenommen und mir geschenkt, als ich noch zu jung war, um zu sagen, nein danke.

Er ist mit ihr begraben worden. Das hab ich rausgekriegt, als ich dann zum Katzenfischessen wieder hingegangen bin. Mrs. Spur hat ihn an Dorcas' Hand gesehen, als sie im Sarg mit dem Messer auf sie los ist.

Ich hatte ein komisches Gefühl im Bauch, und meine Kehle war zu trocken zum Schlucken, aber ich mußte es trotzdem fragen – wieso sie die Beerdigung so verdorben hat. Mr. Spur hat sie angeguckt, wie wenn er die Frage gestellt hätt.

‹Hab die Manieren verloren›, sagte sie. ‹Hab sie irgendwo hingelegt und wußte nicht mehr wo.›

‹Wie haben Sie sie gefunden?›

‹Gesucht.›

Wir sind eine Weile dagesessen, und keiner hat was gesagt. Dann ist Mrs. Spur aufgestanden, weil es an die Tür geklopft hatte. Ich hab Stimmen gehört. ‹Nur hier und hier ein bißchen. Dauert keine zwei Minuten.›

‹Ich mach keine Zweiminutenarbeit.›

‹Bitte, Violet, ich würd ja nicht fragen, wenn es nicht absolut notwendig wäre, das weißt du.›

Sie sind ins Eßzimmer gekommen, Mrs. Spur und eine Frau, die sie um ein paar Locken angefleht hat, ‹nur hier und hier ein bißchen. Und vielleicht kannst du es hier nach oben drehen. Nicht locken, nur drehen, verstehst du, was ich mein?›

‹Geht ihr mal nach vorn, ich komm gleich.› Das hat sie zu Mr. Spur und mir gesagt, nachdem wir zu der eiligen Kundin ‹n'Abend› gesagt hatten, aber keiner hat irgendwen vorgestellt.

Mr. Spur ist diesmal nicht am Fenster gesessen. Er saß neben mir auf dem Sofa.

‹Felice. Das heißt glücklich. Bist du das?›

‹Klar. Nein.›

‹Dorcas war nicht häßlich. Innen nicht und außen nicht.›

Ich hab mit den Achseln gezuckt. ‹Sie hat Leute benützt.›

‹Nur wenn sie es wollten.›

‹Haben Sie gewollt, daß sie Sie benützt?›

‹Muß ich wohl.›

‹Na, ich nicht. Gott sei Dank kann sie's jetzt nicht mehr.›

Ich hab mir gewünscht, ich hätte meinen Pullover nicht ausgezogen. Mein Kleid spannt oben rum, egal, was ich tu. Er hat mein Gesicht angeguckt, nicht meinen Körper, drum weiß ich nicht, wieso ich so aufgeregt war, allein im Zimmer mit ihm. Dann hat er gesagt. ‹Du bist sauer, weil sie tot ist. Ich auch.›

‹Sie sind der Grund, warum sie's ist.›

‹Ich weiß. Ich weiß.›

‹Auch wenn Sie sie nicht gleich umgebracht haben, auch wenn sie sich selbst zu Tode gebracht hat – Sie waren es.›

‹Ich war's. Den Rest meines Lebens werd ich es sein. Ich sag dir was. Ich hab nie im Leben ein bedürftigeres Wesen gesehen.›

‹Dorcas? Sie meinen, Sie hängen immer noch an ihr?›

‹Hängen? Wenn du meinst, ob mir meine Gefühle zu ihr gefallen haben. Ja, ich glaube, daran hänge ich noch.›

‹Und Mrs. Spur? Was ist mit ihr?›

‹Wir arbeiten dran. Jetzt schneller, seit du hergekommen bist und uns das erzählt hast.›

‹Dorcas war kalt›, hab ich gesagt. ‹Ganz bis zum Schluß hat sie trockene Augen gehabt. Ich hab sie nie wegen irgendwas eine Träne vergießen sehen.›

Er hat gesagt: ‹Ich ja. Du kennst den harten Teil von ihr, ich hab den weichen gesehen. Mein Glück, daß ich mich um ihn kümmern konnte.›

‹Dorcas? Weich?›

‹Dorcas. Weich. Das Mädchen, das ich kannte. Nur weil die Schale hart war, heißt das doch nicht, daß sie keinen weichen Kern hatte. Keiner hat sie so gekannt außer mir. Keiner hat vor mir versucht, sie zu lieben.›

‹Wieso haben Sie dann auf sie geschossen, wenn Sie sie geliebt haben?›

‹Aus Angst. Ich hab nicht gewußt, wie man jemand liebt.›

‹Wissen Sie's jetzt?›

‹Nein. Weißt du es, Felice?›

‹Ich hab anderes mit meiner Zeit anzufangen.›

Er hat mich nicht ausgelacht, deshalb hab ich gesagt: ‹Ich hab Ihnen noch nicht alles erzählt.›

‹Gibt's noch was?›

‹Ich denk, ich sollte es Ihnen erzählen. Es war das letzte, was sie gesagt hat. Bevor sie ... eingeschlafen ist. Alle haben geschrien: ‹Wer hat auf dich geschossen, wer war's?› Sie hat gesagt: ‹Laßt mich in Ruhe. Ich sag es euch morgen.› Sie muß wohl geglaubt haben, daß sie am anderen Tag noch da wär, und das hat sie auch mir eingeredet. Dann hat sie meinen Namen gerufen, obwohl ich direkt neben ihr gekniet bin. ‹Felice. Felice. Komm nah ran, näher.› Ich hab mein Gesicht ganz nah hingehalten. Ich hab den fruchtigen Schnaps in ihrem Atem riechen können. Sie hat geschwitzt und vor sich hin geflüstert. Konnte die Augen nicht offenhalten. Dann hat sie sie weit aufgerissen und richtig laut gesagt: ‹Es gibt nur einen Apfel.› Es hat jedenfalls geklungen wie ‹Apfel›. ‹Nur einen. Sag das Joe.›

Sehen Sie? Sie waren das letzte, woran sie gedacht hat. Ich saß direkt neben ihr, direkt daneben. Ihre beste Freundin, hab ich gedacht, aber so gut dann auch wieder nicht, daß sie in die Ambulanz gegangen wär, um am Leben zu bleiben. Sie hat's zugelassen, daß sie mir unter den Händen wegstarb mit meinem Ring am Finger und allem, und hat nicht mal an mich gedacht. So. Das war's. Jetzt hab ich's Ihnen gesagt.›

Es war das zweite Mal, daß ich ihn hab lächeln sehen, aber es war eher traurig als erfreut.

‹Felice›, hat er gesagt. Und er hat es immer weiter gesagt. ‹Felice. Felice.› Mit zwei Silben, nicht einer, wie die meisten Leute es sagen, einschließlich mein Vater.

Die Frau mit dem Lockenhaar hat auf dem Weg zur Tür noch reingeschaut und geredet und gesagt: Allerherzlichsten Dank bis bald Joe tut mir leid wegen der Störung Wiedersehn hab deinen Namen nicht verstanden ein Segen Violet ein wahrer Segen Wiedersehn.

Ich hab gesagt, ich muß auch gehen. Mrs. Spur hat sich in einen Sessel fallen lassen, den Kopf zurückgeworfen und die Arme hängenlassen. ‹Die Leute sind gemein›, hat sie gesagt.

Mr. Spur hat gesagt: ‹Nein. Komisch sind sie.›

Dann hat er ein bißchen gelacht, um das zu beweisen, und sie auch. Ich hab mitgelacht, aber es ist nicht richtig rausgekommen, weil ich die Frau gar nicht so komisch fand.

Jemand im Haus auf der anderen Straßenseite hat eine Platte aufgelegt, und die Musik ist bei uns zum offenen Fenster reingedrungen. Mr. Spur hat den Kopf im Rhythmus bewegt, und seine Frau hat im Takt mit den Fingern geschnipst. Sie hat vor ihm ein paar Schritte getanzt, und er hat gelächelt. Und dann sind sie ganz allmählich ins Tanzen gekommen. Ulkig, wie alte Leute es tun, und ich hab richtig gelacht. Nicht weil sie so ulkig aussahen. Irgendwas daran hat mir ein Gefühl gegeben, daß ich nicht dasein sollte. Nicht zugucken sollte, wie sie das machen.

Mr. Spur hat gesagt: ‹Komm, Felice. Laß sehen, was du kannst›, und er hat mir die Hand hingestreckt.

Mrs. Spur hat gesagt: ‹Ja, komm, los. Beeil dich, es ist fast vorbei.›

Ich hab den Kopf geschüttelt, aber eigentlich wollte ich.

Wie sie fertig waren und ich nach meinem Pullover gefragt hab, hat Mrs. Spur gesagt: ‹Komm doch wieder, jederzeit. Ich möchte dir das Haar richten. Umsonst. Die Haarspitzen müssen gestutzt werden.›

Mr. Spur hat sich hingesetzt und gestreckt. ‹Die Wohnung hier braucht Vögel.›

‹Und eine Victrola.›

‹Paß auf, was du sagst, Mädel.›

‹Wenn Sie eine anschaffen, bring ich Platten mit. Wenn ich mir das Haar von Ihnen richten laß.›

‹Hörst du, Joe? Sie will Platten mitbringen.›

‹Dann such ich mir wohl lieber eine neue Arbeit.› Er drehte sich zu mir um und nahm mich an den Ellbogen, als ich zur Tür ging. ‹Felice. Sie haben dich richtig genannt. Denk dran.›

Ich werd meiner Mutter die Wahrheit sagen. Ich weiß, daß sie stolz drauf ist, daß sie den Opal gestohlen hat; daß sie sich getraut hat, so was zu machen, um sich an dem Weißenmann zu rächen, der gedacht hat, sie stiehlt, wo sie es gar nicht vorgehabt hat. Meine Mutter ist nämlich so ehrlich, daß die Leute schon über sie lachen. Die bringt glatt ein Paar Handschuhe in den Laden zurück, wenn sie ihr zwei Paar statt dem einen eingepackt haben, das sie bezahlt hat, und gibt die Vierteldollars, die sie auf dem Sitz in der Straßenbahn findet, dem Schaffner. Es ist, wie wenn sie nicht in einer Großstadt wohnen würde. Wenn sie so was macht, dann vergräbt mein Vater die Stirn in der Hand, und die Leute im Laden und die Schaffner gucken sie an, wie wenn sie spinnt. Deshalb weiß ich, was es für sie bedeutet hat, den Ring zu nehmen. Wie stolz sie war, ein einziges Mal die Regeln zu brechen. Aber ich werd ihr sagen, daß ich es weiß, und daß ich in Wirklichkeit ihr Verhalten gut finde und nicht so sehr den Ring.

Ich bin froh, daß Dorcas ihn hat. Er hat wirklich gut zu ihrem Armband gepaßt und auch zu dem Haus, in dem das Fest stattfand. Die Wände waren weiß, und an den Fenstern hingen silbrig-türkise Gardinen. Und der Möbelstoff war auch türkis, und die Brücken, die die Gastgeberin zusammengerollt und ins Gästezimmer gebracht hat, waren weiß. Nur ihr Eßzimmer war dunkel und nicht so hergerichtet wie der vordere Teil. Sie war wohl noch nicht dazu gekommen, es in ihren Lieblingsfarben zu streichen, und hat solange eine Schale mit Weihnachtsorangen als einzigen Schmuck hingestellt. Ihr Schlafzimmer war weiß und golden, aber das Schlafzimmer, in das sie Dorcas gebracht hat, ein Gästezimmer, das von dem dunklen Eßzimmer abging, war einfach bloß weiß.

Ich hatte keinen Herrn für das Fest. Ich bin mit Dorcas und Acton mitgegangen. Dorcas hat ein Alibi gebraucht, und ich war das Alibi. Wir hatten grad unsere Freundschaft wieder erneuert, nachdem sie aufgehört hatte, mit Mr. Spur zu gehen, und mit ihrer ‹Neuerwerbung› rumzog. Einer, den eine Menge ältere Mädchen als wir wollten und auch gehabt hatten. Das hat Dorcas gefallen – daß andere Mädchen eifersüchtig waren; daß er sie ihnen vorgezogen hat; daß sie gewonnen hatte. So hat sie's gesagt: ‹Ich hab ihn gewonnen! Ich hab gewonnen!› Gott. Man hätte denken können, sie hätte eine Schlägerei hinter sich.

Was zum Teufel hat sie denn gewonnen? Er hat sie schlecht behandelt, aber das sah sie nicht so. Sie hat die Zeit damit verbracht, sich zu überlegen, wie sie sein Interesse an ihr weiter wachhalten kann. Hat Pläne geschmiedet, was sie einem Mädchen antun würde, das sich da reinzudrängeln versucht. So denken alle Mädchen, die ich kenne: wie man so einen Burschen kriegt und ihn dann hält, und das Größte daran ist, daß du Freunde hast, die wollen, daß du ihn hast, und Feinde, die es nicht wollen. So muß man das wohl einfach sehen. Aber was, wenn ich dazu keine Lust habe?

Es ist warm heut abend. Vielleicht gibt's gar keinen Frühling, und wir rutschen direkt in den Sommer. Meiner Mutter wird das gefallen – sie kann die Kälte nicht leiden –, und mein Vater, der rumjagt und nach farbigen Baseball-Spielern sucht, leibhaftig und an Ort und Stelle, und der schreit und auf und nieder springt, wenn er seinen Freunden von den Spielen erzählt, auch der wird glücklich sein. Die Bäume stehen noch nicht in Blüte, aber es ist schon warm genug. Sie werden bald aufplatzen. Der da drüben sehnt sich ja geradezu danach. Es ist kein Mannbaum; ich glaub, es ist ein Kind. Oder ach, könnte wohl auch eine Frau sein.

Ihr Katzenfisch war ganz gut. Nicht so gut wie der, den meine Großmutter gemacht hat oder meine Mutter früher, bevor es mit ihrer Brust schlimm wurde. Zuviel roter Pfeffer im Paniermehl, wie Mrs. Spur ihn gemacht hat. Ich hab eine Menge Wasser dazu getrunken, um sie nicht zu verletzen. Das hat das Brennen gelindert.»

DAS BRENNEN. Ich scheine eine Neigung, eine Art Vorliebe für Schmerz zu haben. Blitzstrahlen, Donnerfluten. Und ich das Auge des Sturms. Trauere über die gespaltenen Bäume, auf Dächern verhungernden Hühner. Zerbreche mir den Kopf, was man zu ihrer Rettung tun kann, weil sie sich ja nicht selber retten können ohne mich, denn – es ist schließlich mein Gewitter, oder? Ich mache Leben kaputt, um zu beweisen, daß ich es wieder heil machen kann. Und obgleich es anderer Leute Schmerz ist, teile ich ihn, oder? Natürlich. Natürlich. Anders würde ich es gar nicht wollen. Aber es ist anders. Jetzt ist mir unbehaglich zumute. Ich komme mir irgendwie falsch vor. Was, frage ich mich, was wäre ich ohne ein paar leuchtende Tropfen Blut zum Nachdenken? Ohne schmerzliche Worte, die auf ein Ziel hinsteuern und dann danebengehen?

Ich sollte fort von hier. Das Fenster meiden; das Loch verlassen, das ich in die Tür gesägt habe, um anderer Leute Leben hereinzuholen, statt selbst eines zu leben. Die Liebe zur Stadt hat mich abgelenkt und mir Flausen in den Kopf gesetzt. Hat mir den Gedanken eingegeben, ich könnte ihre laute Stimme werden und diesen Klang menschlich klingen lassen. Aber bei den Menschen habe ich völlig danebengetroffen.

Ich habe geglaubt, sie zu kennen, und mir keine Sorgen

darum gemacht, daß sie im Grunde nichts von mir wußten. Jetzt ist klar, warum sie mir an allen Ecken und Enden widersprochen haben: sie kannten mich schon die ganze Zeit. Aus den Augenwinkeln haben sie mich beobachtet. Und wenn ich mich am unsichtbarsten fühlte, die Lippen versiegelt, stumm und unbemerkbar, dann unterhielten sie sich flüsternd über mich. Sie wußten, wie wenig mit mir zu rechnen war; wie armselig, wie unzureichend mein Alleswisser-Ich die Hilflosigkeit überdeckte. Daß ich, wenn ich mir Geschichten über sie ausdachte – und das fand ich so herrlich –, vollkommen in ihrer Hand war, unbarmherzig von ihnen gegängelt. Ich dachte, ich hätte mich so gut versteckt, wenn ich sie durch Türen und Fenster beobachtete und jede Gelegenheit wahrnahm, ihnen zu folgen, über sie zu klatschen und mir ihr Leben auszumalen, und die ganze Zeit haben sie mich beobachtet. Manchmal habe ich ihnen sogar leid getan, und allein beim Gedanken an ihr Mitleid möchte ich sterben.

Es ist mir also völlig danebengegangen. Ich war mir so sicher, daß einer den anderen umbringen würde. Ich habe darauf gewartet, es beschreiben zu können. Ich war mir so sicher, daß es passieren würde. Daß die Vergangenheit eine zu oft gespielte Schallplatte ist, die keine andere Wahl hat, als sich am Sprung zu wiederholen, und keine Macht der Welt kann den Arm mit der Nadel abheben. Ich war mir so sicher, und sie sind einfach über mich hinweggetanzt und -gegangen. Beschäftigt waren sie, damit beschäftigt, originell zu sein, schwierig, wechselhaft – eben menschlich, würdest du vermutlich sagen, während ich die Durchschaubare war, verwirrt in meiner Einsamkeit bis hin zur Arroganz, und glaubte, mein Standpunkt, mein Blickwinkel wäre der einzig existierende oder bedeutsame. Meine Eingriffe, meine Fingerspiele haben mich so erregt, daß ich zu weit griff und das Offensichtliche verfehlte. Ich beobachtete die Straßen, begeistert von den auf und unter Stein lastenden Gebäuden; so beglückt über die Aus- und Einblicke, daß ich ganz außer acht ließ, was in mir verschlossenen Herzkammern vor sich ging.

Ich sah die drei, Felice, Joe und Violet, und sie kamen mir vor wie ein Spiegelbild von Dorcas, Joe und Violet. Ich glaubte alles Wichtige zu sehen, was sie taten, und mir, ausgehend von dem, was ich sah, vorstellen zu können, was ich nicht sah: wie fremdartig sie waren, wie gehetzt. Gefährlichen Kindern gleich. Das wollte ich jedenfalls glauben. Mir kam nie in den Sinn, daß sie anders denken, anders fühlen, daß sie ihr Leben auf eine Art aufbauen könnten, die mir nicht im Traum eingefallen wäre. Wie zum Beispiel Joe. Bis zu diesem Augenblick bin ich mir nicht sicher, wofür er seine Tränen wirklich vergoß, aber ich weiß, daß sie für mehr waren als Dorcas. Die ganze Zeit, während er bei dem schlechten Wetter durch die Straßen lief, dachte ich, er würde sie suchen und nicht die Goldkammer der Wilden. Das Heim in dem Felsen; den Ort, der fast den ganzen Tag in der Sonne lag. Nichts, worauf man hätte stolz sein, was man jemandem hätte zeigen oder wo man sich hätte aufhalten mögen. Aber ich will es. Ich möchte gern an einem Ort sein, der schon für mich hergerichtet ist, kuschelig und weit offen zugleich. Mit einer Tür, die man nie schließen muß, einem Blick, der dem Licht und den bunten Herbstblättern zugewandt ist, aber nicht dem Regen. Wo man mit Mondlicht rechnen kann, wenn der Himmel klar ist, und mit Sternen, egal, welches Wetter ist. Und darunter, gleich da drüben, ein Fluß namens Verrat, auf den man sich verlassen kann.

Ich würde mich gern in den Frieden hüllen, den die Frau hinterließ, die dort wohnte und alle erschreckte. Ungesehen, weil sie klug genug ist, sich nicht sehen zu lassen. Und wer würde sie schon wahrnehmen, eine verspielte Frau, die in einem Felsen wohnt? Wer könnte es ohne Angst? Vor ihren starren Augen, die zurückstarren? Mir würde es nichts ausmachen. Warum auch? Sie hat mich gesehen und fürchtet mich nicht. Sie umarmt mich. Versteht mich. Hat mir die Hand gereicht. Ich bin berührt von ihr. Heimlich entbunden.

Jetzt weiß ich es.

Alice Manfred ist aus der baumgesäumten Straße zurück nach Springfield gezogen. Dort gibt es eine Frau mit einer Vorliebe für kräftig bunte Kleider, deren Brüste inzwischen wahrscheinlich wie weiche Seehundfelltaschen sind und die vielleicht ein paar Dinge braucht. Vorhänge, ein gutes Mantelfutter, in dem sie den Winter überstehen kann. Die fröhliche Gesellschaft vielleicht von jemand, der das Notwendige für die Nacht zu bieten hat.

Felice kauft noch immer Okeh-Platten bei Felton und geht so langsam vom Fleischer nach Hause, daß das Fleisch hinüber ist, bevor es in die Pfanne kommt. Sie glaubt, daß sie mich so noch mal täuschen kann – wenn sie sich so langsam bewegt, daß die Leute daneben zu laufen scheinen. Mich legt sie nicht rein: Sie mag mit Weile eilen, aber in Wahrheit ist sie so schnell wie die Zeitung von morgen. Ob in ihrer Gesellschaft Fäuste in der Luft verharren oder sich zum Handschlag öffnen, sie ist jedenfalls keines Menschen Alibi, Mieze oder Spielzeug.

Joe hat eine Stelle im Paydirt bekommen, Nachtarbeit in einer Flüsterkneipe, die ihm Gelegenheit gibt, die Stadt bei der Vorführung ihres unglaublichen Himmels zu beobachten und im Nachmittagslicht mit Violet herumzulaufen. Auf dem Heimweg, kurz nach Sonnenaufgang, steigt er die Treppen der Hochbahn hinunter, und wenn ein Milchwagen am Bordstein hält, kauft er vielleicht einen Liter aus der Kiste von gestern zur Kühlung des scharfen Maisbrot-Essens vom vergangenen Abend. Wenn er zu dem Mietshaus kommt, sammelt er den herumliegenden Abfall auf, den die nächtlichen Treppenlagerer liegengelassen haben, wirft ihn in den Ascheimer und nimmt das Kinderspielzeug und stellt es unter die Treppe. Wenn er dabei eine ihm bekannte Puppe findet, setzt er sie hübsch aufrecht und bequem vor den Stapel. Er erklimmt die Treppen, und noch bevor er seine Tür erreicht, riecht er schon den Schinken, den im eigenen Fett zu braten Violet einfach nicht seinlassen will, weil sie damit die im Topf quellende Grütze würzen kann. Er ruft sie laut, während er die Tür hinter sich schließt, und sie ruft zurück: «Vi?» – «Joe?» Als könnte es sich um jemand anderes handeln, als könnte es auch eine dreiste Nachbarin oder ein junger Geist mit unreiner Haut sein. Dann frühstücken sie, und häufig schlafen sie danach ein. Wegen Joes – und Violets – Arbeit und auch wegen anderen Dingen haben sie den Nachtschlaf ganz aufgegeben – und diese Zeitverschwendung durch kurze Nickerchen ersetzt, wann immer der Körper darauf besteht, und es hat sie nicht überrascht, daß sie sich dabei so gut fühlen. Der Rest des Tages verläuft nach Lust und Laune. Beispielsweise trifft er sich mit ihr nach einem Friseurtermin im Drugstore zu ihrem Vanille-Malz und seinem Kirschmix.

Sie gehen die 125th Street hinunter und über die Seventh Avenue, und wenn sie müde werden, setzen sie sich, ruhen sich, wo sie gerade wollen, auf irgendeiner Eingangstreppe aus und reden mit der Frau, die sich im ersten Stock aus dem Fenster beugt, übers Wetter und die Unarten der Jugend. Oder sie bummeln rüber an die Rednerecke und stellen sich zu der Menge, die den Männern mit dem fernen Blick zuhört. (Sie mögen diese Männer, nur hat Violet Sorge, daß der eine oder andere von der Holzkiste oder dem kaputten Stuhl kippt, auf dem er steht, oder daß jemand in der Gruppe etwas ruft, was den Mann beleidigt. Joe liebt den fernen Blick und ist immer hilfsbereit und pflichtet im richtigen Augenblick mit aufmunternden Worten bei.)

Ab und zu fahren sie mit der Bahn runter zur 42nd Street, um sich an der Löwentreppe zu erfreuen, wie Joe sie nennt. Oder sie bummeln die 72nd Street auf und ab und sehen zu, wie Männer ein Loch für ein neues Hochhaus in den Boden graben. Die tiefen Löcher machen Violet angst, aber Joe ist fasziniert. Trotzdem finden beide, daß es eine Schande ist.

Oft aber bleiben sie auch zu Hause und klären Dinge, erzählen einander die intimen kleinen Geschichten, die sie immer wieder gern hören, oder machen sich mit dem Vogel zu schaffen, den Violet gekauft hat. Sie hat ihn billig bekommen, weil es ihm nicht gutging. Er hatte keinen Lebensfunken. Trank Wasser, aber wollte nicht fressen. Die besondere Vogelfuttermischung, die Violet zusammengestellt hat, half auch nicht. Er schaute nur an ihr vorbei und drehte gar nicht den Kopf, wenn sie durch die Stäbe des kleinen Käfigs zwitscherte und zirpte. Aber wie ich ja schon mal vor einiger Zeit sagte, eins hat Violet, nämlich einen langen Atem. Die Einsamkeit wäre es nicht, meinte sie, denn er war ja schon traurig, als sie ihn aus einer ganzen Schar heraus kaufte. Wenn ihm also weder Fressen noch Gesellschaft noch sein Unterschlupf wichtig waren, entschied Violet, und Joe stimmte zu, dann blieb eigentlich nichts, was er mögen oder brauchen konnte, außer Musik. Sie nahmen also den Käfig eines Sonnabends mit aufs Dach, wo der Wind blies und die Musiker mit aufgeblähten Hemden dasselbe taten. Von da an war der Vogel sich selbst und ihnen eine reine Freude.

Da Joe um Mitternacht bei der Arbeit sein mußte, genossen sie die Zeit nach dem Abendessen. Wenn sie nicht mit Gistan und Stuck und Stucks neuer Frau Faye Whist spielten oder jemand versprochen hatten, auf die Kinder aufzupassen, oder Malvonne auf einen Schwatz reinließen, damit sie kein schlechtes Gewissen hatte, weil sie Loyalität vorgetäuscht und beide betrogen hatte, dann spielten sie Poker, allein zu zweit, bis es Zeit war, ins Bett und unter die Patchworkdecke zu schlüpfen, die sie bald in ihre Bestandteile zerreißen wollen und sich eine schöne Wolldecke mit Satineinfassung kaufen. Vielleicht taubenblau, obwohl das heikel wäre bei dem ganzen Ruß, der herumfliegt, aber Joe hat eine Schwäche für Blau. Er will drunterschlüpfen und sie festhalten. Ihre Hand nehmen und sie sich auf die Brust oder den Magen legen. Er möchte sich, während er mit ihr im Dunkeln liegt, die Form vorstellen, die ihre Körper den blauen Stoff erzeugen lassen. Violet ist die Farbe egal, solange diese Auf-jeden-Fall-aber-Satin-Allee unter dem Kinn ihre Lava auf immer kühlt.

Er liegt neben ihr, das Gesicht zum Fenster, und sieht durchs Glas, wie die Dunkelheit die Form einer Schulter mit einer dünnen Linie von Blut annimmt. Langsam, ganz langsam verwandelt sie sich in einen Vogel mit einer Spreite Rot auf den Schwingen. Währenddessen läßt Violet ihre Hand auf seiner Brust ruhen, als ob sie der sonnenbeschienene Rand eines Brunnens wäre, in dem unten jemand Geschenke sammelt (Bleistifte, Bull-Durham-Tabak, Jap-Rosenseife), um sie an alle auszuteilen.

Eines Abends, damals, 1906, bevor Joe und Violet in die Stadt zogen, ließ Violet den Pflug stehen und ging in ihre kleine Baracke hinüber, noch in der betäubenden Tageshitze. Sie hatte einen Arbeitsanzug an und ein verschossenes ärmelloses Hemd und zog beides, zusammen mit dem Kopftuch, langsam aus. Auf einem Tisch in der Nähe des Kochherds stand eine Emailleschüssel – blau-weiß gefleckt und am Rand ringsum abgestoßen. Unter einem Stück Handtuch, das die Insekten abhalten sollte, war die Schüssel gefüllt mit ruhigem Wasser. Handflächen nach oben und Finger voraus, schob Violet die Hände ins Wasser und wusch sich das Gesicht. Mehrere Male schöpfte und spritzte sie, bis sich Schweiß und Wasser mischten und ihr Wangen und Stirn kühlten. Dann tauchte sie das Stück

Handtuch ins Wasser und wusch sich sorgfältig. Vom Fenstersims nahm sie ein weites weißes Hemd, am selben Morgen frisch gewaschen, und ließ es sich über Kopf und Schultern fallen. Schließlich setzte sie sich aufs Bett, um ihr Haar zu lösen. Die meisten Knoten, die sie am Morgen geflochten hatte, hatten sich unter dem Kopftuch gelockert und waren nun Kelche aus weicher Wolle, die ihre Finger elektrisierten. Während sie so dasaß, die Hände tief im verbotenen Vergnügen ihrer Haare, merkte sie, daß sie die schweren Arbeitsschuhe noch nicht ausgezogen hatte. Sie legte die Zehen des linken Fußes an die Ferse des rechten und schob den Schuh herunter. Die Anstrengung schien außergewöhnlich, und ihre leichte Überraschung darüber, wie müde sie sich fühlte, wurde von einem weichen breiten Hut unterbrochen, schäbig und verschattet wie das Zimmer, in dem sie saß, der sich langsam auf sie herabsenkte. Violet spürte gar nicht, wie ihre Schulter die Matratze berührte. Lange vorher war sie in einen sicheren Schlaf gefallen. Einen tiefen, vertrauenswürdigen, mit farbigen Träumen gefiederten Schlaf. Die Hitze war unbarmherzig, einschmeichelnd. Wie die Stimmen der Frauen in den Häusern nahebei, die sangen: «Go down, go down, way down in Egypt land...» Und sich von einem Hof zum anderen mit einem Vers oder einer Abwandlung antworteten.

Joe war zwei Monate lang fort gewesen, in Crossland, und als er nach Hause kam und in der Tür stand, sah er Violets dunklen Mädchenkörper hingestreckt auf dem Bett. Sie sah zerbrechlich und überall leicht durchdringbar aus, außer an einem Fuß, dem linken, an dem noch ihr Männerarbeitsschuh steckte. Lächelnd nahm er seinen Strohhut ab und setzte sich ans Fußende des Betts. Mit einer Hand hielt sie sich das Gesicht, die andere ruhte auf ihrem Oberschenkel. Er betrachtete ihre Fingernägel, die hart waren wie ihre Handflächen, und bemerkte zum erstenmal, wie wohlgeformt ihre Hände waren. Der Arm, der sich aus dem weißen Hemdsärmel bog, war sehnig von der Feldarbeit, muskulös, schrecklich dünn, aber glatt wie der eines Kindes. Er löste die Schnürsenkel ihres Schuhs und zog ihn ihr behutsam aus. Das mußte ihrem Traum vorangeholfen haben, denn sie lachte, ein leichtes glückliches Lachen, das er noch nie gehört hatte, das aber zu ihr zu gehören schien.

Wenn ich sie jetzt sehe, dann nicht in Sepia, doch ihre Umrisse verlieren sich im Licht eines zukünftigen Nachmittags. Gefangen in der Mitte zwischen war und muß sein. Für mich sind sie wirklich. Scharf eingestellt, und dann klick. Ob sie wohl wissen, daß sie das Geräusch schnipsender Finger unter den die Straße säumenden Platanen sind? Wenn die lauten Bahnen in die Haltestellen eingefahren sind und die Motoren stillstehen, können aufmerksame Zuhörer es hören. Selbst wenn sie nicht da sind, wenn ganze Häuserblocks in der Stadtmitte und weite rasenbewachsene Nachbarschaften in Sag Harbour sie nicht sehen können, ist das Klicken da. In den T-Riemchen-Schuhen von Debütantinnen auf Long Island, den glitzernden Fransen an gewagt kurzen Röcken, die zu einer sie mehr als Sekt berauschenden Musik schwingen und schweben. Es ist in den Augen der alten Männer, die diese Mädchen beobachten, und der jungen, die sie im Arm halten. Es ist im anmutigen Gang derer, die die Hände in die Taschen ihrer Smokinghosen schieben. Ihre Zähne blitzen; ihr Haar ist glatt und in der Mitte gescheitelt. Und wenn sie die T-Riemen-Mädchen am Arm nehmen und sie fort von der Menge und dem zu grellen Licht führen, dann ist es das Klicken, das sie sich auf unbeleuchteten Eingangstreppen wiegen läßt, während die Victrola im Salon spielt. Das Klicken von dunklen schnipsenden Fingern treibt sie ins Roseland, ins Bunny, auf Holzbohlenpromenaden am Meer. An Orte, vor denen ihre Väter sie gewarnt haben und bei deren Vorstellung es ihre Mütter schaudert. Beides, die Warnungen und der

Schauder, kommen von den schnipsenden Fingern, dem Klikken. Und dem Schatten. In bestimmte Straßen abgeschoben, von anderen verdrängt, ermöglicht es der Schatten den Bewohnern, erleichtert aufzuseufzen und einzuschlafen, und erstreckt sich – genau da – am Rande des Traums oder schlüpft in den Spalt eines leisen Lachens. Er ist da draußen in der Ligusterhecke, die die Straße säumt. Er gleitet durch Zimmer, als ob er dies ordnen und jenes glätten wollte. Er ballt sich am Rinnstein, die Handgelenke gekreuzt, und versteckt sein Lächeln unter einem breitkrempigen Hut. Schatten. Schützend, stets verfügbar. Oder manchmal auch nicht; manchmal lauert er eher, als daß er freundlich schwebt, und wenn er sich streckt, ist es kein Gähnen, sondern ein Auswuchs, den man mit einem Stock zurückschlagen muß. Bevor er klick macht oder lossteppt oder mit den Fingern schnipst.

Manche kennen ihn. Die Glücklichen. Wo sie auch hingehen, sie sind wie eine von Zaubererhänden gemachte Uhr mit gleich großen Zeigern, so daß du nicht erkennen kannst, wie spät es ist, aber du hörst das Ticken, das Klacken, das Schnipsen.

Ich bin einst davon ausgegangen, daß das Leben dazu gemacht ist, der Welt Gelegenheit zum Nachdenken über sich zu geben, daß das aber bei den Menschen schiefgegangen wäre, weil das vom Elend gefesselte Fleisch sich mit Vergnügen daran festhält. Sich an Brunnen und dem goldenen Haar eines Jungen festhält; und ebensogern ein von einem brennenden Mädchen verursachtes süßes Feuer einatmen würde wie eine Vielleicht-ja-vielleicht-nein-Hand halten. Das glaube ich nicht mehr. Etwas fehlt da. Etwas Unterschwelliges. Noch etwas, in das du erst hineinschauen mußt, bevor du es durchschauen kannst.

Es ist schön, wenn Erwachsene unter den Laken miteinander flüstern. Ihre Ekstase ist mehr Blätterseufzen als Aufschrei, und der Körper ist das Mittel, nicht der Zweck. Sie streben, da erwachsen, nach etwas weit jenseits davon, weit, weit jenseits und tief unter der Haut. Sie erinnern sich, während sie so flüstern, an die Jahrmarktspuppen, die sie gewonnen haben, und an die Boote in Baltimore, mit denen sie nie gefahren sind. An die Birnen, die sie am Ast hängenließen, denn wenn sie sie gepflückt hätten, wären sie ja von dort verschwunden gewesen, und wer hätte dann diese Reife sehen können, wenn sie sie für sich genommen hätten? Wie hätte jemand, der vorbeiging, sie sehen und sich vorstellen können, wie sie wohl schmeckten? Atmend und murmelnd liegen sie unter den Laken, die sie gemeinsam gewaschen und auf der Wäscheleine aufgehängt haben, in einem Bett, das sie zusammen ausgesucht und zusammengehalten haben, egal, ob ein Bein von einem Lexikon von 1916 gestützt werden muß, und die Matratze, die durchsackt wie die Hand eines Predigers, der einlädt, um Seinetwillen Zeugnis abzulegen, hat sie Nacht für Nacht geborgen und das Flüstern ihrer langjährigen Liebe gedämpft. Sie liegen unter der Decke, weil sie sich nicht mehr ansehen müssen; es gibt kein Hengstauge, keinen Flatterblick der Verführung. Sie sind innig miteinander, verbunden und vereinigt durch Jahrmarktspuppen und Dampfer in Häfen, die sie nie gesehen haben. Und das alles liegt ihrem Flüstern unter der Decke zugrunde.

Aber es gehört noch etwas dazu, nicht so geheim. Das, was die Finger einander berühren läßt, wenn einer dem anderen Tasse und Untertasse reicht. Das, was ihr den Druckknopf am Rückenausschnitt zudrückt, während sie auf die Straßenbahn warten, und ihm einen Fussel von seinem blauen Serge-Anzug bürstet, wenn sie aus dem Lichtspieltheater hinaus ins Sonnenlicht kommen.

Ich beneide sie um ihre öffentlich zur Schau gestellte Liebe. Ich selbst habe sie nur heimlich erfahren, sie heimlich geteilt und mich danach gesehnt, ach gesehnt, sie zu zeigen –

imstande zu sein, laut zu sagen, was sie gar nicht zu sagen brauchen: *daß ich nur dich geliebt habe, mein ganzes Sein unbekümmert dir und sonst keinem ausgeliefert habe. Daß ich will, daß du mich auch liebst und es mir zeigst. Daß ich es liebe, wie du mich hältst, wie nah du mich bei dir sein läßt. Ich mag deine Finger da und dort, die mich heben und drehen. Ich beobachte dein Gesicht schon lange und habe deine Augen vermißt, als du von mir gegangen bist. Mit dir reden und dich antworten hören – das ist das Schönste.*

Aber das kann ich nicht laut sagen; ich kann keinem erzählen, daß ich darauf mein Leben lang gewartet habe und daß das Zum-Warten-auserwählt-Sein der Grund ist, daß ich es überhaupt kann. Wenn ich könnte, würde ich es sagen. Sagen: Bring mich dazu, mach mich neu. Du hast die Freiheit, es zu tun, und ich die Freiheit, es dich tun zu lassen, weil schau, schau. Schau, wo deine Hände sind. Jetzt.

Nach Toni Morrisons erfolgreichem Romandebüt «The Bluest Eye» (1970; dt. «Sehr blaue Augen», 1979) erscheint 1974 «Sula» (dt. 1980), der Roman einer dramatischen Frauenfreundschaft. In «Song of Solomon» (1977; dt. «Solomons Lied», 1979) stellt Toni Morrison eine Familie der schwarzen Bourgeoisie in den Mittelpunkt des Romans und erkundet die seelische Verarmung, die der soziale Aufstieg mit sich bringt. Das Buch wird mit dem National Critics' Award prämiert.

Auf eine afroamerikanische Fabel spielt der Roman «Tar Baby» (1981; dt. «Teerbaby», 1983) an, der die verschleierten Mentalitätskontraste zwischen Weißen und Schwarzen (sowie zwischen Schwarzen verschiedener sozialer Tradition) anstrahlt: in einer karibischen Luxus-Idylle geht ein magischer, zerlumpter Fremdling an Land.

Für den ersten Roman eines Zyklus zur inneren Geschichte der schwarzen Amerikaner, «Beloved» (1987; dt. «Menschenkind», 1989), der als ihr Meisterwerk gefeiert wird, erhält Toni Morrison 1987 den Pulitzer-Preis. Fünf Jahre darauf folgt der um 1920 in Harlem spielende Roman «Jazz» (dt. 1993), der ebenfalls um eine Tötung aus Leidenschaft kreist, geschrieben in einer kunstvoll die Tonsprache des Jazz aufgreifenden Prosa. – 1993 erscheinen unter dem Titel «Playing in the Dark» (dt. «Im Dunkeln spielen. Weiße Kultur und literarische Imagination», 1994) die glanzvollen Essays zu literaturgeschichtlichen Themen, mit denen sich Toni Morrison, die faszinierende Erzählerin, einer weiten Öffentlichkeit auch als Intellektuelle von hohem Rang zu erkennen gibt. Sämtliche Werke Toni Morrisons liegen auf deutsch im Rowohlt Verlag und bei rororo vor.

Toni Morrison

«Ich schrieb Sula und Sehr blaue Augen, weil das Bücher waren, die ich gerne gelesen hätte. Da keine sie geschrieben hatte, schrieb ich sie selbst.» **Toni Morrison** hat eine ungewöhnliche Karriere gemacht: Geboren wurde sie 1932 in Lorain, Ohio, war Tänzerin und Schauspielerin, studierte und lehrte neun Jahre lang an amerikanischen Universitäten englische Literatur. Mit dreißig Jahren begann sie zu schreiben und galt rasch als eine der bedeutendsten Schriftstellerinnen Amerikas, die eine poetische und kraftvolle Sprache für die Literatur schwarzer Frauen gefunden hat. «Toni Morrisons Vielseitigkeit, ihr Talent und ihr Einfühlungsvermögen sind schier grenzenlos», schrieb Margaret Atwood.
1988 wurde Toni Morrisons Buch «Menschenkind» mit dem Pulitzer-Preis ausgezeichnet; 1993 erhielt sie den Nobelpreis für Literatur.

Sehr blaue Augen *Roman*
(rororo neue frau 4392)
Es war einmal ein Mädchen, das hätte so gerne blaue Augen gehabt. Aber alle Menschen, die es kannte, besaßen braune Augen und sehr braune Haut...

Solomons Lied. Teerbaby
Romane
(rororo neue frau 5740)
Als 100. Band der Reihe neue frau erschienen in einer Jubiläumsausgabe die beiden berühmten Romane Toni Morrisons in einer Geschenkkassette.

rororo neue frau

Sula *Roman*
(rororo neue frau 5470)
Ein Roman über die intensive Freundschaft zweier Frauen. Kaum einem zeitgenössischen Text haben die Literaturwissenschaftler soviel Aufmerksamkeit geschenkt wie dieser Geschichte. Das Taschenbuch enthält über den Roman hinaus eine Auswahl der wichtigsten Rezensionen und Essays über ihn.

Menschenkind *Roman*
Deutsch von Helga Pfetsch
384 Seiten. Gebunden und als rororo 13065

Jazz *Roman*
Deutsch von Helga Pfetsch
256 Seiten. Gebunden
Toni Morrison, «wohl die letzte klassische amerikanische Schriftstellerin» (Newsweek), komponiert in ihrem 1926 in Harlem spielenden Roman die Rhapsodie einer großen Liebe, die scheitern muß, weil sie ihre Wurzeln nicht kennt.

Louise Erdrich

Philip Roth bezeichnete **Louise Erdrich**, deren Mutter eine Chippewa-Indianerin war, als «die interessanteste amerikanische Erzählerin seit langer Zeit». Louise Erdrich studierte Amerikanische Literatur und lebt heute als freie Schriftstellerin mit ihrem Mann, drei adoptierten und zwei eigenen Kindern in Northfield/Minnesota.

Liebeszauber *Roman*
(rororo 12346 und
Elisabeth Trissenaar liest aus
Liebeszauber
Die größten Angler der Welt
2 Toncassetten im Schuber
Literatur für KopfHörer
66013)
In insgesamt vierzehn Episoden erzählt Louise Erdrich vom Leben und Sterben dreier Generationen der Chippewa-Familien Kashpaw und Lamartine in ihrem Reservat in North Dakota. «Abenteuerlust, Freiheitsdrang, Sinn für Komik, Phantasie und Freude am Spiel mit den Resten der indianischen Tradition. Diese Mischung macht den Roman schon nach wenigen Seiten unwiderstehlich.» *Neue Zürcher Zeitung*

Die Rübenkönigin *Roman*
(rororo 12793)
Während eines brütendheißen Sommers wird Dot Adare zur Rübenkönigin gewählt. Genau wie ehemals ihre Großmutter gewinnt sie außerdem einen Freiflug mit dem Doppeldecker... «Ein wunderbares Buch — ursprünglich, ideenreich und sehr ergreifend.» *Vogue*

rororo Literatur

Spuren *Roman*
272 Seiten. Gebunden und als
rororo 13148)
Die schöne Indianerin Fleur ist der Zauberei mächtig, aber ihre Kraft reicht nicht aus, den Wald zu retten, in dem ihr Stamm lebt. Louise Erdrich erzählt, wie die einst so lebendige indianische Kultur am «American way of life» zugrunde ging.

Michael Dorris / Louise Erdrich
Die Krone des Kolumbus *Roman*
480 Seiten. Gebunden.
Fast 500 Jahre nach der Ankunft Kolumbus' in Amerika findet die indianische Dozentin Vivian Twoster zwei alte Handschriften. Ein spannender Abenteuerroman über ein historisches Ereignis.

3219/2

Frauen

Barbara Gordon
Ich tanze so schnell ich kann
Roman
(rororo 5083)
In diesem autobiographischen Roman beschreibt die preisgekrönte Fernsehproduzentin Barbara Gordon rückhaltlos offen ihren Weg in eine totale Valium-Abhängigkeit, die verzweifelten Versuche, sich von dieser Sucht zu befreien, verschiedene erfolglose Therapien und schließlich den endgültigen Zusammenbruch, aus dem sich erst die Hoffnung für einen Neubeginn abzeichnet. Eine Beichte, die erschüttert und betroffen macht.

Mary Gaitskill
Im Spiegel der anderen
Roman
(rororo 12577)
Die beiden jungen Frauen Justine und Dorothy sind sich bei ihrer ersten Begegnung zunächst völlig fremd. Und trotzdem entsteht zwischen ihnen eine Nähe, weil sie spüren, daß sie ähnliche tiefe Verletzungen und Entbehrungen erleiden mußten...
Schlechter Umgang *Stories*
(rororo 12541)

Mary Mackey
Aus Leidenschaft *Ein Ballett-Roman*
(rororo 13057)

Emily Listfield
Eine Liebe in New York
Roman
(rororo 12817)
Amanda und Sam wagen den großen Schritt: Sie ziehen zusammen und entschließen sich nach einigem Hin und Her zu heiraten.

rororo Romane und Erzählungen

Lorrie Moore
Leben ist Glücksache *Stories*
(rororo 12842)
Schonungslos und mit feiner Ironie deckt Lorrie Moore in den neun Erzählungen dieses Bandes auf, wie sich Menschen durch ihre Schwächen, Ängste und Verletzbarkeiten in ausweglose Situationen versricken.

Françoise Sagan
Die seidene Fessel *Roman*
(rororo 13155)
Vincent, ein Dandy und mäßig begabter Musiker, der sich von seiner wohlhabenden Frau Laurence aushalten läßt, wird durch eine Filmmelodie plötzlich reich und berühmt.

Candia McWilliam
Die dritte Seite der Liebe
Roman
(rororo 12935)
Der Herzchirurg Lucas Salik ist ein vom Leben verwöhnter, selbstsicherer und eleganter Mann. Stets bewahrt er einen kühlen Kopf. Doch eines Tages spielt ihm das eigene Herz einen Streich - er verliert es an den jungen attraktiven Hal Darbo...

3291/2

rororo Unterhaltung

Horizonte

Bruce Chatwin
In Patagonien *Reise in ein fernes Land*
(rororo 12836)
Bruce Chatwin hat auf einer langen Reise dieses malerisch schöne, wilde Land am Ende der Welt erkundet.

Jimmy Burns
Jenseits des silbernen Flusses
Begegnungen in Südamerika
(rororo12643)
Fünf Jahre lang lebte Jimmy Burns in Buenos Aires und bereiste Argentinien, Brasilien, Peru, Ecuador, Bolivien und Chile.
Burns war 1988 Preisträger des Somerset Maugham-Award.

Amos Elon
Jerusalem *Innenansichten einer Spiegelstadt*
(rororo 12652)

Eddy L. Harris
Mississippi Solo *Mit dem Kanu von Minnesota nach New Orleans*
(rororo 12646)

Katie Kickman
Im Tal des Zauberers *Innenansichten aus Bhutan*
(rororo 12651)
Es gibt nur noch wenige Gegenden auf der Erde, die Geheimnisse geblieben sind, und eine davon ist Bhutan. Als eine der ersten Europäerinnen gelang es Katie Hickman, das Land im Himalaya und das wilde Bergvolk der Bragpas zu besuchen.

Ursula von Kardorff
Adieu Paris *Streifzüge durch die Stadt der Bohème*
(rororo 13159)

John Krich
Wo, bitte, liegt Nirwana? *Eine Reise durch Asien*
(rororo 12642)

John David Morley
Grammatik des Lächelns
Japanische Innenansichten
(rororo 12641)

Charles Nicholl
Treffpunkt Café «Fruchtpalast»
Erlebnisse in Kolumbien
(rororo 12582)
«Eines der spannendsten Reisebücher überhaupt – und brillant geschrieben!» *New York Times*
Im Goldenen Dreieck *Eine Reise in Thailand und Burma*
(rororo 13173)

Stuart Stevens
Spuren im heißen Sand
Abenteuer in Afrika
(rororo 12647)

Theodore Zeldin
«Ich liebe das Leben, und das Leben liebt mich» *Was es heißt, Franzose zu sein*
(rororo 12644)

3283/2